LA FAMILIA
MEDEIROS

La familia Medeiros
Título original: *A família Medeiros*
Autora: Júlia Lopes de Almeida (1862-1934)

© de la traducción: Noelia Rodríguez Otero
Traducción a partir de la edición brasileña de 1892 de Companhia Editora
Fluminense, Rio de Janeiro (Brasil).

© de esta edición: Libros de Seda, S.L.
Estación de Chamartín s/n, 1ª planta
28036 Madrid
www.librosdeseda.com
www.facebook.com/librosdesedaeditorial
@librosdeseda
info@librosdeseda.com

Diseño de cubierta: Gemma Martínez Viura
Maquetación: Pedro Martínez Osés
Imágenes de la cubierta: © Ironika/ Shutterstock (mujer con caballo);
©Taephoto/Shutterstock (plantación de café); Wikimedia Commons (es-
clavos trabajando en una plantación).

Primera edición: marzo de 2023

 Esta obra ha recibido una ayuda a la edición
de la Comunidad de Madrid.

Comunidad
de Madrid

ISBN: 978-84-17626-93-8
Depósito legal: M-4915-2023

LA FAMILIA
MEDEIROS

Júlia Lopes de Almeida

CAPÍTULO 1

El tren se había detenido en una de las estaciones de la vía férrea paulista, en el oeste de la provincia de São Paulo. Ajustándose la capa de viaje al cuerpo, Octavio Medeiros se apeó con un movimiento alegre y decidido. Momentos más tarde, el tren partía de nuevo, lanzando al cielo de la mañana, completamente despejado, su silbido estridente y su penacho de humo blanquísimo que se elevaba formando espirales y ondeando como una bandera victoriosa.

Octavio dejó las maletas en la estación y descendió a pie hasta una casa baja, de ladrillos rojos, que tenía las contraventanas venecianas abiertas. En una ventana rodeada de hiedra, dentro de una modesta jaula de alambre, gorjeaba un semillero plomizo, un pájaro cantor que no veía desde hacía muchos años. Y desde el interior de la estancia llegaba el murmullo monótono de la voz de un hombre que leía en voz alta un libro de ciencia sin variar la entonación. Octavio se acercó a la ventana, se apoyó en el alféizar y exclamó risueño:

—¡Buenos días, señor Morton! —El señor Morton se dio la vuelta y fijó los grandes ojos azules en el recién llegado—. ¿Acaso no me recuerda? —continuó Octavio, con una sonrisa en los labios.

—Sí... sí... un momento... ¡Ah! ¡Es usted, señor Medeiros! ¡Pase, mi querido amigo, pase!

El anciano, dando la vuelta por el corredor, salió a recibirlo a la puerta de la calle, tendiéndole, con alegría, las manos a su amigo.

—¿Sabe que usted es el primero al que visito?

—¡Oh, menudo honor! Pero, dígame, ¿lo espera su familia?

—No. Mi padre me animó a emprender un viaje por los principales países europeos cuando finalizara mis estudios, pero, en cuanto terminé, decidí volver. Mi llegada es del todo inesperada. Voy a aprovecharme de usted para recabar cierta información: ¿mis padres están en la hacienda?

—Creo que desde hace más de un mes. Ahora ya entiendo por qué me ha visitado a mí en primer lugar. Tranquilo, no me molesta; es lógico. De todos modos, venga, hablemos mientras le preparan mi caballo.

Después de entrar a dar una serie de órdenes, el señor Morton se sentó de nuevo junto al viajero; se quitó el gorro de seda, dejando al descubierto una amplia calva reluciente, y, pasándose la mano por el rostro afeitado, rompió el silencio:

—En su casa se han producido grandes cambios en su ausencia. Su hermana mayor va a contraer matrimonio; está considerada una de las jóvenes más bonitas de todo el municipio. La otra ha dejado de asistir al colegio de Itu y ahora tiene una preceptora alemana, a la que, por cierto, instruí yo mismo; se trata de una buena mujer, culta y severa.

—¿Y mi madre? ¿Está muy mayor? Ha sufrido tantos disgustos...

—¿Quién? ¿Su madre? Sigue igual que siempre: resignada en los momentos tristes, tranquila en los felices. Me imagino que en algunos casos se reirá y en otros llorará, pero es una mera suposición, ya que nunca la he visto hacer ni lo uno ni lo otro. Por lo general, las mujeres provincianas se cuidan mucho de no mostrar sus sentimientos ¡y su madre parece haberlo llevado al extremo!

—Pero ¿tiene buen aspecto? ¿Se la ve bien dispuesta? —preguntó Octavio, casi rozando la impaciencia.

—Sí, sí.

Por un momento reinó el silencio y luego el anciano le preguntó:

—¿Y sus compañeros de viaje? João Nunes, el Repeinado y... ¿había ido también Rodrigo Costa?

—Costa fue más tarde.

—Ajá... y ¿qué ha sido de ellos?

—Allí siguen.

—¿Estudiando?

—Malgastando...

—¿El tiempo?

—Y el dinero...

—Para eso no hacía falta que se hubieran marchado de aquí. ¡Es increíble! La mayoría de los muchachos que se van a estudiar a Europa regresan de allí igual que se fueron, ¡si es que no vuelven peor!

—¿Y le sorprende? Hay muchas maneras de vivir en las grandes capitales europeas, y casi siempre las más tentadoras son las menos productivas. Yo mismo, que he sido el único de los seis que ha finalizado los estudios, podría haber regresado antes si no hubiera perdido el primer año fascinado por la novedad. A una circunstancia desagradable le debo el haberme reformado...

—No hay mal que por bien no venga...

—Así es.

—¿Y qué circunstancia fue esa? Disculpe la curiosidad de un viejo amigo.

—El duro revés financiero que sufrió mi padre en 1880. Fue un mal año para él: una intensa helada arrasó la cosecha; pero, además, Elias Brandão, que actuaba como su apoderado y comisionista en Santos, quebró y casi nos arrastra con él a la ruina.

—Lo recuerdo bien.

—Pues eso fue lo que me abrió los ojos y me infundió las ganas de estudiar. Me pintaron nuestra situación con colores sombríos y la distancia hizo que pareciera aún más desoladora y horrible; mi asignación se redujo a un tercio y tuve que apretarme el cinturón y cambiar de costumbres. En ese periodo conocí a un estudiante alemán de filosofía, un joven con talento de medios modestos; ambos vivíamos en una pensión de un barrio humilde y barato. Me dejé influir por él y me alejé de mis compatriotas y de los parásitos que se aprovechaban de ellos... ¿Y sabe de qué estoy convencido ahora? De que, con buena voluntad o cierta necesidad, se puede aprender igual de bien en cualquier país.

—No obstante, no crea que se estudia en muchos lugares como en Alemania; con razón la tildan de pensadora. Edward, un viejo amigo mío, viajero incansable y ávido observador, solía decirme: «¡En Francia ríen, en Italia sueñan, en Inglaterra trabajan, en Rusia conspiran, en España hablan y en Alemania piensan!».

—Y debería añadir: «en Brasil duermen».

—Quizá lo dijera, pero ya no recuerdo todas las atribuciones. La de Alemania nunca se me olvidaría, porque para mí el pensamiento es la facultad más hermosa del hombre.

—Opino lo mismo... Aunque estará de acuerdo conmigo, señor Morton, en que a veces el pensamiento inutiliza la acción.

—¡¿Cómo?! ¡Lo que es inútil es la acción impensada!

—Ciertamente, pero lo que quiero decir es que el exceso de pensamiento absorbe las fuerzas vitales del hombre. Se debe supeditar el intelecto a un método, pero eso no siempre es posible, como ocurre en mi caso, por ejemplo. ¿De qué me ha servido pasar tantos años en Europa estudiando y viendo modelos de arte, si cada uno de ellos ha despertado en mí una necesidad de realizar grandes emprendimientos que nunca podré satisfacer? Porque, mientras estudio uno, el siguiente se me presenta más hermoso y vivo en este eterno vaivén de una idea a la siguiente sin llegar a centrarme nunca en una sola. Siento que jamás llegaré a ser alguien de provecho, justamente porque pienso demasiado.

—¡No diga eso! Usted es joven, inteligente y ha tenido el acierto de optar por la ingeniería, que es la carrera científica más provechosa para su país; ahora ha venido a desempeñar su actividad en una tierra en la que hay mucho por construir y tendrá la oportunidad de observar las enormes... las inmensas ventajas que le reportará la contemplación de esos modelos de arte de los que acaba de hablar. Usted, que se ha dedicado a la ingeniería, que ha visto edificios extraordinarios, puentes, acueductos, iglesias, ciudades enteras de aspecto característico, ruinas, castillos, estilos antiguos y modernos, adaptados a los lugares y a las gentes, ¿de verdad considera todo eso inútil? Se equivoca: la impresión que han dejado en usted las maravillas de Europa vale más que todos los libros y le abre un camino más amplio y mucho más hermoso. Puede que al principio todos esos prodigios provocaran un tumulto en su mente, pero ahora, tras madurar y apaciguar su entusiasmo, debería ser capaz de admirarlos en su plena magnitud. Mire, no cabe duda de que un pintor avanza más visitando el Louvre durante un mes que trabajando en una ciudad sin museos durante todo un año. Yo, a pesar de ser un anciano, tengo en el alma el prurito de la ambición de recorrer el mundo, de estudiarlo a placer; si no viajo ni veo las maravillas que alberga es por una razón muy sencilla que me lo impide y que es fácil de deducir: la pobreza.

Al hablar, el señor Morton mostraba los dientes blancos y sanos con una tenue sonrisa. Iluminado por la luz que entraba por la ventana delantera, apoyaba las manos pequeñas y regordetas en los brazos de la silla.

—Me sorprende sinceramente que usted, instruido y observador como es, se resigne a vivir en este rincón del mundo, donde me aventuro a afirmar que no sobran distracciones para una mente como la suya.

—Se equivoca, amigo mío; vivo perfectamente bien. La naturaleza del pueblo brasileño es de una amabilidad cautivadora; su franqueza, encantadora; su hospitalidad, única. Si uno no va a vivir en el país en el que ha nacido, no hay patria más hermosa ni en la que sea más fácil encontrarse a gusto. Llevo muchos años aquí y nunca he pensado en marcharme sin sentir una saudade anticipada. Solo una cosa me repugna y me entristece. Y no necesito decirle cuál es, pues ya la adivina, amigo mío. Pero no tardará mucho en desaparecer, porque, Octavio, ahora Brasil ya no duerme, trabaja.

—He seguido con júbilo el movimiento abolicionista brasileño; buscaba con avidez noticias en las secciones extranjeras de los periódicos, continuamente, todo lo que se refería a este gran avance. Sin embargo, desde tan lejos no es posible hacerse una idea exacta de lo que exageran los periódicos ni de lo que se altera en las traducciones.

—¡Cuidado! No vaya a difundir ideas de progreso y humanitarismo en el seno de su hacienda. La abolición se producirá más tarde o más temprano, pero la amistad en la familia, una vez rota, nunca más vuelve a ser verdaderamente sólida.

—¿Por qué dice eso?

—Porque su padre es uno de los mayores enemigos de la abolición. ¿Entiende ahora por qué se lo digo?

—Perfectamente. Seré discreto si me convence de que, a diferencia de lo que dicen los periódicos, mi participación no es en absoluto necesaria en esta santa causa.

Morton estaba a punto de responderle cuando llegó un criado a anunciar que ya estaba el caballo preparado en la puerta.

—Bueno, Octavio, no quiero ser tan egoísta como para retenerlo aquí, debe de estar ansioso por llegar a Santa Genoveva, ¿no es así, mi buen amigo? Quizá quiera un compañero que lo guíe...

—¡No creerá realmente que me he olvidado del camino a casa!

—Tiene usted razón. Si fuera posible llegar hoy a mi pueblo, sería capaz de encontrar el camino a la antigua casa de mis padres con los ojos cerrados. Fíjese que el amor por la familia y por la patria es un sentimiento que se agudiza cuando se está en el exilio, sea voluntario o no. —Luego, echando mano de su reloj, hizo cálculos—. En dos horas estará entre los suyos... ¡Buen viaje!

—Gracias, señor Morton.

—¡Vuelva para cruzar unas palabras!

—Sí, señor. ¡Adiós!

El caballo emprendió la marcha y el sonido de los cascos contra los adoquines acompañó la despedida de Octavio.

El señor Morton regresó a su despacho, se recostó en el sofá de rejilla, retomó el libro y, cubriéndose la calva con el gorro de seda negra, reanudó la lectura interrumpida con el mismo tono monocorde.

CAPÍTULO 2

O ctavio se acordaba de todo al pasar: las casas bajas con la puerta en el centro y el mismo número de ventanas a cada lado; la tienda de Teodoro en la esquina, con piezas de paño rojo amontonadas y fardos de algodón; la botica de Anselmo, el viejo farmacéutico, muy delgado y alto, que leía sentado junto al mostrador, con las gafas encabalgadas sobre una gran nariz aguileña y unos labios finos en continuo movimiento; la escuela de doña María do Carmo, de donde salía la alegre algarabía de los niños pobres; y, al lado, la taberna de Guilherme, el Alemán, ya barrida y con las puertas abiertas: dentro una joven rubia daba el pecho a una criatura aún más rubia, que movía los piececitos en el aire.

De cuando en cuando, se encontraba con algún conocido. No se paraba a hablar, pero sí saludaba, como es habitual entre la gente en el campo. Las viviendas se fueron haciendo cada vez más escasas; vio dos nuevos chalés de estilo suizo en los terrenos del antiguo líder del partido conservador de la ciudad, el mayor Caetano, cuya antigua casa, en declive, se erigía un poco más allá, rodeada por los muros de la finca, en los que las lluvias habían dejado grandes salpicaduras verdes.

Más adelante, el camino llegaba a un valle angosto. Allí, Octavio encontró a unas mujeres negras con faldas blancas cortas y blusas de escote estrecho que cantaban mientras frotaban la ropa contra las piedras del río, que serpenteaba alegremente como una fina cinta plateada. La siguiente propiedad era la del consejero Bettencourt; en este caso sí que se percibían algunas diferencias: el edificio tenía una planta más, con un balcón sobre el jardín cercado y un desangelado palomar pintado de verde, donde se posaban cientos de palomas que agitaban las hermosas alas y las cabezas produciendo un continuo frufrú. Sobre el muro del vergel de la casa pendían hacia el camino las vigorosas ramas de tres aguacateros cargados de hojas y de frutos. Del lado opuesto, a lo lejos, se erguían unos cerros de color verde oscuro tachonados de piedras claras y, hasta ellos, se extendía un vasto campo con ligeras ondulaciones del terreno, cubierto de hierba amarillenta y bañado por el sol.

El camino se volvió monótono. De vez en cuando, un coche de caballos, que levantaba a su paso nubes de polvo rojizo, descendía la cuesta vertiginosamente; el traqueteo hacía temblar en sus asientos los cuerpos de las señoras, ataviadas con guardapolvos de lino y sombreros de paja adornados con velos de colores. Octavio las saludaba sin reconocerlas. Poco después, pasó un carro de bueyes, cuyo eje emitía tres notas, agradables en la distancia e irritantemente estridentes en la cercanía. Los bueyes, sudorosos y aguijados, bajaban a buen paso; a su lado caminaba un negro, con los pantalones arremangados y la camisa abierta, mostrando el pecho, y, encima, sobre la leña apilada a gran altura, un niño negro chupaba una naranja, tumbado boca abajo y apoyado sobre los codos. Octavio reconocía esos arquetipos; había pasado allí toda su infancia, tenía recuerdos vívidos de todo.

Después de dejar atrás un manantial, en el que el animal bebió largo y despacio, llegó a una bifurcación: el camino de la derecha continuaba en línea recta mientras que el de la izquierda subía en zigzag y, al ser más estrecho, tenía más sombra. Por esa segunda vía pasaba menos gente, era casi un camino particular, lo compartían únicamente dos o tres haciendas. Octavio tomó esa senda. De ahí en adelante, solo se produjo un encuentro más y fue con un individuo fiel a las antiguas costumbres de los viajeros paulistas: llevaba un gran poncho de color café con leche con rayas blancas, que le caía desde los hombros cubriendo la grupa del caballo; botas hasta la rodilla; espuelas de plata; un sombrero de ala ancha y caída; y una fusta con una gruesa empuñadura de cuero. Detrás de él, a una distancia respetuosa, galopaba el criado, con una gruesa manta de rayas rojas enrollada como una alfombra y colocada delante de él sobre la silla de montar. Después, nadie más. Árboles gigantescos, lianas entrelazadas, trinos agudos de pájaros, aguas cantarinas en abismos perfumados de vainilla, abismos de una frescura deliciosa, engalanados con hojas claras y florecillas de colores.

Transcurrida una hora de marcha, Octavio vio aparecer a lo lejos, en la ladera izquierda del valle, sobre la otra colina frente a él, el campanario de Santa Genoveva y las paredes blancas de la casa de sus padres. El corazón le empezó a latir violentamente; lo embargó una profunda emoción.

Por una de esas extrañas circunstancias que hacen que a veces nos vengan a la cabeza dos cosas diferentes al mismo tiempo, Octavio recordó su infancia, como si se viera a sí mismo en aquellos días lejanos, cuando regresaba a casa después de asistir a alguna procesión en la ciudad, reclinado sobre las rodillas de su madre, mirando el camino con indiferencia y sosiego; y, mientras ese recuerdo hacía resonar en su alma la dolorosa nota de la nostalgia, recitaba mentalmente los deliciosos versos de João de Deus:

Vislumbré tu rostro bello,
ese rostro sin par.
Lo contemplé desde lejos, quieto y mudo,
como quien regresa de un destierro duro
y ve subir por el cielo
el humo de su hogar. [1]

¡Cómo entendía ahora la dulzura de ese sentimiento! ¡Con qué alegría y ternura miraba el campanario y las paredes blancas de la casa!

El día se transformó repentinamente; las nubes se arremolinaban y la luz del sol perdía su calidez. Las voces de los esclavos llegaban desde más allá, con un ritmo original e hipnótico, y le reverberaban en el alma como un eco de añoranza. Un poco más abajo, donde el camino hacía un recodo, perdió de vista la casa y el campanario. Por encima de la cabeza, se cruzaban las ramas frondosas de los árboles y el viento desprendía las hojas, que acudían como una caricia a rozarle la mejilla, el hombro o la mano.

Al salir de aquel túnel perfumado y sombrío, se topó con el portón de la hacienda, donde todavía se podía leer,

[1] N. de la Trad.: Fragmento del poema «Adoração», recopilado en *Folhas soltas* (1876), del poeta y pedagogo portugués João de Deus Ramos (1830-1896).

escrito en grandes letras blancas, como antaño, el nombre de «Santa Genoveva», en honor a su abuela.

El caballo, a cada movimiento nervioso del jinete, apretaba la marcha.

Octavio atravesó media legua por el cafetal y más tarde por el pastizal, donde las vacas lamían a los terneros y las cabras huían con pequeños brincos.

Al fondo se alzaba el muro de la huerta; Octavio lo bordeó y entró en un gran patio. Unos niños criollos daban gritos y corrían tras él en procesión, con un periódico en la punta de un palo, a modo de estandarte.

En la puerta del gallinero, a un lado, de espaldas a él, una mujer vestida de tela indiana clara, con trenzas negras recogidas a la altura de la nuca en un moño prieto, lanzaba a las aves puñados de maíz de un cuenco.

«Noemia es una niña», pensó Octavio. «Y Nicota es rubia. ¿Quién será esta joven?»

En ese momento, oyó un grito de sorpresa y, al levantar la vista, vio en la veranda a su hermana mayor, que lo había reconocido.

—¡Octavio!

—¡Nicota!

Desmontó con rapidez y, abrazándose a su hermana, entró en el amplio comedor iluminado por las ventanas de los extremos.

La madre, sentada en una hamaca con las piernas cruzadas, escogía la verdura para la cena, apartando de un cestito a otro los berros y los brotes tiernos de calabacera. Su hijo corrió a abrazarla y la pobre mujer, abrumada por el susto y la alegría, rompió a llorar.

La salita de estudio era contigua y, al oír el alboroto, Noemia, la hermana menor, abandonó la lección, dejando sola a la maestra, y se lanzó riendo a los brazos de Octavio.

Era una criaturita delicada, sin llegar a ser bonita. Tenía los ojos garzos, el cabello castaño y la tez sonrosada, y era vivaracha y bajita.

Nicota era rubia, alta y de buen ver; tenía el talante solemne y reflexivo de una madre de familia. Era la más bella de la casa y también era la única a quien hasta sus padres parecían respetar.

—¿Y padre? —preguntó el recién llegado a su hermana mayor.

—Está dentro; haré que lo manden llamar.

—¡No! Prefiero ir yo mismo.

Acompañado por su madre y sus hermanas, Octavio recorrió el largo y sombrío corredor del patio hasta una de las habitaciones delanteras. Una vez abierta la puerta, entraron.

Allí no se había producido ningún cambio. Todo seguía igual que diez años atrás; el mismo mobiliario en la misma disposición: el sofá y las butacas frente a las ventanas, el piano cubierto con una pieza de indiana de grandes flores, dos hamacas al fondo, una en cada lateral, y entre ellas, la antigua consola, completamente desnuda de adornos.

El comendador Medeiros dormía en una de las hamacas, con la barriga al aire y la boca entreabierta, resollando; el sombrero de fieltro se le había caído sobre los ojos y el látigo de rabo de armadillo estaba estirado en el suelo.

El sonido de los pasos y de las risitas ahogadas de Noemia despertaron al caficultor, que se quedó atónito al ver allí a su hijo.

—¡Qué demonios! —exclamó, conteniendo la alegría—. ¿Y apareces así, sin avisar?

Se fundieron en un largo abrazo. Luego, Octavio narró todo de forma pormenorizada: cómo había concluido los estudios, lo mucho que ansiaba ver a la familia... y describió el viaje hasta Santos, donde había desembarcado, la subida a la sierra de Cubatão y su impaciencia.

Su madre y sus hermanas lo escuchaban muy atentas, inclinándose hacia él; su padre se desperezaba de vez en cuando para disimular la emoción que lo embargaba.

Al final de una larga conversación, el dueño de la casa dijo, con la mirada puesta en Nicota:

—Su prometido viene a cenar esta noche; el compadre Antunes me ha mandado aviso.

—Ya sé que Nicota se va a casar —respondió Octavio con una sonrisa—; el señor Morton me ha dado la gran noticia.

—¿Y el señor Morton también le ha hablado de Eva? —preguntó Noemia, interesada.

—¿De Eva? No, ¿quién es?

—Es nuestra prima, la hija del tío Gabriel; ahora vive con nosotros —prosiguió ella.

—¡El tío Gabriel! ¿Al final ha hecho las paces con padre? —preguntó Octavio, volviéndose hacia el comendador.

—Ojalá no lo hubiera hecho —replicó este.

—¡Vaya! ¿Por qué dice eso?

—Me ha dejado a su hija, que es...

—¡Un ángel! —intervino Noemia.

—¡¿Un ángel?! ¡Es un demonio más retorcido que el rabo de un cerdo! —concluyó el hacendado, enfurecido.

Nicota sonrió; Noemia agachó la cabeza con tristeza; su madre, impasible, desvió la mirada hacia fuera; y Octavio consideró más prudente cambiar de tema.

Pasaron las horas y las mujeres se fueron: una, a dar indicaciones, y las otras, a arreglarse y a escribir a sus amigas para contarles la llegada de su hermano.

El comendador y su hijo se quedaron a solas y se pusieron a hablar de cuestiones agrícolas. Octavio escuchaba con disgusto a su padre exponer viejas ideas, llenas de rencor y hastío. De vez en cuando, se aventuraba a hacer algún comentario o alabanza sobre las nuevas formas de proceder, intentando no molestarle, como si tratara con un niño. El hacendado repelía con indignación las ideas de su hijo y, apoyándose en ellas, continuaba lanzando disparates contra los reformistas, contra las teorías modernas, contra todo y contra todos.

Octavio sostenía que la agricultura en Brasil debería considerarse una de las cosas más bellas y más dignas de estudio y transformación.

El padre bramaba, profiriendo maldiciones contra los abolicionistas, los «pescadores de aguas turbulentas» y los ladrones. De ahí pasaba a despotricar contra la execrable raza: «¡Los negros huyen, se liberan y el pobre agricultor ni siquiera tiene derecho a quejarse! ¡Infames, sinvergüenzas!».

Aquel lenguaje hería profundamente a Octavio, que en su fuero interno se estremecía de repugnancia y tristeza. Estaba entrando en un terreno peligroso. Se abstuvo de continuar. Su padre podía vociferar a su antojo, pero él se contendría respetuosamente. Esperaba poder derribar, poco a poco, el férreo egoísmo de aquel hombre y verlo finalmente cooperar en esa gran causa de humanidad y patriotismo. Tenía que buscar cuidadosamente las ocasiones propicias para llevar su plan a buen puerto. En aquel momento, por ejemplo, todo sería en vano; el comendador, demasiado exaltado, no atendería a razones, y él no se veía capaz de enzarzarse en ninguna discusión con el querido anciano a cuyos brazos volvía lleno de alegría. Se contuvo mientras su padre seguía maldiciendo aquella época de abusos y ataques a la propiedad ajena.

—Si se les ocurre venir a Santa Genoveva a los bandidos de los abolicionistas —exclamaba—, ya sé yo cómo los voy a recibir: ¡a tiros! Defiendo mi propiedad, estoy en mi derecho. ¡La culpa también es de las autoridades, que no atan corto a esos perros de los periodistas, que tanto ladran y ladran para que otros muerdan!

En ese momento, alguien llamó delicadamente a la puerta y una voz de mujer preguntó desde fuera:

—¿Puedo pasar, tío?

—¡Maldita sea! ¡Ahí viene la señorita metomentodo! —rezongó el comendador—. ¡Adelante!

Octavio se puso de pie y, retrocediendo un poco, se apoyó en el piano. La puerta se abrió suavemente y dio paso a la misma joven que había visto de espaldas dando maíz a las gallinas.

—Eva, ha venido en muy mal momento... —dijo secamente el comendador.

—No le robaré mucho tiempo.

Octavio, cuya presencia había pasado inadvertida, miraba con atención a la recién llegada.

Era una mujer joven y esbelta, de tez ligeramente bronceada y abundante melena negra. Tenía el rostro ovalado, los ojos rodeados por largas pestañas muy oscuras y facciones armónicas. Caminaba con firmeza y llevaba la cabeza erguida sin afectación ni altivez. Hablaba con voz profunda y mantenía una actitud serena, ataviada con un vestido de percal, escrupulosamente ajustado, que lucía con sencillez.

—¿Qué ocurre? —preguntó su tío.

—He venido a pedirle que perdone a Manoel; promete ser más obediente de ahora en adelante. ¿Hará que le quiten los grilletes?

—¡No diga sandeces! Deje de preocuparse por esas cuestiones, que no son asunto de señoritas. Si no quiere ver al negro con grilletes, no lo mire.

—No lo hago, pero sigo sabiendo que los lleva y eso me duele.

El comendador soltó una risotada. Un destello de indignación atravesó la mirada de Eva, con rictus contrariado.

—No sé cuántas veces, a petición suya, he perdonado las faltas de los esclavos. Mire, creo que será mejor que vaya a prepararse para la cena; está aquí mi hijo, que ha llegado hoy, y espero la visita de unos amigos en la próxima media hora.

Eva miró serenamente hacia Octavio, a quien saludó con frialdad, sin hacer ademán de aproximarse. Luego, con el tono de quien se disculpa, dijo:

—No sabía que había llegado. Vengo ahora mismo de...

—De alguna *senzala*[2] —interrumpió su tío burlonamente.

—Así es —confirmó ella—. De una *senzala*. He ido a ver a Josefa, que está enferma. Al salir, me encontré con Manoel, que me pidió que intercediera por él ante usted; le prometí que lo ayudaría y vine inmediatamente.

—No debería prometer lo que no puede cumplir.

Eva miró a su primo, como pidiéndole ayuda. Octavio, aproximándose al caficultor, dijo, conmovido:

—Mi llegada justificará la clemencia que muestre con ese desdichado. En honor a la inmensa alegría de volver

[2] N. de la Trad.: Alojamiento o lugar reservado para los esclavos en las antiguas haciendas y casas señoriales.

a vernos, le ruego, querido padre, que atienda a las súplicas de la prima Eva.

El comendador fingió reflexionar por un instante y, volviéndose hacia su sobrina, resolvió:

—¡Está bien! Por esta vez lo perdono, pero ¡no me vuelva con estas historias!

—Gracias —dijo Eva antes de abandonar la estancia.

Octavio sintió cómo se avivaba su curiosidad por su prima, a la que nunca había conocido y a la que ahora encontraba bajo el techo paterno, considerada por unos un ángel y por otros un demonio. Dedicó unos instantes a analizar la triste posición de Eva, que se veía abocada a recibir por caridad el cobijo de un techo y el pan de un viejo y acérrimo enemigo de su padre. No obstante, se abstuvo de indagar más en aquel momento en el que el comendador estaba visiblemente molesto con ella. Llegó a la conclusión de que solo recibiría respuestas acaloradas, así que decidió reservarse las preguntas para más adelante, cuando lo viera más tranquilo. De todas formas, en su fuero interno ya albergaba la convicción de que la opinión acertada era la de Noemia: «¡Eva es un ángel!», había dicho ella. Y él la entendía después de haber presenciado aquella escena. Solo los ángeles se enfrentan a la mala voluntad de los poderosos en favor de los débiles y de los oprimidos; solo los ángeles soportan las injurias con humildad cuando la causa que defienden es la de los desafortunados.

Sí, Noemia tenía razón... Eva era un ángel.

CAPÍTULO 3

L a señora de la casa había tenido el acierto de mandar a buscar urgentemente las maletas de su hijo. Durante las horas de conversación familiar en torno al viaje y los exámenes y diversos episodios con los que se habían entretenido por la mañana, el criado había partido a galope a caballo para cumplir con esa misión. A las dos, un Octavio satisfecho deshacía el equipaje en su antiguo dormitorio, un cuarto blanco, pequeño, con una ventana con alféizar que daba al campo. A las tres, se reunía con su padre en la misma sala de la parte delantera de la casa, en la que ya se le esperaba con impaciencia y a la que se le había pedido que acudiera cuando todavía empezaba a abrocharse el cuello de la camisa frente al espejo. Al aproximarse por el corredor, vio que se detenían en el patio los carruajes de los visitantes. Su padre le indicó que se acercara.

El comendador Medeiros estaba de pie en el rellano, radiante de alegría, esperando a los amigos que iba sucesivamente presentando a su hijo.

—El mayor Trigueiros, futuro suegro de Nicota...

El mayor era un hombre entrado en años, alto y enjuto, con un gran bigote y perilla canosos, la cara pequeña y arrugada y los ojos acastañados y redondos. Sus movimientos tenían algo de extraño y repetitivo que recordaba a cualquiera que le prestara atención el aspecto extravagante y peculiar de una cigüeña. Octavio lo saludó afablemente. El siguiente era el prometido de Nicota, Álvaro Trigueiros, o Trigueirinhos, un joven bajo y moreno, con la barba rala a ras de un rostro inexpresivo, labios finos y rasgados y el cabello sobre la frente, brillante y aplastado. Después llegó Azevedo, el fiscal del distrito, un joven de mediana estatura, tez clara y cabellos rubios, con unos ojos muy azules que refulgían a través de las lentes, la barba terminada en punta y la piel bien cuidada. Por último, subió el compadre Antunes, el único al que Octavio ya conocía, un hombre gordo y canoso, con patillas cortas, labios gruesos y una pequeña nariz entre carrillos muy abultados; llevaba el chaleco desabrochado y tenía el abrigo tirante en las costuras y las uñas cortas. Era el antiguo capataz de la hacienda de Santa Genoveva, cargo que había ejercido durante años y del que se había despedido para ocuparse de los cultivos de un hijo que había perdido la vida a manos de los esclavos.

Entraron todos en la sala, donde no había ninguna mujer. Después de media docena de preguntas banales sobre el viaje y de las felicitaciones por el regreso de Octavio, formaron grupos en los que se conversaba acerca de las últimas elecciones, las futuras cosechas, las manumisiones, las carreras de caballos... El mayor Trigueiros alzaba la voz, áspera y cortante, por encima de todas las demás, descargando una tormenta de furia sobre los conservadores, que habían hecho una gran entrada en las urnas; mientras tanto, Antunes le preguntaba a Azevedo si había disfrutado de la última carrera en el hipódromo de Campinas.

—Pues sí —afirmó el fiscal—. Ya solo por ver a las muchachas hermosas de Campinas merece la pena ir.

—Y la yegua del Aranha, ¿eh? ¡Menudo ejemplar! Es inglesa y legítima. Gané con ella hace tres meses. ¿Qué le parece?

Octavio se acercó al prometido de su hermana. Trigueirinhos rebulló y le habló como cohibido, cambiando a menudo la «l» por la «r», al estilo *caipira*[3]. Cansado como estaba del viaje y de la conversación, el joven Medeiros fue a apoyarse en una ventana.

El patio de ladrillo para el secado del café se extendía pulcro y amplio ante la casa. Al pie de la escalera de piedra dormitaban dos perros tendidos al sol; más abajo, en la gran represa, la luz se reflejaba emitiendo destellos dorados en el agua serena y las palomas la sobrevolaban en bandadas que salían de entre un espeso bosque de bambú. Los carruajes, sin caballos, inclinados hacia delante sobre las varas, se alineaban a la sombra y, al otro lado de la cancilla, entre la paja desperdigada, hozaban los cerdos. Mucho más allá, cerrando el horizonte, la vegetación unía la tierra con el cielo en una línea recta y luctuosa.

Aquel paisaje lo entretenía más que cualquier cosa que pudiera decirse dentro. Octavio permaneció allí largo tiempo, hasta que lo llamaron para la cena.

---

[3] N. de la Trad.: *Caipira* («cortadores de monte» en lengua tupí) es la designación que en la época colonial los indígenas del interior del estado de São Paulo dieron a los blancos y a los mestizos y que más tarde se extendió a todas las personas que viven en zonas rurales del interior paulista y de otros estados colindantes. La cultura *caipira* se caracteriza por un fuerte vínculo con la naturaleza, la religiosidad y las supersticiones, así como por su rico y variado folclore. También posee un dialecto propio, distinto del portugués brasileño estándar, por ejemplo, en aspectos fonéticos como una pronunciación más suave de la «r» o el cambio de la «l» por la «r».

En el gran comedor, la mesa cubierta de cristalería ofrecía un aspecto brillante. Al fondo, conversaban las señoras. A Octavio le presentaron a *madame* Grüber, la maestra de Noemia. Los criados e incluso la señora de la casa se dirigían a ella llamándola simplemente *madame*. Era una mujer de unos cuarenta años, alta, delgada y muy rubia; llevaba un traje marrón y un broche redondo, de marfil, sujetándole el cuello del vestido.

Nicota y Noemia vestían las dos sendos trajes azules con lacitos de terciopelo negro en los puños y en el cuello. La madre iba y venía, hablando en voz baja con las criadas, haciendo tintinear las llaves de las alacenas, poniendo atención y cuidado en que no faltara de nada.

Se sentaron a la mesa; a un lado estaban los hombres y al otro, las mujeres, al estilo paulista. Solo se alteró este orden en uno de los extremos, donde, por falta de espacio, el fiscal pasó al lado de las señoras. Octavio recorría la estancia con la mirada, sorprendido de no ver a su prima, cuando esta apareció; se sentó entre la alemana y el señor Azevedo, quien, al verla, se puso de pie, colorado. En la cabecera de la mesa, el dueño de la casa hablaba en voz muy alta con los invitados. Octavio, a su lado, asistía a la batería de preguntas y respuestas. ¡Armaban tal alboroto que parecía que iban a tirar la casa abajo! El joven, de vez en cuando, miraba a su alrededor. Trigueirinhos se afanaba con el cuchillo, sin despegar la mirada del plato; no bebía vino, mojaba de vez en cuando los labios en un vaso de agua y luego, muy serio, seguía llenándose la boca de alubias, verdura y empanadillas de hojaldre rellenas. Frente a él, su prometida, menos preocupada por lo que tenía en el plato, le lanzaba muy de vez en cuando una mirada rápida. Noemia se reía a carcajadas, dejando escapar algún que otro gritito agudo mientras escuchaba a Antunes contar viejos chistes picantes de los que venían en los almanaques. Su madre señalaba a los criados las copas que rellenar y los platos que cambiar. Y en la otra punta, *madame* Grüber comía sin interrupciones y Azevedo se inclinaba para hablarle a Eva, que lo escuchaba distraída mientras con un pedazo de pan empujaba la comida hacia el tenedor.

El mayor Trigueiros y el dueño de la casa se enzarzaron en una discusión; las voces subían de volumen hasta acabar a gritos. El comendador Medeiros respondía con desdén a las afirmaciones del otro: «¡Sí, claro!». Y la barba de chivo del mayor asomaba, avanzaba y retrocedía, en un movimiento continuo. Entretanto, los demás trataban de hablar más alto entre ellos para hacerse oír. De repente, la disputa terminó. El comendador bebió un vasito de oporto con agua y el mayor, olvidando por un momento que no estaba en su casa, apoyó el talón izquierdo en el banco donde estaba sentado, de forma que su rodilla puntiaguda quedó a la altura de la barba.

Aprovechando ese momento de calma, Azevedo se levantó, alzó la copa y brindó por la familia Medeiros, felicitándola por el regreso de uno de sus miembros. Pronunció un discurso florido, con mucha pompa, en el que de vez en cuando aparecía, como un espantajo, algún nombre histórico. Y se tomó su tiempo. Flexionaba la voz para generar efecto, arrastrándola desde los sonidos más graves hasta el falsete más agudo.

Las mujeres lo escuchaban, inmóviles, con los ojos fijos en él. Como era la hora del postre, el mayor Trigueiros empapaba un grueso trozo de calabaza azucarada en su gran plato, rebosante de leche, y Antunes arrasaba con las copas de dulce de boniato, su especialidad predilecta.

Cuando se levantaron de la mesa, Octavio dejó escapar un suspiro de alivio: necesitaba respirar aire fresco y descansar los oídos aturdidos con la distracción de un paseo por el jardín con sus hermanas y su prima.

Sin embargo, el comendador los arrastró a él y a sus amigos a ver las nuevas instalaciones de la máquina para procesar el café; era un edificio extenso y enclavado en la ladera de una colina, por donde descendieron a la sombra de unos limoneros en flor. De allí pasaron a la represa, a la caseta de los aperos, al molino y al nuevo camino, que estaba flanqueado por cañaverales de un verde suave y fresco; así, hasta llegar al cafetal, donde las impolutas calles entre las matas se extendían hasta donde alcanzaba la vista. El comendador, al frente, guiaba a la comitiva, orgulloso de su propiedad. Los demás comentaban en voz alta lo que iban viendo.

—Mire, amigo mío —lo llamó el mayor Trigueiros—, parece que sus tierras ya están cansadas...

—Pero ¡¿qué dice?! —protestó el agricultor—. ¡Si nunca han dado tanto como ahora!

—Eso no significa nada. Esta tierra seca y amarilla no me inspira mucha confianza... —Y señaló el suelo con el labio inferior—. La mía es roja, que las tierras del *sertão*[4] valen mucho más...

Azevedo caminaba junto a Trigueirinhos, conversando con él en un tono discreto, y el compadre Antunes, que se encontraba un poco más atrás, detuvo a Octavio y le preguntó abruptamente:

—¿Qué le ha parecido su prima? —Como solo recibió por respuesta una mirada de extrañeza y sorpresa,

[4] N. de la Trad.: Región agreste semiárida alejada de la costa y de otras poblaciones.

prosiguió—: Ahora verá por qué se lo pregunto. Esa joven es astuta: ¡con ese aire de santurrona que tiene es capaz de poner esta casa patas arriba! Menos mal que ha venido, así se dará cuenta de ciertas cosas... ¡Eva conspira!

Ante la sonrisa incrédula de Octavio, Antunes insistió, con los ojillos centelleantes clavados en el joven:

—¡Le digo que está tramando algo! Detesta al comendador y, sin embargo, ahí la tiene. A ella le gusta Azevedo y él le tiene echado el ojo a su dote... ambos saben que el comendador le debe al banco un dineral...

—¿Y qué? —preguntó Octavio, con tono incrédulo y ligeramente burlón.

—¡¿Y qué?! ¡Que el director del banco es el tío de Azevedo! ¿Es que no se da cuenta?

—Perfectamente. Todo esto me recuerda a la historia de *El castillo de Chuchurumbel*.

—Bueno, eso ya no lo sé, porque desconozco lo que se cuenta del castillo.

—Pues es un tema serio, amigo mío, porque resulta que es la historia del perro que mordió al gato que se comió al ratón que royó el cordón de las llaves de las puertas del castillo de Chuchurumbel.

A Antunes lo embargó la indignación, pero disimuló su enfado con una risa fingida.

—No se tome esto a broma —continuó—. ¡Abra los ojos! Su padre ya está al tanto de muchas cosas, y, como es prudente, guarda silencio; está convencido y tiene pruebas de que su sobrina quiere buscarle la ruina y así vengar al difunto Gabriel. El tiempo nos dirá si tengo razón al recomendarle que esté atento. Y, además, esa manera de actuar con Azevedo es indecorosa... Debería acordarse cuanto antes el matrimonio... ¡y que se marchen con viento fresco!

Octavio respondió a Antunes con altivez, replicando que no le correspondía a él intervenir en asuntos tan serios, y concluyó:

—Eva es libre; hará lo que ella quiera.

—¡Tenga presente que ahora su padre es responsable de los disparates que ella cometa!

—Pierda cuidado.

El tono seco y definitivo de Octavio hizo enmudecer al antiguo capataz de Santa Genoveva, que después masculló unas palabras ininteligibles.

Delante de ellos, el grupo marchaba de forma desorganizada, con varias conversaciones simultáneas.

Antunes apretó el paso para ponerse a la altura del mayor Trigueiros. Octavio observaba la estrecha espalda de Azevedo, su cuerpo afeminado y bien cuidado; los cabellos rubios y rizados, en los que el sol proyectaba reflejos rojizos, cobrizos; la mano blanquísima con la que se atusaba la barba y que asomaba por encima del hombro izquierdo con movimientos pausados, de caricia.

De repente, el prometido de Nicota se volvió y, al ver a su futuro cuñado solo, le propuso al fiscal que lo esperaran y que continuaran después los tres juntos, con Octavio en medio. Entonces Trigueirinhos, ya con más confianza, le preguntó si los árboles de Alemania eran achaparrados, si bebían buen café por aquellas tierras y si había lujo en las casas y amabilidad en las gentes.

Azevedo escondía una sonrisita irónica bajo el bigote rubio. Octavio respondía a todo con frases cortas, como si pronunciar cada palabra le costara un gran esfuerzo.

Trigueirinhos terminó el interrogatorio invitándole a una cacería de pacas y perdices en su finca; era un apasionado de esa clase de entretenimiento. Le venía de familia, contaba él. Su madre se echaba todos los días al monte con la escopeta; ¡era una atrevida! Su abuelo materno, a pesar de tener ochenta años, galopaba por los campos de Jaú, durante días y días, rastreando la caza...

Y aquel hombrecillo bajito, delgado, de tez cetrina, con dientes postizos y varios mechones lustrosos sobre la frente impregnados en Oriza L. Legrand, hablaba de las correrías y de las esperas en el bosque, mostrándose tan entrenado y ágil como un semidiós de las selvas.

Cuando regresaron, los coches de caballos ya estaban preparados en el patio. Los visitantes partieron: Nicota y Trigueirinhos se despidieron fríamente; era la última vez que se verían antes de la boda, prevista para quince días después. Azevedo murmuró algo en voz baja y Eva le respondió disimuladamente; Octavio solo alcanzó a entender estas palabras:

—Le escribiré mañana.

—Gracias.

Eva ya se había retirado cuando el capataz entró a rendir cuentas al dueño de la casa, momento que aprovechó para reprocharle que hubiera ordenado quitarle los hierros a Manoel.

—Ese demonio es un caso perdido —dijo, con su peculiar ritmo pausado.

El comendador le contó lo que había sucedido y el capataz se encogió de hombros, molesto. Después comenzaron las preguntas y respuestas acerca de cómo transcurría el trabajo.

Octavio se acercó a Noemia, que estaba asomada a la ventana. La noche era fría y oscura; en el cielo profundo brillaban las estrellas y él, atrayendo dulcemente a su hermana hacia sí, le preguntó:

—¿Y cómo pasan las noches aquí?

—Muy mal.

—¿Ah, sí?

—Figúrate: madre se despierta al amanecer y, como está muy atareada, en cuanto se pone el sol le entra el sueño. A padre también. Nicota suele mecerse pausadamente en una hamaca o hacer ganchillo; a mí, como no me gustan las hamacas ni el ganchillo, pues me da por jugar con *Vinagre* o *Júpiter*, que hacen muchas cabriolas, ¿quieres verlo?

—Mañana, mejor. ¿Y cuál es el cuarto de aquella ventana, la que tiene luz?

—Es la habitación de *madame* Grüber. Eva siempre se queda leyendo y trabajando hasta tarde con la maestra.

—¿Y por qué no pasan la velada aquí, en la sala, con todos?

—Porque el ruido no les permite concentrarse en lo que leen y porque a padre, ya sabes, no le gustan los libros en manos de una mujer...

—¿Y tú nunca asistes a esas veladas?

—¡No, nunca!

—Pues mal hecho.

—¿Por qué?

—Porque te daría la oportunidad de seguir avanzando y de ocupar la mente durante algunas horas.

—Yo no soy muy inteligente y no entiendo el alemán; de día sí que estudio, pero ¡por la noche estoy cansada!

—¿Eva habla alemán?

—Y francés.

—Ya..., pero apuesto a que no sabe coser.

—En realidad cose muy bien...

—¿Ah, sí?

—Eva sabe hacer de todo; ¡no conozco a nadie como ella!

—Veo que es muy amiga tuya.

—Sí, así es.

—¿Y de Nicota?

—No, de ella no.

—¿Por qué?

—Eva le parece demasiado pretenciosa...

—¿Y no es así?

—¡Pues claro que no!

—El señor Azevedo parecía estar encantado con la rosa que Eva llevaba en el pecho...

—A ella le gustan mucho las flores.

—Y a él ella, ¿no es así?

—Puede ser.

—¿Nunca se ha hablado de esto en casa?

—No, nunca.

—Pues llama la atención. ¿Qué edad tiene Eva?

—Veinte años.

—¿Solo?

—Tampoco parece tener más.

—Es mayor que Nicota.

—Solo un año.

—Entonces, ¿cuál podría ser el motivo de su mutua antipatía?

—No es mutua. ¡A Eva le agrada Nicota, es a Nicota a quien no le gusta Eva!

—¿Por celos?

—¿De quién? No, creo que es porque Eva dijo una vez que nunca se casaría sin estar enamorada, como es el caso de...

—¡De Nicota!

—¡Exactamente!

—¿A quién le dijo eso Eva?

—A nosotras.

—Es una romántica, pero razón no le falta.

—Pues creo que ese podría ser el motivo; Nicota enseguida se lo contó todo a madre, madre se lo contó a padre y...

—Y padre se enfadó, por supuesto.

—Y no quiere que pasemos mucho tiempo cerca de ella por miedo a que nos contagie su forma de pensar.

—¿Cómo ha venido a parar aquí?

—¿Eh?

—¿Quién la trajo? ¿Con qué pretexto? ¿Cómo se decidió todo?

—Yo estaba en el colegio, no sé nada, pero parece que la persona que la trajo fue el señor Morton.

—¡¿El señor Morton?!

—Sí. Era amigo del tío Gabriel y siempre ha sido el maestro de Eva; se tenían mucho cariño.

—Ah... O sea, que tú ya te la encontraste aquí.

—Sí. Cuando llegué, ella ya llevaba cinco meses viviendo en Santa Genoveva. Todavía guardaba riguroso luto por la muerte de su padre; en cuanto me vio, bajó por aquellas escaleras y fue a abrazarme. Yo no sabía quién era y me quedé muy sorprendida; después le pregunté a Nicota y, cuando me respondió que era nuestra prima, me puse muy contenta.

—¿Eva habla mucho de su padre?

—No mucho, pero llora a menudo y lee sus papeles. Cuando va al Mangueiral no tiene ganas de volver.

—¿Qué es el «mangueiral»? ¿Un mangal? No recuerdo que hubiera ni un solo mango por aquí.

—Es que no lo hay.

—Entonces, ¿dónde está ese mangueiral?

—Es la hacienda de Eva. Se llama así: O Mangueiral.

—¡¿Qué?! ¿Eva tiene una hacienda?

—¿De qué te sorprendes? El tío Gabriel era rico.

—Ni se me había ocurrido, pensaba que ella era pobre. ¿Está cerca de aquí?

—Sí.

—¿Suele ir con padre?

—No, solo con *madame* Grüber. A padre no le gusta acompañarla.

—Pero si ahora Eva es rica, ¿por qué vive aquí?

—Porque esa fue la última voluntad del tío Gabriel. Mira, quien mejor puede contártelo todo es el señor Morton.

Noemia se alejó llamando a *Júpiter* para que jugara con ella.

En el gran comedor, que los paulistas solían llamar «veranda», independientemente de su ubicación en la casa, un quinqué de pared vertía su escasa luz sobre un espacio limitado; el resto de la casa, entre sombras, tenía un aspecto somnoliento y fúnebre. Las hamacas chirriaban en las argollas de hierro sujetas a las jambas de las puertas; se oían bostezos. El capataz proseguía con el relato de la jornada, insistiendo en las faltas de Manoel. Octavio no quiso molestarlos y se quedó en la ventana, mirando hacia el punto de la casa donde brillaba la luz de una lámpara con pantalla de porcelana. Después, descendió las escaleras, continuó hasta situarse bajo la ventana iluminada y se sentó en el banco de piedra, que parecía haber sido puesto allí a propósito. Las ranas croaban en los charcos y, en la sombría soledad del cielo, las estrellas florecían como luminosos capullitos trémulos. Desde dentro de la habitación iluminada llegaba un murmullo de voces y roce de papeles.

En todo el día no había tenido ocasión de conversar con ninguna de aquellas mujeres, que sin duda eran las más intelectuales del lugar y cuya compañía le ofrecería mayores distracciones.

La pasividad de su madre, la forma de pensar de su padre —tan contraria a la suya—, la frialdad de su hermana mayor y la ingenuidad de la menor le obligarían a llevar una vida introspectiva, hacia la que no sentía ninguna predisposición. Cansado de su vida de muchacho solitario, sin hogar ni alegrías íntimas, había corrido ansioso hacia su familia. Pero, poco después de verlos y abrazarlos. se había dado cuenta de que nunca lo comprenderían.

Entonces, sumido en la decepción y la amargura, se acordó de las impertinentes insinuaciones de Antunes y, quizá para confirmarlas, de las palabras que su prima le había murmurado a Azevedo en la despedida. No había tenido tiempo de formarse una opinión definitiva sobre Eva y le resultaba extraño ver que cada uno la juzgaba a su manera. La figura altiva, la frente siempre erguida como si desafiara el peligro, la mirada serena y los andares firmes le mostraban una naturaleza fría, orgullosa e inaccesible. Sin embargo, se acordaba de su voz dulce y clara, penetrante y cariñosa, y de su intervención en favor del desafortunado esclavo y vacilaba entre el candor y la compasión o el sentimiento calculado e hipócrita. Se había topado con un problema en casa: un ser con alas para unos, con patas de macho cabrío para otros, misterioso y atrayente por eso mismo. Eva no se había mostrado sorprendida ni complacida por la llegada de su primo; lo había recibido como a un extraño del que nunca hubiera oído hablar. Octavio reflexionó sobre eso y volvió a recordar las palabras pronunciadas a Azevedo en la penumbra del corredor. ¿Quién sabe? Tal vez Antunes tuviera razón.

La antipatía que el cabeza de familia no se molestaba en ocultar por su sobrina debía de tener algún fundamento que la justificara. Eva se había metido en la casa de un viejo enemigo de su familia con el propósito de cobrarse algún tipo de venganza... Eso era lo que le había querido hacer creer Antunes, quien, al fin y al cabo, era un hombre pragmático... ¡No, ni hablar! ¡Eso sería una vileza! Pero lo cierto es que ella era, indudablemente, una mujer con recursos, una mujer peligrosa. Dejándose arrastrar por una corriente de malos pensamientos, Octavio casi sentía alegría al encontrar en aquella soledad un motivo por el que luchar, un sentimiento fuerte que lo removiera y no lo dejara caer en la apatía provinciana.

Estaba a punto de ponerse de pie, considerándose ya enemigo de Eva, cuando oyó la dulce voz de su prima recitando en tono grave unos versos de Goethe. Octavio se estremeció; aquella voz cargada de frescura, que se elevaba serenamente en el silencio de la noche y que sonaba en una lengua a la que él se había habituado hacía tantos años y en la que había expresado sus primeros amores, lo turbó profundamente. Volvió a sentarse en el banco de piedra, dejando vagar su mirada sobre las luciérnagas que titilaban aquí y allá, y escuchando con fascinación y avidez las melancólicas frases del viejo amigo de Bettina.

CAPÍTULO 4

A la mañana siguiente, Octavio se despertó con las primeras luces del día. Había tardado en conciliar el sueño, a pesar del cansancio del viaje y de las grandes emociones de la víspera. No estaba acostumbrado a esa cama y se había sentido febril, pero cuando abrió la ventana por la mañana y contempló los vastos campos iluminados por la luz violácea y dulce del alba, se sintió reanimado y alegre. Recordó los días de la niñez, cuando a esa hora salía corriendo al patio, con un vaso en la mano, preparado para la leche espumosa y todavía tibia de la vaca. Se vistió, deseoso de adentrarse en la espesura, de caminar por aquellos bosques, cuyos árboles veía desde el cuarto. Al salir de la habitación, se encontró con su madre, que iba con una criada a recoger verdura al huerto.

—¿Tan temprano y ya levantada, madre?

Ella le contó que siempre se levantaba al amanecer para hacer las tareas de la casa; luego le aconsejó que tomara algo.

—Voy a por leche y luego me reuniré con usted en el huerto.

Octavio cruzó el patio en dirección al establo, donde un negro alto ordeñaba una vaca.

—¡Eh! ¡*Ladina*! —le gritó toscamente al animal. Después, volviéndose hacia Octavio, mirándolo con unos ojos cuya esclerótica de color amarillento destacaba sobre el fondo oscuro del rostro, le preguntó—: Señorito, ¿*quié* leche?

Octavio vació el vaso que el esclavo le ofrecía.

—¡Eh! Señorito, ¿ya no se acuerda de mí?

—¿Cómo se llama?

—¿Yo? Yo me llamo Teodoro, sí, *señó*...

—Teodoro.

—Teodoro hijo... Teodoro padre ya murió, sí, *señó*.

—¡Ah! ¡El hijo de Narcisa!

—Sí, *señó*.

—Pues claro, ¿cómo no me iba a acordar?

El negro se reía, frotándose las manos, y luego, con cierto embarazo, añadió:

—Ya creíamos que *usté* no iba a volver más...

—¿De qué murió Teodoro padre?

—Fue obra de brujería, sí, *señó*.

—¿Y su madre?

—Tiene el mal de la ceguera. Ya no vive aquí, no, *señó*. El patrón se la vendió al *señó* Antunes.

—Ah.

—Se la trocó por un par de bestias.

Octavio intercambió algunas palabras más con Teodoro y luego continuó su camino en dirección a la huerta, que estaba cercada por un muro y tenía una estrecha puerta pintada de verde, ahora entreabierta. Desde la entrada y cubriendo todo el sendero, se extendía una parra frondosa; a los lados, cada cierta distancia, flanqueaban el camino unos rosales de los que florecen todo el año, por cuyas aromáticas flores revoloteaban sencillas mariposas blancas o de color pajizo. En el centro del terreno había unos parterres estrechos y algún que otro arbusto. Octavio atravesó la huerta por una calle de membrilleros para llegar hasta su madre, que se encontraba lejos, tirando con ambas manos de las oscuras ramas de una formidable remolacha para arrancarla.

Los grandes buqués azules de las hortensias salpicaban con una nota de alegría los parterres. En las haciendas, los límites entre el huerto y el jardín son difusos; las rosas se plantan junto a los nabos, y los lirios florecen junto a los repollos.

La huerta de Santa Genoveva era a la vez vergel, huerto y jardín, y estaba rodeada por un muro y alejada de la vivienda. El hortelano era un negro viejo y calvo, Torquato, al que, como ya no se desenvolvía con soltura en los cafetales, aprovechaban para trabajar allí.

Octavio lo reconocía todo; ni siquiera las plantas parecían haber cambiado, solo el hortelano era diferente; el viejo Tomé de antaño había muerto, naturalmente, pues ya no estaba en edad de ser vendido o intercambiado por algún animal...

Octavio se acercó a su madre y la ayudó, risueño, a recoger las verduras.

Se sentía ligero, feliz; respiraba a pleno pulmón el aire fresco de la mañana, tenía las manos mojadas del rocío de las plantas, veía el rostro sereno de su madre bañado de suavidad como la fisonomía de las vírgenes de los altares.

Se despidieron en la puerta; ella todavía iba a acercarse a ver a los animales, él salía a dar un paseo sin rumbo.

Se dirigió a la entrada de la hacienda bordeando el muro de la huerta; abrió el portón y descendió por una rampa con firme muy deteriorado, trufado de manchas de verde sucio por alguna que otra mata de hierba medio masticada por los animales. Sobre la tierra rojiza y muy seca se revolcaban unos niñitos criollos desnudos, con barrigas enormes y ombligos sobresalientes. Más abajo, al pie de la colina, se extendía la represa, serena y espejada; se detuvo allí un rato e hizo entrar en el agua a unas cercetas que paseaban con parsimonia por la orilla; luego retomó la marcha por una senda estrecha y se adentró en la selva.

Poco a poco, conforme avanzaba, se vio cada vez más rodeado de un espeso follaje verde.

Sobre la cabeza tenía una bóveda cerrada, a través de la cual apenas se divisaba el cielo. ¡Todo era verde! Un verde brillante, un verde uniforme que le daba la impresión de encontrarse dentro de una esmeralda inmensa. La propia luz del sol, filtrada por las ramas, caía esmeraldina sobre aquel recinto donde cada árbol tenía más arrogancia y majestuosidad que las más imponentes columnas de los templos suntuosos.

Sobre la tierra pegajosa y húmeda se extendían aquí y allá alfombras de musgo aterciopelado de un color verde tierno y el aroma de la vainilla, suave y dulcísimo, flotaba por el bosque. Al canto de los pájaros, que parecía elevar una plegaria, lo acompañaba un ritornelo grave: el riachuelo estrecho que fluía haciendo gorgoritos sobre guijarros y troncos quebrados, atravesando la vegetación. En los rincones más oscuros, la atmósfera sofocante tenía un fuerte olor a hojas podridas, que se amontonaban en el suelo en capas superpuestas.

De repente, Octavio se detuvo, embelesado: ante él, iba y venía, ahora volando alto, ahora volando bajo, una gran mariposa de alas azules con arabescos dorados. Y justo detrás, otra de igual belleza. Eran mariposas como las que en Alemania adornan los museos, como preciosidades únicas, extendidas, inmóviles y tristemente frías, bajo el cristal de las vitrinas, con la rigidez de las cosas muertas. Ahí estaban ante sus ojos, palpitantes, ligeras, caprichosas, trémulas, un segundo aquí, al siguiente allá y un instante más tarde en otro lugar; ahora en la sombra, ahora iluminadas por un rayo de sol que se filtraba a través de las opulentas ramas de la arboleda.

A las mariposas les siguió un colibrí irisado, un ave hecha de luz y de gracia, todo delicadeza y ternura, que se detenía un momento a libar el néctar de la brunfelsia púrpura, con el cuerpo en el aire y el fino pico enterrado en el cáliz de la flor.

Más adelante, al otro lado de un arroyo, vio anidada en la hoja cóncava de un caladio a una familia de insectos multicolores, redondos, luminosos, como un montículo de pedrería depositada en un joyero de esmeralda. Y verdor por doquier: verdor en las gruesas palmas de los cocoteros y en el delicado encaje de los helechos, verdor en las hojas de las intrincadas lianas, en las copas de los árboles, en el musgo y en el limo del suelo y en el agua espejada y estancada de los charcos.

Octavio se acordó de un amigo, un estudiante alemán que tantas veces le había preguntado por las cosas de su país, que había despertado su curiosidad por todo lo que antaño le resultaba casi indiferente y que le había enseñado así a adorar la naturaleza como a la madre que tantos beneficios nos prodiga. Alentado por ese muchacho inteligente, su espíritu se había desarrollado y había aprendido a amar devotamente su tierra.

Después de andar un buen trecho, fue a dar a un terreno espacioso en la cima de una colina que se divisaba desde la parte trasera de la casa. Había recorrido un largo camino sin sentir cansancio; descendió al valle para subir de nuevo otra ladera que lo llevara a la escalera de la vivienda paterna. Más abajo discurría el río que movía el molino y, junto al puente, estaba el baño, recién construido. Recordó que por allí cerca había unas piedras en las que, de niño, solía sentarse a pescar unos míseros carácidos para el cuscús de la cena. Veinte pasos más adelante, se encontró con ellas, medio limosas, superpuestas unas sobre otras, a la sombra de las ramas de una higuera silvestre, en un pequeño espacio mucho menos pintoresco de lo que se le dibujaba en la imaginación. «Definitivamente, la nostalgia cambia el aspecto de las cosas», pensó el joven, mientras caminaba con la mirada perdida en una hoja arrancada de la higuera que llevaba entre las manos. Al acercarse al puente, oyó crujir la puerta del baño y, al levantar la vista, vio a su prima salir con el cabello todavía húmedo, desatado, cayendo como un pesado manto negro hasta la orla del vestido blanco. El agua y los árboles murmuraban como si se estuvieran susurrando palabras de amor.

Los pájaros cantaban con alegría y en aquel concierto de armonías, entre sombras, perfumes y luz, Octavio se estremeció de sorpresa, como se habría estremecido el primer hombre en el paraíso al ver, deslumbrado, surgir ante él, brillante y hermosa, a la primera mujer.

—¡Eva! —dijo casi con timidez.

Su prima sonrió y le tendió la mano. Ambos caminaban, uno al lado del otro, hacia la casa cuando, de repente, ella se detuvo y dijo:

—¡Ah, es verdad, primo! Usted aún no ha visto a su mamá[5]. Ay, pobrecita... Vive muy cerca de aquí, ¿vamos?

—Le agradezco que me haya recordado ese deber... —A Octavio se le subieron los colores por haberse olvidado de la pobre mujer; luego, añadió a modo de disculpa—: Debería haberme buscado ayer...

—Ganas no le faltarían, pero la infortunada está paralítica.

—¿Ah, sí?

—Sí. Tuvo un derrame cerebral y no ha vuelto a ponerse de pie desde entonces.

—¡Pobre mamá!

Continuaron en silencio hasta que llegaron a una casa de adobe sin ventanas, donde el ama, sentada en el suelo junto a la puerta, garbillaba el arroz cantando con un hilo finísimo y trémulo de voz. El achaque la había hecho envejecer; estaba consumida, con el pelo crespo completamente blanco y el rostro ajado como los campos resecos, llenos de surcos, cuando lleva tiempo sin llover. Aun así, trabajaba y cantaba con las manos escuálidas y aquella vocecita tan débil como la de un niño. No es que le hubieran encomendado tareas: se las pedía a las demás compañeras para aliviarles parte del trabajo.

—¡Mamá! —dijo Octavio, con los ojos llenos de lágrimas, mientras se acercaba a ella.

La anciana se sobresaltó, clavó los ojos fulgurantes en el joven, donde toda su vida parecía concentrarse, y el garbillo se le cayó de las manos. Entonces agitó los brazos, ahogada en llanto, llamándolo para que se aproximara.

Octavio se acercó y ella se abrazó a sus rodillas.

[5] N. de la A.: Así es como denominan los paulistas a las amas de cría negras que los han amamantado.

Era aquella viejecita paralítica, inútil, arrojada a un rincón mugriento como un trasto viejo, quien daba muestras de mayor júbilo por su regreso. Todos los demás lo habían recibido con una mera sonrisa; ella lo acogía con lágrimas.

Eva los dejó para que hablaran largo y tendido, y se fue sola a casa. Octavio se sentó en el umbral de la puerta, cerca de la mujer, que le besaba las manos con respeto, que lo miraba con ternura, como en éxtasis, arrobada. El ama le hablaba de su niñez, le preguntaba si no le enviaban en las cartas los recuerdos que ella le mandaba y se quejaba de no recibir los de él. Después elogió mucho a Eva y exclamó:

—¡Ay! ¡Cómo me gustaría que *usté* se casase con ella!

Cuando Octavio volvió a casa, encontró a su padre impaciente por el retraso. El almuerzo se servía a las nueve y eran casi las once. Además, en la víspera, el comendador le había prometido a Antunes que iría con su hijo a cenar al día siguiente a la ciudad, a casa de la viuda Teixeira.

En la propia mesa, le informó de que la viuda era hermana de Antunes y le habló de la envidiable fortuna que poseía y de la hija que la heredaría, que era toda una venus.

—¡Es la mujer más bella de todo el municipio! —afirmó el comendador.

—¡A mí no me lo parece! —repuso Noemia.

—No, claro... Noemia es mucho más bonita... —apuntó Nicota con ironía.

—No, no lo soy, pero sí que tengo más gracia; Sinhá es una tontaina y una pánfila... ¡en el colegio nunca se sabía la lección!

El comendador declaró que Sinhá tenía muy buenos modales y que era muy seria y sensata.

Cuando terminaron de comer, se entretuvieron ultimando los preparativos. Octavio estaba enfadado. Todavía no había tenido tiempo de relajarse en familia ni de ver a gusto todos los rincones de Santa Genoveva, de los que tanto se acordaba en Europa.

Cuando salieron de la hacienda era la una: el sol caía a plomo, había polvo y a Octavio le entró la modorra. Mientras, su padre le trazaba la biografía de la familia Antunes.

—Era gente fina y buena.

—Pero, entonces, ¿por qué era capataz?

—Esas cosas pasan, hombre; son rachas. Por aquel entonces no tenía recursos... Hoy en día le va bien.

—¿Alguna herencia?

—Sí, un hijo le dejó una hacienda, muy mal administrada pero en la que él luego puso orden y ¡el caso es que se ha hecho rico! También lo ayudó su hermana; ahora él es quien le lleva los negocios...

—Ah... —bostezó Octavio—¿Y Antunes era viudo?

—No.

—¿Y, entonces, el hijo?

—Era un hijo natural.

—¡Aaah! —Bostezó de nuevo, hasta que, ya sin fuerzas, Octavio se rindió al sueño, recostándose bajo la capota del coche de caballos. Se despertó al entrar en la ciudad, con el traqueteo del vehículo sobre los adoquines; se enderezó, se sacudió el polvo y a las tres de la tarde se detuvieron ante la puerta de la viuda Teixeira.

Entraron y, después de ser recibidos por Antunes, se dirigieron a una sala en la parte delantera de la vivienda, a la derecha, donde varios hombres estaban ya bebiendo cerveza. Allí se quedaron, esperando absurdamente hasta que los llamaron para cenar. Entonces se unieron a las damas, reunidas junto a la mesa. Entre varias amigas, la hermana de Antunes parecía dichosa mientras se reía de alguna confidencia de sus compañeras, a pesar de la seriedad de su todavía riguroso luto de viuda.

Antunes presentó a Octavio a los invitados y a la familia. Sinhá mantuvo una actitud impasible y apenas respondió al saludo. Era realmente hermosa: alta, bien proporcionada, con ojos oscuros, grandes y pestañosos; el rostro claro y sonrosado, de facciones correctas, pero con una fisonomía tan inexpresiva que Octavio apartó la vista como si hubiera mirado a una muerta. Lo colmaron de atenciones; la señora de la casa lo miraba con aire maternal y Antunes le habló de la riqueza de su hermana y de la dote de su sobrina. «¡Es un ángel, nuestra Sinhá!». El joven se dejaba agasajar y escuchaba todo lo que le decían sin caer en la cuenta de que podían tener intenciones ocultas.

Emprendieron tarde el camino de regreso y cuando llegaron a Santa Genoveva era medianoche. En casa, todos dormían, excepto la madre, que los esperaba meciéndose en la hamaca.

CAPÍTULO 5

Los días transcurrían apaciblemente. Octavio paseaba, ponía en orden sus libros, se interesaba por el trabajo en la finca y trataba de influir en su padre para que hiciera algunos cambios; planeaba montar una fábrica en unos terrenos que le pertenecían y establecerse cómodamente al lado de su familia. Quiso hacer un croquis de la planta de la hacienda y en esa tarea se enfrascaba durante algunas horas de la mañana; por la tarde acompañaba a sus hermanas, a su prima y a la maestra a dar un paseo por el jardín o alrededor de la represa, lo que le brindaba la oportunidad de apreciar la educación de Eva y el espíritu de *madame* Grüber.

El comendador no tardó mucho en unirse al grupo y no permitía a su hijo mantener otra conversación que no fuera la suya; había algo embarazoso en su modo de proceder que se fue contagiando a todos los demás. Al cabo de pocos días, el grupo se disolvió, esgrimiendo cada uno un pretexto para no acudir.

Eva había decidido estudiar piano a esa hora; la alemana leía; Noemia confesaba abiertamente que aquellos paseos, oyendo hablar de política o de negocios, la aburrían; y Nicota se afanaba en su interminable ganchillo, sentada junto a la ventana.

Así estaban las cosas cuando una mañana, al volver de un viaje a la ciudad, el hacendado llamó a la puerta de su hijo, que trazaba y perfeccionaba los planos de Santa Genoveva mientras se deleitaba escuchando a su prima cantar en la sala, a lo lejos.

El comendador estaba pletórico y en pocas palabras desveló la causa. Había estado con Antunes. Su amigo le había dicho que su sobrina estaba enamorada de Octavio, para regocijo de toda la familia. Entre los muchos pretendientes, él había sido el elegido y con esa decisión ella demostraba sensatez y buen gusto.

—La muchacha es bonita, buena y rica; ¡la mayor fortuna del municipio! —concluyó Medeiros, radiante.

Octavio se quedó atónito al oír aquella inesperada declaración. Después rompió a reír. «¡Tiene gracia, este Antunes! Conque su sobrina despreciaba a los pretendientes y lo escogía a él, ¡que ni siquiera estaba interesado en ella!», pensó.

—¿Es que han perdido el juicio, padre? —preguntó finalmente, con sorna.

Medeiros, muy serio, respondió que todo lo contrario, que no había nadie con más sentido común.

—Pues no lo parece... Bueno, ¿cuál fue su respuesta?

El comendador confesó que no esperaba una negativa por su parte y que alimentaba la esperanza de verlo cambiar de opinión.

Octavio le aseguró que nunca se casaría con Sinhá; le parecía anodina, sin espíritu, poco atractiva, incluso.

Además, no alcanzaba a entender cómo era posible que aquella muchacha sintiera amor por él... ¡solo lo había visto una vez y ni siquiera le había hablado!

—Porque tiene sentido común; no es una atolondrada como... como la mayoría.

—¡Ah! Así que una joven sensata revela un enamoramiento así, de repente, y elige como marido a un hombre completamente desconocido...

—Para ella no eres «un desconocido», Octavio —replicó el hacendado—. Hace mucho que la familia Antunes acaricia la idea de verte unido a ella. El compadre te conoce desde que eras pequeño y sabe que tienes buen corazón; además, has vuelto de Europa formado, tienes una buena carrera y uno de los apellidos más importantes de la provincia. Antunes leía las cartas que nos enviabas y le hablaba muy bien de ti a todo el mundo. He ahí por qué ya casi te consideraban comprometido con la bella y solicitada Sinhá, incluso antes de tu llegada a Brasil.

Después de un encendido discurso, en el que ensalzó las buenas cualidades de la sobrina de su amigo, Medeiros le dijo a su hijo que todavía no daría una respuesta definitiva, pues aún esperaba verlo arrepentido pidiendo la mano de aquella a la que defendía con tanto ahínco.

Octavio se empeñó en vano por los medios más persuasivos en desviarlo de tan arraigado deseo. ¡Imposible! Era una idea fija, un plan madurado durante años. Y se había incrustado a conciencia en el cerebro de aquel hombre tenaz. No había fuerza ni maña capaz de sacarlo de sus trece.

El dueño de la hacienda salió de la habitación de su hijo hecho un basilisco, descargando su furia sobre cualquiera que se le pusiera por delante con el más baladí de los pretextos: golpeó a un perro, echó del corredor a unos galopines y se encerró en una sala tras dar un portazo que pareció causado por un vendaval. Octavio se detuvo dos minutos a pensar en la singular situación en la que se veía envuelto, encendió un cigarrillo y se lo fumó abstraídamente. Después retomó con total serenidad el croquis interrumpido.

Aquella tarde el comendador Medeiros no le concedió el honor de su compañía; se montó en el caballo y se marchó, sin decir adónde. Octavio no atribuyó el malestar de su padre a la conversación que había tenido con él poco antes, sino que lo creyó preocupado por alguna cuestión de la hacienda; por esa razón, invitó con total alegría a sus hermanas, a la maestra y a su prima a un paseo por el campo. Todas aceptaron, menos Nicota, que se esforzaba por terminar antes de que anocheciera una colcha de ganchillo en la que trabajaba.

Los cuatro salieron a pasear por una de las escasas veredas de aquella finca inmensa, en la que no se escatimaba ni un centímetro de pasto ni de cafetal. Con el tramo boscoso en mente, Octavio quiso saber si las señoras tendrían algún problema para atravesar la vegetación, muy espesa en algunos puntos. Ellas se rieron, aseverando haber pasado por allí muchas veces.

Y prosiguieron la marcha más alegres, hablando alto, con una encantadora despreocupación de espíritu.

Madame Grüber lanzaba exclamaciones guturales y corría a grandes zancadas detrás de las mariposas, mostrando los pies planos y unos tobillos finos. Eva seleccionaba y recogía plantas. Noemia alborotaba, disfrutaba de la alegría de los demás, saltaba a los lugares de más difícil acceso y se engalanaba con flores. Octavio despejaba el camino de lianas y de ramas descolgadas, y les tendía la mano para que pudieran superar más fácilmente los obs-táculos que encontraban.

Y así, alegremente, recorrieron el bosque hasta salir a la ladera de la colina y bajaron al valle, por donde fluía dulcemente el estrecho río; allí, como todavía era tempra-no, se les ocurrió pasar un rato bajo la higuera silvestre, en el mismo lugar donde, de niño, Octavio solía pescar unos pececillos para el cuscús de la cena.

Tomaron asiento, unos en la hierba, otros en las raíces del árbol. Noemia sumergía las manos en el agua y luego las sacudía sobre la hierba, entusiasmada de ver las goti-tas que brillaban con los últimos rayos de sol; no prestaba atención a nada más, se recreaba con aquel juego infantil.

Octavio hablaba de Alemania; describía paisajes, cos-tumbres, personas, instigado por las palabras amables de la lisonjeada maestra y por la curiosidad de Eva. Su pri-ma, tan modesta, con su atuendo claro y sencillo, y su mirada aterciopelada fija en él, nunca le había parecido tan bella, tan cautivadora, tan dulce; quiso oírla hablar y le preguntó si no tenía ganas de ver ella también aquellas cosas, de apreciar de cerca las bellezas europeas.

Ella le respondió que sí, aunque lo que más deseaba era vivir en el lugar en el que había nacido y que sus pa-dres le habían enseñado a amar.

—Mi madre siempre decía —concluyó la joven— que debía considerar como hermanos incluso a los árboles y a las flores que me rodeaban y darles todo mi cariño, así que me acostumbré a tener un vínculo casi familiar con ellos y los echaba mucho de menos cuando estaba lejos, ¡aunque solo fuera por unos días!

Más tarde, cuando la conversación derivó hacia la de-voción por las flores, Eva confesó:

—Una vez, cuando todavía era una niña, iba a arrancar de mala manera unos dondiegos amarillos cuando oí un «¡ay!» muy triste; aparté rápidamente las manos y mi madre, que me observaba atentamente, me dijo: «¿Ves? Ha sido un gemido de la tierra, de la tierra en la que naciste, hija mía, y de la que querías arrancar a una de tus hermanas». Desde ese momento profesé una verdadera devoción por las plantas, ¡incluso besaba las flores en alguna ocasión! Nunca llegué a saber de dónde provenía aquel quejido tan oportuno que llegó a mis oídos. Probablemente, no fue más que un suspiro de mi madre.

Madame Grüber, que no aprobaba nada que tuviera el más leve rasgo romántico, meneó la cabeza con una sonrisa en los labios.

Octavio, percatándose de ello, afirmó que esas imágenes poéticas imprimían, con su candor, mucho más interés y convicción en los niños que las prácticas con las que muchos piensan que los preparan mejor.

—Quitarles la ilusión a los únicos seres capaces de tenerla en toda su plenitud, ¡qué barbaridad, Dios mío! Hacerles amar la naturaleza como a una madre, besar las flores como a hermanas... ¡qué bello ejemplo para la maldad del hombre!

La maestra le respondió detallándole los métodos modernos de educación. Octavio la escuchaba mientras pensaba cómo conseguir que Eva contara más episodios de su infancia, muerto de ganas por conocerlo todo acerca de su vida pasada y espoleado por el deseo de saber cuál había sido su impresión al entrar sola y huérfana en la casa de su tío y cómo había podido alejarse del hogar paterno, por el que mostraba un amor tan entrañable.

Se abstenía de preguntar, a la espera de una ocasión en la que pudiera saberlo todo sin ser indiscreto.

La noche caía. Sobre el fondo difuminado del cielo se destacaban, adoptando formas extrañas, los árboles de la colina que se erguía ante sus ojos. Con un vuelo bajo y esponjoso, una lechuza fue a posarse en el tejado de paja de una *senzala*, sobre la cual desplegó sus grandes alas algodonosas. No desentonaba allí, en aquel triste techo, donde los alegres pajarillos no podrían cantar sin remordimientos, porque el canto de aquella ave nocturna no era como el suyo —un himno a la libertad—, sino que se asemejaba a un grito de condena más acorde con la voz de los esclavos y se sumaba a sus imprecaciones.

El silencio se cernió sobre ellos. Noemia fue la primera en romperlo, recordando que era hora de partir; se levantaron y emprendieron el camino de vuelta a casa. Cruzaron el puente y tomaron el estrecho caminito hacia el naranjal subiendo en zigzag.

Madame Grüber inspiraba profundamente, deleitándose con el aroma de las plantas. Noemia cantaba. Eva guardaba silencio; parecía sumida en la nostalgia que le había despertado el recuerdo de su madre. Octavio caminaba detrás, sin despegar de ella la mirada, y sentía un placer inefable e indefinible al pisar sobre sus pasos, sin pensar realmente en nada. Al pasar por la casa del ama, que tal vez ya dormía dentro el sueño ligero de los ancianos y los enfermos, recordó las palabras con las que su mamá se había referido a Eva.

—¡Qué bueno sería que *usté* se casase con ella!

Esa frase resonaba como música en sus oídos y reaparecía en su mente de vez en cuando en medio de todo tipo de reflexiones; viniera o no al caso, vibraba siempre sonando pausadamente, libre y aislada.

Ya le había sucedido en más de una ocasión que no conseguía conciliar el sueño porque en su memoria algún pasaje de una opereta se repetía en contra de su voluntad; también le había sucedido lo mismo con algún verso, en bucle, que lo había impacientado. Con una frase, sin embargo, era la primera vez, y le parecía extraño que eso no lo enfadara; al contrario: le provocaba una avalancha de ideas atropelladas.

Cuando entraron en casa, el comendador Medeiros ya había regresado de su paseo. Continuaba de mal humor, un oscuro pensamiento le nublaba el rostro. Había manifestado su contrariedad al saber que su hijo acompañaba a las damas y que tardaba tanto en regresar. Reprendió a su mujer, que soportaba pacientemente la descarga de su cólera; prohibió que Noemia volviera a salir en compañía de la prima y, cuando vio aparecer a los recién llegados, les dio la espalda sin responder a sus «buenas noches» y se fue a su habitación, de la que no volvió a salir en toda la noche.

La velada transcurrió insípida, la cena se sirvió una hora antes de lo habitual. Hablaron en voz baja, como si hubiera un enfermo en casa.

CAPÍTULO 6

L a borrasca continuó tenebrosa durante todo el día siguiente. Medeiros no se presentó ante la familia y manifestó su deseo de que no fueran a verlo.

—Eso es que tiene migraña —afirmaba plácidamente su esposa—; pronto se encontrará mejor.

Tranquilizados por ese argumento, los hijos ya no se anduvieron con tanto cuidado; se limitaron a andar de puntillas y a no abrir el piano.

Después de la cena, *madame* Grüber y Eva salieron a la huerta. Noemia y Nicota, en cambio, se quedaron en la sala; la primera, contrariada y llorosa; la segunda, tranquila. La madre le había transmitido a su hija el recado y la prohibición paternas, sin comentarios, de forma sucinta. Octavio dio vueltas sin rumbo por la casa y luego se unió a la extranjera y a su prima. Cuando se recogieron, las estrellas ya centelleaban en el cielo todavía pálido.

Las horas de la velada transcurrieron con la misma monotonía que las de la víspera. Eva se había retirado a la habitación de *madame* Grüber y, en el gran comedor, que carecía de confort, estaba poco iluminado y era frío, chirriaban las argollas de las hamacas. Al fondo, de vez en cuando, pasaban los esclavos, descalzos y sin hacer ruido, como sombras misteriosas. El tedio enseguida llamaba al sueño.

Después de una noche sosegada, Octavio se levantó a las seis de la mañana y se fue a dar su paseo habitual, demorándose un tiempo abajo, en sus terrenos, mientras calculaba cuál era el mejor sitio para la fábrica que proyectaba. Al regresar, encontró a su padre de pie en el umbral de la puerta, con el sombrero enterrado hasta los ojos y la fusta bien sujeta en la mano derecha. El caficultor respondió preocupado a una exclamación de júbilo de Octavio, diciéndole que necesitaba hablar con él a solas; se dirigió a su sala y le hizo un gesto a su hijo para que lo acompañara. Una vez allí, Medeiros le tendió a Octavio una carta ya arrugada y le dijo secamente: «Léelo».

Entre muchos términos sin sentido y faltas de ortografía colosales, Octavio leyó una larga denuncia anónima contra Azevedo y Eva. Entre aquellos sucios caracteres, escupidos por una burda pluma, resaltaban el odio y la preocupación por una conspiración en contra del hacendado.

Tras referirse al idilio de la huérfana y el fiscal, afirmaba saber que ambos estaban preparando, con la ayuda de la extranjera, una revuelta de los esclavos de Santa Genoveva. Esta revolución estallaría la noche de la boda de Nicota. «Su casa es un nido de abolicionistas. Prevéngase».

—¿Y bien? —preguntó el hacendado, cruzándose de brazos—. ¿Qué opinas?

—Opino que esto es una infamia —respondió secamente Octavio, con los ojos todavía fijos en la carta.

—¡Sí que es una infamia, sí! —gritó su padre, fuera de sí—. Me las va a pagar, esa...

—Padre —le interrumpió Octavio con viveza—, la infamia, la incalificable maldad es de quien ha escrito esta carta. ¡Eva es inocente y, en lugar de acusarla, debemos defenderla! —El comendador vociferaba, descargando furiosamente la fusta sobre el mobiliario. Octavio prosiguió—: Si Eva realmente ama a Azevedo, ¿por qué no habría de casarse con él? Intente ayudarla en eso, padre, ahora que también ha de ejercer como el suyo. Intente facilitárselo si es que Azevedo es, como yo lo veo, digno de esa dicha. —El caficultor abrió la boca, atónito—. En cuanto a si ambos son abolicionistas, no veo motivos para censurarlos; muy al contrario, sería un motivo para alabarlos. No creo que Eva esté conspirando contra un hermano de su padre, en cuya casa se encuentra. ¿Y qué podría hacer ella, una pobre muchacha, en su contra? Reflexione un momento en la desigualdad de fuerzas, en el poder que ostenta usted y en el que ostenta ella, y verá como enseguida se calma, padre.

—¡¿Que qué mal podría hacerme?! ¡De todo! Puede acabar con mi familia... Tiene en su poder documentos comprometedores y en estos tiempos que corren a saber qué podría conseguir en mi contra, hasta dónde podría llegar. Decididamente tiene que marcharse, le ordenaré que se vaya.

Un gran pesar había oscurecido el semblante del comendador, que se dejó caer en el sofá y ocultó su rostro entre las manos.

—Yo no sé nada de Eva —reconoció Octavio—, la conozco desde hace pocos días y nadie me ha hablado nunca de su pasado. ¿Qué fue lo que originó la enemistad entre usted y el tío Gabriel? ¡Lo ignoro! ¿Cuáles son esos documentos comprometedores que Eva tiene en su poder? ¡No lo sé! Yo solo alcanzo a entender una cosa de todo esto y es que están jugando con su reputación, la están calumniando y yo debo defenderla. Padre, no se olvide de que Eva solo nos tiene a nosotros como consejeros y guías, ya que ha quedado a nuestro cargo. Usted no puede ni debe echarla; ¡para usted Eva es más sagrada que una hija!

—¡Maldita sea! —exclamó el caficultor, dándole una patada al suelo—. ¡Eva es un demonio y la quiero fuera hoy mismo!

—Pues si la teme, no la eche, que eso sería precipitar los acontecimientos de una manera brutal. Cuénteme con franqueza en qué puede perjudicarle a usted esta pobre muchacha, qué razones hay para semejante berrinche.

—¡¿Me faltas al respeto?! Pues aquí no me haces ninguna falta: yo ya sé lo que tengo que hacer... ¡Fuera!

—No me iré sin repetirle que me declaro protector de Eva y que espero que no tome una decisión precipitada sobre una situación que puede comprometernos a ambos. Deje pasar la boda de Nicota y, a la vista de los hechos, ya podrá decidir lo que le dicte la conciencia.

—¡Y la descarada de la alemana... que se come mi dinero y conspira en mi contra... esa sí que no se libra! ¡La voy a poner en la calle, ahora mismo!

Octavio trató de serenar los ánimos de su padre y le pidió prudencia, pero el comendador abrió la puerta de golpe, con gran estrépito, y se marchó sin decirle una palabra más.

Madame Grüber leía un periódico cerca de la ventana del comedor, donde la señora de la casa, sentada en una hamaca, se mecía y cosía al mismo tiempo.

Las hijas y la sobrina aún no habían hecho acto de presencia y, sentadas en el suelo, media docena de criadas negras con camisones de paño daban puntadas para unir las piezas de una sábana.

El caficultor dio varias vueltas, agitadamente, por el centro de la estancia; Grüber, con su perspicacia de mujer inteligente, intuyó que se avecinaba tormenta y se levantó respetuosamente al verlo venir directo hacia ella.

—Señora —dijo él—, necesito hablar con usted.

La maestra lo acompañó hasta la sala al fondo del corredor donde, todavía de pie, el comendador le dijo:

—Saldemos cuentas. Ya no necesito sus servicios... ¡Nicota se va a casar y Noemia ya sabe demasiado!

—Pero... el contrato...

—El contrato se rompe.

—Es que...

—No se preocupe, que recibirá su dinero como si se quedara hasta final de año.

El rostro de *madame* Grüber se tornó escarlata. Tras guardar silencio durante unos segundos, retomó la palabra:

—¿He cometido alguna falta? ¿Acaso está usted descontento con mis servicios?

—Yo no entiendo de libros; no sé si les ha enseñado bien o mal.

Grüber, esforzándose por no responder, tragó saliva y, tras una pausa, prosiguió:

—¿Es que tengo la desgracia de resultarle antipática a su familia?

—¡En absoluto! Tampoco quiero que mi familia sepa que la he despedido, sobre todo, Eva, ¿está claro? Ha sido principalmente por ella —dijo, recalcando y subrayando esta última parte—, por lo que he decidido dar este paso.

—¡¿Por ella?!

—¡Sí! Sé muy bien que usted le da consejos que me perjudican.

—¡¿Yo?!

—Por tanto, insisto, no le diga nada, porque, si viene a pedirme explicaciones, la... la mandaré a tomar viento fresco.

—Estese tranquilo —respondió con altivez la extranjera, que estaba blanca como un cirio—. No diré nada, porque no quiero darle un disgusto a ese angelito; por eso y solo por eso. Me voy con la conciencia tranquila y la seguridad de que el tiempo me hará justicia.

Y, sin buscar explicaciones que lo justificaran, aceptó hacer las maletas ese mismo día y partir hacia Santos al amanecer; allí recibiría de manos del apoderado de Medeiros el sueldo de los meses pendientes y embarcaría en el primer paquebote alemán hacia Hamburgo.

Durante el tiempo que duró aquella conversación, Octavio, preocupado, recorría el corredor de un lado a otro y miraba cada poco hacia la puerta de la sala. ¿Qué argumentos utilizaría su padre? ¿Con qué pretexto iba a despedir a una persona respetable, de la que Morton había dicho: «Es una mujer culta y severa; se la he recomendado yo»? ¿Por qué habrían involucrado a Grüber en la conspiración? ¿Qué interés tendrían en arruinar su reputación? ¿Y cuál sería el terrible documento que poseía Eva? Claramente, la imaginación enfermiza de su padre le había jugado una mala pasada, provocando alucinaciones de una crueldad absurda. Lo más probable es que todavía tuviera un poco de calentura y que eso hubiera generado todo este delirio, pero... ¿y la carta? ¿Quién la había escrito? Un anónimo, un cobarde, un desgraciado en quien no debían pensar. Y, sin embargo, salía a relucir una y otra vez que Eva amaba a Azevedo, ¡a aquel fantoche de retórica pomposa!

Y volvió a pensar en la dolorosa expresión de su padre: «¡Eva tiene en su poder documentos comprometedores y a saber hasta dónde podría llegar!».

Una idea iluminó la mente de Octavio como una revelación; tal vez su prima había asistido a la agonía de algún esclavo azotado... Tal vez, indignada, hubiera proferido algunas palabras de resentimiento o manifestado su repulsa...

Lo más leal era aclararlo con ella, hablarle sin rodeos, pedirle explicaciones, instarla a que le devolviera la tranquilidad a su tío.

Resuelto a hacerlo, Octavio bajó al jardín, donde a esa hora Eva solía encontrarse cuidando de las flores. No se equivocaba, su prima se entretenía entrelazando los tallos de un jazmín a un enrejado. Al verla tan concentrada y tranquila, entre la cascada de fragantes estrellitas blancas de la planta trepadora, Octavio sintió remordimientos por ir a molestarla. Al fin y al cabo, ¿con qué derecho iba a exigirle una confesión sincera? ¿Cómo debería interrogarla? ¿No se ofendería al saber que la consideraban capaz de actuar, tal y como denunciaban, contra el hombre que la acogía, contra el hermano de su padre, cuya memoria tanto respetaba? Ponerla al corriente del contenido de la carta sería una indignidad. Advertirla del sufrimiento que la amenazaba sería anticipárselo. Al fin, confesarle todo sería como decirle: «Dudo de usted, Eva, por eso, en vez de tratar de desarmar a su enemigo, sin siquiera quitarle el sueño ni por asomo, he venido miserablemente a contarle lo que sucede, poniéndola en la disyuntiva de marcharse altivamente o quedarse humillada».

«Debo protegerla sin que ella lo sospeche», pensaba Octavio. «He de mostrarle la ayuda del amigo que le falta y que nos la ha confiado. Presionaré a Azevedo para que confiese sus sentimientos y cooperaré para que el enlace se celebre cuanto antes...», se propuso el joven Medeiros, con amargura pero con firmeza. «He llegado demasiado tarde, tal vez se amen desde hace mucho tiempo...».

Eva continuaba entre las estrellitas blancas de los jazmines, cuyos tallos entretejía. Su primo la contemplaba de lejos, recordando lo que en su día le había dicho su querido Adolfo Meyer:

«Cuando veo a una mujer tratar las flores con amor, me entran ganas de besarle las manos...»

CAPÍTULO 7

Octavio ya había intercambiado algunas palabras con su prima cuando Noemia atravesó el jardín corriendo en dirección a ambos.

—Una carta para Eva, del Mangueiral —anunció.

Eva se acercó a ella, desdobló sin gran apuro el papel y leyó en voz alta:

> *Le ruego que venga al Mangueiral de inmediato; la familia de Raimundo quiere marcharse por una disputa con la familia de Salomão. Son los mejores de la colonia y nos hacen mucha falta ahora.*
>
> *Su devoto hermano,*
> *PAULO*
>
> *P. S.: El señor Azevedo ha pasado hoy por aquí y va a ir por la tarde a la hacienda de Leocádio. Venga sin falta, ¿de acuerdo?*

La había leído sin la menor reserva. Octavio se alejó en silencio, pero se volvió al oírle decir a Eva:

—¿Su maestra estará dispuesta a acompañarme?

—Aún no he tenido la lección..., pero si pudiera acompañarla yo también...

Con intención de evitar la invitación a la institutriz, Octavio se ofreció a acompañar a las dos muchachas. Lo hizo con la mirada clavada en su prima, para ver si se mostraba contrariada. Pero no fue así. La joven sonrió, aceptando alegremente la propuesta.

—¿Iremos a caballo? Yo prefiero ir a caballo —confesó Noemia.

—Pero ¿el tío Medeiros lo permitirá? —preguntó Eva.

—¿Que vayamos a caballo?

—¡No! Me refiero a si permitirá que vengan conmigo al Mangueiral... Siempre he ido solo con...

—¡A ver! —interrumpió Noemia—. Octavio ya ha dicho que yo también iba y padre, mientras vaya un hombre, no pone pegas.

Cuando subieron Eva y Noemia, Octavio ya le había contado a su padre lo sucedido. Contra todo pronóstico, el caficultor aprobó que sus hijos fueran al Mangueiral, pues en su opinión era un acto de espionaje. Solamente exigió que fuera Nicota en lugar de Noemia; la hija mayor era más sensata y contaba las cosas de forma más realista.

—Como quiera —respondió Octavio.

Noemia, que estaba entusiasmada, se echó a llorar cuando le dijeron que, en lugar de ir por primera vez a dar un largo paseo a caballo, tendría que quedarse encerrada en aquel maldito caserón. Por suerte, poco después supo que Nicota había pasado la noche en blanco por un dolor de oídos y que no saldría de la cama en todo el día. Sin pensarlo, se puso a dar palmas y saltitos, lo que animó a *Júpiter* y a *Vinagre* a hacer cabriolas, y se fue a prepararse a su habitación, con los ojos todavía húmedos, pero radiante de alegría. Eran las nueve cuando salieron. La comida seguía en la mesa: *viradinho de feijão*[6], lomo de cerdo, verdura, *paçoca*[7] y huevos. Almorzarían en el Mangueiral dos horas y media más tarde. Solo el comendador y su esposa se sentaron a la mesa. A la maestra le dolía la cabeza y, al despedirse de Eva con un «hasta la noche», la abrazó con ternura.

Hermoso camino el de Santa Genoveva al Mangueiral, abierto desde hacía poco a través de bosques vírgenes y lleno de frescura y sombra.

De vez en cuando, un campo que atravesar, bañado de luz y de calor; después, de nuevo el camino, protegido por los árboles que lo flanqueaban.

Noemia iba al frente, espantando con gritos a los pájaros, acelerando y frenando al animal, que montaba con temeridad. En vano la advertían del peligro. Octavio, al lado de su prima, la oía hablar con cariño de la persona que se había referido a ella como hermana en la carta.

—Es un hijo adoptivo de mis padres —le contó—, huérfano desde pequeñito. Nos hemos criado juntos, hemos tenido los mismos profesores y siempre hemos sido muy amigos... Paulo es inteligente y modesto. Mi padre, como naturalmente ya sabe usted, primo, lo dejó a cargo de la finca. Al tío Medeiros es a quien le dejó un legado incómodo: tener que darme su cuidado y protección.

---

[6] N. de la A.: Alubias o verdura, con harina de maíz y torreznos.

[7] N. de la A.: Carne triturada reducida en harina.

Octavio se estremeció al escuchar las palabras de la joven. El cuidado y la protección de Medeiros para con su pupila eran desgraciadamente cuestionables.

¡Qué terrible legado, tan lleno de responsabilidades! ¡Y qué hermosa reconciliación la que había propuesto el moribundo! ¡Qué bueno y qué piadoso debió de ser aquel hombre para, antes de cerrar los ojos para siempre, señalarle con mano temblorosa a su única hija la casa de un enemigo como único asilo para su orfandad y consuelo para sus lágrimas!

¡Qué alma tan generosa la de ese luchador vencido, que, habiendo peleado, sufrido rivalidades, envidias e injusticias, tal vez, todavía conservaba, ya de viejo y al acercarse el momento de vestir la mortaja, la ingenua buena fe de un niño!

Habría imaginado a su hija huérfana rodeada de cariño, entre jóvenes de su edad que la mimaban y la llamaban afectuosamente hermana. Habría tenido una visión, un último anhelo, hermoso, alcanzable, pero desgraciadamente inalcanzado.

Octavio intercambió algunas frases más con su prima antes de llegar al Mangueiral.

Eva se puso al frente para mostrarles el camino.

Continuaron por un ancho sendero que atravesaba un bosque de bambú y desembocaba en un encantador jardín lleno de sombra, musgo, agua y hierba sobre el que los mangos extendían sus ramas en un desperezo voluptuoso. Al fondo, cubierta de plantas trepadoras, la casa señorial presentaba un aspecto alegre, muy diferente de las demás haciendas de la región. No mostraba, como otras, la cruda desnudez de sus blancas paredes a los cuatro vientos; estaba acurrucada entre flores, rodeada de arboledas, lo que hacía su horizonte más estrecho y su ubicación más íntima. Alrededor no jugaban niños sucios ni dormitaban al sol perros rodeados de mosquitos; se oía el murmullo del follaje y el sosegado murmullo del agua que fluía por una pila de piedra. A través de las ventanas, cerradas por el calor, se oía la música de un violonchelo.

Octavio tenía la impresión de encontrarse ante una elegante y discreta casa de la campiña inglesa.

—Paulo está estudiando; no me esperaba tan pronto —dijo Eva. Llamó a la ventana repiqueteando en los cristales con la fusta.

Soltando una exclamación de placer, Paulo se acercó a la puerta, acompañado de Azevedo, muy sonriente.

Una vez hechas las presentaciones y los primeros saludos, se dirigieron a la sala de música.

Paulo hacía los honores. Era un joven agradable, sin ser guapo. Moreno, de ojos negros, alto, delgado, de boca rasgada, ensombrecida por un pequeño bigote negro, y voz masculina, fuerte y al mismo tiempo tierna.

Azevedo se acercó a Noemia y a Eva con frases madrigalescas.

—Ay, Paulo —interrumpió, risueña, la dueña de la casa—, ¡nosotros todavía no hemos almorzado!

—¡¿En serio?! —Paulo iba a levantarse cuando Eva lo detuvo con un gesto, se puso de pie y salió de la estancia. Noemia la acompañó, temerosa de quedarse allí sin ella.

La conversación entre los jóvenes comenzó animada. Octavio escuchaba con agrado a Paulo, que expuso unas ideas perfectamente acordes a las suyas, revelando acierto, energía y pleno conocimiento de la agricultura, de la que era todo un apasionado.

Azevedo puso en duda que las cuestiones agrícolas fueran algo digno de entusiasmo:

—Será muy rentable —objetó—, pero eso no la hace merecedora de la idolatría de mentes superiores.

Paulo afirmó lo contrario: no había profesión más bella que la del agricultor, mal entendida hasta ese momento, es cierto, pero llegaría el día en que se derrocaría la rutina podrida y la transformación del trabajo la elevaría a la consideración que le correspondía por justicia.

Octavio lo respaldó y la discusión continuó *animadamente*. Entonces Azevedo abordó un nuevo tema de conversación que parecía interesar vivamente a Paulo; el joven Medeiros, mientras tanto, observaba todo lo que le rodeaba y establecía una comparación entre la hacienda de Eva y la del comendador.

Allí todo era diferente, todo tenía un sello original y alegre. El mobiliario, de paja con respaldos de colores claros, dispuesto artísticamente; el diván de lino con coloridos motivos florales, en una esquina, junto a una jardinera de corcho, cuyas tres baldas estaban tapadas por elegantes tallos de culantrillo y helechos de delicado encaje; el piano vertical, cubierto de cachemira gris con aplicaciones de seda; el violonchelo, al lado del piano, junto a una estantería de mosaico y a un jarrón lleno de rosas frescas; la mesa redonda, maciza, sobre la que se veían revistas de música y retratos de compositores célebres; las cortinas translúcidas con una franja colorida en el borde inferior... Todos los objetos revelaban que quien los había dispuesto tenía buena mano para lo artístico, algo muy poco común en la provincia.

Octavio lo contemplaba todo, admirado; ahora la frescura de una acuarela, en la que, sobre el verde tierno de un pasto con la hierba alta, a una vaca pinta le colgaba un hilo de baba; ahora las alfombras, bordadas con diseños chinescos y extravagantes. Y se olvidaba de las aprensiones de su padre y se imaginaba la felicidad de quien disfrutara en aquella casa de la dulzura de la vida familiar...

Enseguida volvió a prestar atención a la conversación.

Refiriéndose a los esclavistas, Azevedo exclamó:

—¡Rayos! A veces me sacan de quicio; si no, vean: uno de estos días se me presentó en casa, cosido a latigazos y con una argolla al cuello, un negro todavía fuerte de Antunes. Paulo, ¿tiene usted trato con él?

—¿Con Antunes?

—Sí.

—Solo lo conozco de vista; nunca he hablado con él.

—¡Pues qué suerte! Bueno, como les decía, el negro acudió a mí quejándose del maltrato que recibía y exponiendo su cuerpo lacerado y torturado a mi compasión. Mandé que le quitaran los hierros, que lo curaran; le di cama, cena y, como todavía quedaban setecientos mil reales de la herencia del señor Gabriel, escribí a Antunes proponiéndole, por ese precio, la libertad del esclavo. Me respondió con una rudeza tremenda, exigiéndome que le entregara al negro. «Ni por un millón lo vendo», decía en la carta, «¡ya le enseñaré yo!».

»Interrogué al negro y me dijo que era africano; yo estaba exultante de júbilo: la ley me favorecía. Sin más preámbulos, liberé al pobre infeliz tendiéndole la copia de la ley de 1831, que prohíbe el tráfico de personas africanas. Los setecientos mil reales siguen ahí para cualquier otro esclavo que haya tenido el infortunio de nacer en Brasil.

—¿Y Antunes? —preguntó Paulo distraídamente—. Lo ha vuelto a amenazar, ¿no es así?

—Bueno, con eso ya contaba. ¡El tipo llegó a hablar de demandarme! Sus esfuerzos cayeron en saco roto. El abogado le aconsejó que bajara las orejas y cerrara el pico, pero, por lo que a mí me consta, no va a cejar en su empeño. Intenta perjudicarme por todos los medios y, como tiene amigos influyentes, quizá lo consiga. Nunca he hecho alardes de abolicionista; cierto es que he manumitido a media docena de esclavos, pero siempre de acuerdo con los amos y en calidad de albacea. Yo evito, en la medida de lo posible, expresar mis ideas sobre este asunto tan peliagudo. Este es el primer desencuentro que tengo aquí...

—¿Y Eva lo sabe? —preguntó Paulo.

—Por supuesto. Un día que fui a cenar a Santa Genoveva le conté lo que pasaba y, al ser ella la heredera, le pregunté su opinión. Aprobó mi idea y prometió escribirme al día siguiente y enviarme una suma de dinero para la liberación de cualquier otro esclavo que pudiera reclamar mi ayuda. Afortunadamente, no ha vuelto a presentarse ninguno... Su hermana —prosiguió Azevedo con cierta incomodidad, dirigiéndose a Paulo— ha expresado su intención de ceder todos los años una suma de dinero para ese fin...

—Ya me lo ha contado.

—¿Y no ha querido disuadirla?

—No. Está en su derecho de hacerlo; cede lo que le sobra. Eva lleva una vida sencilla y tiene pocos gastos. De lo que sí la disuadí fue de encargarle a usted esa tarea; ella no había contemplado la posibilidad de que, en el ambiente en el que vivimos, esto pudiera perjudicarle. —Azevedo no pudo disimular un gesto de alivio—. De ahora en adelante yo asumiré el desempeño de ese cometido.

Después, a Octavio le contaron que el difunto Gabriel Medeiros, su tío, era un hombre adinerado y de buen corazón, inteligente y activo, que se había formado en agricultura con ahínco y se había dedicado exclusivamente a ella.

—Si hubiera seguido la norma —dijo el administrador del Mangueiral—, habría acumulado más riqueza; lamentablemente, los primeros en revolucionar un sistema inveterado no obtienen grandes beneficios: los más avanzados en la teoría son siempre los que menos resultados consiguen en la práctica. En fin, sea como fuere, el hecho es que ha dejado un hermoso testamento.

—Que yo no he leído —apuntó Octavio

—¡¿En serio?! Tengo por ahí la copia y se la daré para que la lea. Aparte de algunas donaciones particulares, dejó diez millones de reales para manumisiones. A este legado es al que se refería el señor Azevedo hace un momento.

—¿No tenía esclavos? —preguntó Octavio.

—No. Había adoptado el sistema de los colonos. Al principio sufrió grandes pérdidas, incluso llegó a contraer cuantiosas deudas, pero, como era perseverante, no se desanimó y en pocos años recuperó lo que había perdido.

CAPÍTULO 8

En una salita cuadrada con puertas de cristal que daban al jardín, Noemia y Eva esperaban a Paulo y a los invitados. A través de la ventana abierta, enmarcada por delicadas rositas de Provenza, llegaba el aroma de las flores y los alegres trinos de los pájaros de una pajarera que se encontraba no muy lejos de allí. La mesa, puesta con elegancia, despertaba el apetito.

Las botellas de cristal, con vino; la piña cortada en espiral, exponiendo su carne dorada y jugosa; el frutero de madera oscura, procedente de Caldas de Minas, con melocotones y uvas anidadas en musgo fresco, todavía oloroso y húmedo; el platito de aceitunas y embutido; el requesón cremoso casero; el recipiente de coco para servir la harina con relieves tallados en Bahía; la mantequilla fresca, elaborada también en el Mangueiral; y los cangilones de barro llenos de leche cremosa daban a aquella mesa campestre un aspecto alegre y apetecible que invitaba a sentarse, máxime cuando el reloj ya marcaba las doce.

Una vez dispuestos a la mesa, la conversación tomó diferentes rumbos, variando el asunto cada poco tiempo.

Cuando terminaron el almuerzo, Azevedo se marchó, no sin antes confesar que le daba pena abandonar aquel delicioso retiro para ir, atenazado por el calor de los descampados, a la hacienda de Leocádio en nombre de unas huérfanas menores de edad que no conocía y pasar el día en una casa hostil, en la que el dueño, un paulista refractario a la civilización, se presentaba ante las visitas en mangas de camisa, en chancletas y con el sombrero calado hasta las orejas.

Paulo y Octavio se fueron a pie de visita y a pasar revista a la colonia; Noemia y Eva se quedaron aguardando la llegada de Raimundo. No se hizo esperar y acudió al primer aviso. Era un hombre alto, de barba pelirroja, ojos azules y tez tostada por el sol, con un marcado acento luso y un habla pespunteada de diminutivos.

Eva evitaba involucrarse en la administración de la finca, y accedía a hacerlo muy de cuando en cuando, solo a instancias de Paulo. Sin embargo, nunca había sido requerida bajo tan fútil pretexto; cuando le manifestó su sorpresa a Paulo, este le respondió con una sonrisa:

—Es que te echaba mucho de menos... De todas maneras, Eva, no dejes de aconsejar a Raimundo y al otro como si la idea partiera de ti, sin que ellos sospechen que estoy involucrado.

Raimundo entró, abochornado, y tuvo dificultades para responder a las preguntas de Eva sin trabarse, para encontrar los términos adecuados al hablar, hasta que, ya más animado por la atención con que lo escuchaban, prosiguió sin interrupción:

—Es que verá... mi señora... Samuel quiso pegarle a mi niñita... Usted bien sabe que ella es cojita y débil... Entonces, yo perdí la cabeza y quise darle su merecido, eso es todo. La pobrecita, bendita, se quedó asustada; ¡parecía que no le quedara ni gota de sangre! No, es que una cosa así... Y todavía hoy es ver —con perdón de la palabra— al diablo del viejo y mi angelito se pone blanca como un cirio, como una virgencita.

El pobre infeliz temía que lo despidieran. El trabajo de los colonos es duro y en las demás haciendas estaba mal retribuido. Solo allí había encontrado ciertas ventajas que le permitían vivir holgadamente y aun así ahorrar todos los años algún dinerito. Era consciente del valor de su robusto brazo de campesino, y no quería que lo explotaran. Del esfuerzo que hacía al cavar la tierra, veía brotar la esperanza de un futuro descanso. Antes de entrar en el Mangueiral, había trabajado para los grandes terratenientes, soportando las injurias de capataces toscos y brutos; por fin había encontrado una hacienda modélica y era feliz.

Eva determinó que había sido impetuoso y le advirtió que, si no aprendía a controlar su temperamento, podría llegar a ver comprometida su continuidad en la finca. No obstante, si lo veía hacer las paces con Samuel, abogaría en su favor.

—No quiero en mi finca a dos personas que se aborrecen —concluyó.

El colono abandonó la estancia, cabizbajo, y fue el turno de Samuel.

Era un anciano de corta estatura, entrado en carnes, de pelo blanco y liso, al que Eva estaba acostumbrada a llamar «tío Samuel» desde pequeña. Sentía un respeto por él que le impedía reprocharle abiertamente su comportamiento; le sirvió una copa de vino, que él enseguida vació, lo invitó a sentarse y le preguntó:

—Entonces, ¿qué ha sido lo que ha pasado? ¿Quería pegarle a una niña, tío Samuel?

—Ya que el padre no sabe cómo educarla, tendrá que hacerlo un desconocido ¡Le daré una tunda si me vuelve a hacer muecas!

—No diga eso; cuando un niño se porte mal con usted, hágaselo saber a sus padres o al señor Paulo. No quiero que usted se convierta en el hombre del saco de esos angelitos. Y ahora, venga, confiese, ¿a que si viera por aquí a la pequeña de Raimundo le daría un beso?

Pero el tío Samuel era difícil de convencer; se le encendía el rostro y seguía erre que erre gritando contra Raimundo, contra la esposa de Raimundo, contra la hija de Raimundo, contra las gallinas de Raimundo, que saltaban a su huerto, incluso contra el perro de Raimundo, ¡un «chucho diabólico» que ya le había rasgado las solapas de uno de sus abrigos!

Eva sabía que Raimundo ansiaba mudarse a una casa nueva, mucho más grande que la que tenía, cerca del río, donde su mujer pudiera ir con más facilidad a lavar. Prometió a Samuel librarlo de vivir tan cerca de su rival, con la condición de que los viera reconciliarse ese mismo día. Samuel se lo pensó un momento..., pero al final declaró bruscamente que no movería ni un dedo para que eso ocurriera y se marchó sin atender a razones.

Se fue enfadado, refunfuñando. A mitad de camino se encontró con la hija de Raimundo; la niñita, macilenta y raquítica, estaba recogiendo pitangas, que el viento esparcía por el suelo. Al ver al tío Samuel, se levantó asustada, dejó caer las frutas que había puesto en la falda que sujetaba en forma de bolsa y, tras vacilar un instante, echó a correr, cojeando, muy angustiada.

—¡No seas boba! —le gritó Samuel—. ¡No voy a hacerte daño!

Al oír aquella voz y no entender lo que decía, la pobre niña se tropezó y se golpeó la cabeza con el canto de una piedra de la represa. Samuel, que había sonreído ante el primer movimiento de la pequeña, se angustió al verla caer y se apresuró a socorrerla. Había perdido el sentido y tenía una brecha en la frente de la que brotaba mucha sangre. El anciano tomó a la niña en brazos y se fue con ella a casa de Raimundo. La madre de la criatura arremetió a gritos contra aquel maldito viejo, que, a su juicio, había sido quien la había golpeado, quien la había herido hasta matarla. Y le dio una puñada, con una rabia feroz. Samuel, que se esperaba precisamente eso, se dejó insultar. Solo cuando la niña volvió en sí se supo la verdad; Samuel le dio un beso y dinero para dulces, le hizo carantoñas hasta verla reír y así hicieron las paces.

Mientras recorría la colonia con Paulo, Octavio compadecía a su prima más que nunca. Teniendo un hogar tan encantador, la pobre Eva vivía en aquella triste hacienda de Santa Genoveva, sin consuelo para la mente ni comodidad para el cuerpo, con un disgusto en ciernes, detestada, sin ser ni siquiera consciente de ello.

Cuando salieron del Mangueiral, Paulo los acompañó hasta la mitad del camino. Después, los tres continuaron en silencio, sintiendo cómo se apagaba el encanto de aquel día lleno de tantos momentos que recordar.

Octavio pensaba en el testamento de su tío, en el hermoso sistema que había establecido, en la gentileza de su prima y en la caballerosidad de Paulo; Eva recordaba su infancia; Noemia meditaba sobre todo: sobre las plantas trepadoras que cubrían las paredes exteriores del edificio, sobre los sonidos del violonchelo, sobre los cuadros, sobre el mobiliario apropiado y elegante de cada habitación, sobre las casas de los colonos, con tejados nuevos y ventanas abiertas, sobre las flores, sobre los niños rubios, sobre el bosquecillo de mangos y, sobre todo, sobre Paulo.

¡Nunca había imaginado que pudiera haber tanta elegancia y gracia en una hacienda!

Llegaron a Santa Genoveva al avemaría; ya se cernían las sombras y se perdía en el aire el tañido de la campana que llamaba a los esclavos a pasar revista. Sobre el fondo difuminado del cielo, destacaba el batallón de negros sudorosos, doloridos por la fatiga, con un haz de leña y una azada al hombro, silenciosos y tristes. Formaban una hilera frente a la casa del amo. Y, conforme se acercaban, Octavio y las amazonas oían, como el susurro de una triste ola, el *Sum Christo* murmurado al mismo tiempo por cientos de voces y el ruido sordo de la leña al caer como un fardo al suelo.

CAPÍTULO 9

Ya había anochecido cuando Eva, al entrar en la habitación de la maestra, la encontró ordenando sus numerosos libros y su reducido vestuario en una gran maleta gris.

—¿Qué es todo este alboroto? —le preguntó la discípula sin sospechar la verdad.

—Me marcho mañana.

—¿A dónde?

—A Europa.

Ante el gesto de sorpresa de Eva, la alemana arrastró determinada hasta la mesa una poltrona azul y la hizo sentarse en ella; luego, apoyando sus manos esbeltas y nerviosas en la superficie de madera, fijó la mirada en el rostro de la huérfana durante un largo tiempo y en silencio.

—Sí —prosiguió—; el deber me obliga a marcharme mañana... Si fuera posible, saldría hoy mismo...

—¡¿El deber?! Pero ¿cuál es ese deber que la hace dejarnos así, de forma tan repentina?

—Debo ir junto a mi madre —balbuceó la pobre mujer, como si hablara consigo misma.

—¿Le ha escrito llamándola a su lado?

Madame Grüber respondió con cierto reparo:

—Sí...

—Entonces, hace muy bien en salir cuanto antes. Rezaré a Dios por ella y por usted...

La alemana retomó lo que estaba haciendo y los ojos de Eva se llenaron de lágrimas.

¿Cómo pasaría ahora las noches? La maestra era su refugio. En su compañía, las horas discurrían con rapidez; en aquellas íntimas veladas, aprendía placenteramente a mantener conversaciones útiles y sin pretensiones. Los bordados, los libros y los dibujos le parecerían monótonos y complicados en cuanto le faltaran los consejos y la influencia de esta amiga y el apoyo de una inteligencia superior. La respetaba. En los momentos de desánimo, cuando se hartaba de aquella casa sombría, donde estaba condenada a vivir con aquella familia que en vano trataba de encontrar agradable, siempre era la extranjera quien la había instado a esforzarse, a centrarse en el trabajo como el único consuelo verdadero y la única distracción provechosa.

Inmersa en estas reflexiones, Eva ayudaba a doblar los vestidos, a guardar los objetos esparcidos por la cama, las sillas y la cómoda. Cuando terminaron, se apoyaron en la ventana, observando, sin hablar, la oscuridad de la noche.

—¿A qué hora se marcha? —preguntó finalmente Eva.

—A las nueve en punto. Venga a mi habitación a las ocho para despedirnos. No se quede aquí más tiempo; vaya a descansar.

De camino a su dormitorio, Eva atravesó el corredor y oyó a su tío discutir en voz alta con Octavio en la sala del fondo; como la institutriz de Noemia ocupaba sus pensamientos, no prestó atención a lo que decían.

Octavio se esforzaba tratando de convencer a su padre de la inocencia de su prima y de la pureza de sus intenciones; describía con entusiasmo lo que había visto; exaltaba el sistema establecido en el Mangueiral, poniendo el acento sobre el criterio administrativo de Paulo; aplaudía de todo corazón a aquella familia generosa y verdaderamente moderna.

El hacendado comenzaba a impacientarse. No había nada como el trabajo de los esclavos.

—Si Gabriel ganaba veinte millones en un año, yo conseguía cuarenta, ¡así de simple! ¡Y a mí eso me da igual! Allá él; cada uno se rompe la cabeza a su antojo.

Octavio señalaba que la abolición se proclamaría pronto. El caficultor se reía, afirmando que la tan esperada redención de los cautivos todavía quedaba muy lejos. «¡Que griten los periódicos!», concluía.

Volvieron a hablar de Eva. Octavio intentó en vano probar su bondad y eximirla de la culpa que se le atribuía. Después, preguntó por la alemana.

El comendador le contó secamente lo que había sucedido. Disgustado con su hijo, al que veía rebelarse contra sus ideas y decisiones, había decidido que de ahí en adelante no le comentaría nada más relacionado con cuestiones de la finca ni de la familia; no obstante, sí dejó entrever su deseo de casar a Eva lo antes posible, ya fuera con Azevedo, con Paulo o ¡con el mismísimo diablo!

Octavio replicó que ella no era la clase de mujer que consentía casarse a elección de un tercero; no obstante, era probable que amara a uno de los dos hombres que había mencionado, y, en tal caso, aplaudiría la intervención de su padre.

Mientras se alejaba del comendador, pensó con tristeza en lo último que había dicho. ¡¿Eva casándose con Azevedo?! ¡Qué insensatez! Aunque ¿no había pensado ya en ello, con la firme resolución de protegerlos? En aquel momento había supuesto que se amaban, pero ahora que el fiscal le había aclarado la situación con el relato de la carta, la idea le parecía absurda. Eva se merecía a un hombre superior... y él consideraba a Azevedo un mediocre...

¡¿Eva casándose con Paulo?! ¡Qué suposición tan extravagante! Aunque, después de todo, era algo perfectamente factible. Criados juntos casi desde la cuna, amando los mismos lugares y a las mismas personas; unidos por la misma educación, por los mismos acontecimientos, por el mismo pasado... Era completamente natural que se amaran y quisieran continuar su vida juntos. Era un desenlace lógico... tal vez incluso esperado por los padres de Eva, que habían preparado a Paulo para administrar su casa, elevándole el intelecto a un nivel superior y educándolo para tener tan buen corazón.

Entonces vio luz en la habitación de la extranjera; la puerta estaba entreabierta y ella escribía; al verla, Octavio la saludó y le preguntó si le concedería el honor de hablar con él. Grüber se levantó y se aproximó al umbral.

—Lamento su partida, señora mía —dijo Octavio—, y le ruego que disponga de mí como de un hermano o de un hijo.

—Gracias; estoy acostumbrada a luchar sola contra las dificultades, y, aunque no lo estuviera, no desearía importunarlo, sobre todo sabiendo que su padre se lo tomaría a mal.

—Mi padre es víctima de un anónimo perverso, que ha tenido la astucia suficiente para ofuscarlo; si bien él no es un caballero en el trato social, sí es un hombre honesto, dispuesto a retractarse en cuanto se dé cuenta de su error. Si hoy ha sido impetuoso y grosero, dejándose llevar irreflexivamente por una supuesta conspiración, mañana será sensato, amable y humilde; todo depende de que conozca toda la verdad; tal vez no ha intentado usted aclarársela...

—Ni lo intentaré jamás. Mi situación es delicada y ahora ya es incompatible con la suya... Entiéndame: le agradezco su ofrecimiento, pero no debo ni quiero aceptarlo; me marcho a Santos al alba. Es probable que no nos volvamos a ver, pero tenga la seguridad de que, dondequiera que la fortuna me arroje, ahí tendrá una amiga.

Octavio se inclinó respetuosamente; ella le tendió la mano, él se la besó y se separaron; él se fue a su habitación y ella regresó al escritorio para retomar lo que estaba escribiendo.

Al día siguiente, cuando Eva abrió los ojos, el sol entraba por la ventana con una alegre abundancia de luz y calor. Eran casi las siete; se arregló aprisa y se dirigió a la habitación de la maestra. Llamó a la puerta, no recibió respuesta; entró.

Madame Grüber ya no estaba. La gran maleta gris también había desaparecido. Corrió hacia la ventana: ¡ya no había ningún carruaje a la vista! Solo quedaban dos surcos profundos y paralelos de las ruedas de un coche de caballos, en dirección a la carretera. Descorrió las cortinas; la cama seguía hecha, con la colcha un poco arrugada y la almohada un poco aplastada en el medio, por la presión de la cabeza. ¿Por qué no se habría acostado

Helena Grüber entre la frescura de las sábanas? La poltrona azul con motivos florales en la que la hizo sentarse había quedado junto a la ventana abierta. ¿Habría pasado la maestra parte de la noche mirando las brillantes estrellas del cielo americano?

En el cubo de metal había restos de papeles quemados, que lo tiznaban de negro; en el lavatorio, todavía estaba la jofaina llena de agua y un vaso con restos de enjuague bucal. Los cajones abiertos y vacíos mostraban el fondo claro de la madera de pino; en el suelo, en un rincón, unas viejas cintas de tela, unas cajas de cartón rasgadas y un cuello gastado se mezclaban con unas caléndulas de paño; encima de la mesa redonda, resaltaba el tintero de porcelana blanca y una pluma de hueso, que había caído negligentemente sobre la tela de franela negra y azul. En la cómoda, al fondo, había un busto de bronce de Goethe y una carta en la que la letra pequeña y fina de Grüber había trazado estas palabras:

Para Eva

Eva abrió el sobre y, sentándose en el borde de la cama, leyó el contenido de la carta:

Querida mía:
Aprovecho el silencio y la tranquilidad de la noche para decirle adiós. Le he mentido, Eva, le he mentido por primera vez, diciéndole que la vería a las ocho, aun cuando yo ya tenía intención de marcharme al amanecer. ¡Es que me falta el valor para este último abrazo, a mí, que siempre he sido tan animosa!

Generalmente, a las mujeres de mi profesión les atribuyen la más profunda indiferencia por las personas en cuyas casas viven temporalmente, cuyos secretos suelen descubrir y cuyas virtudes o defectos no desconocen. Una maestra acompaña y dirige a su discípula, viendo en esto solo el lucro material. El dinero es lo que la vincula a la familia extranjera, a la que, de manera premeditada, desde el principio, se vincula muy poco para reducir la posibilidad de sufrir ulteriores disgustos... Todo lo que ha de ser cariñoso y tierno en su alma, con el exilio, el abandono de la familia y la dura condición mercenaria a la que tiene que someterse, se transforma en la consumidora y febril sed de oro con la que desea liberarse rápidamente. Y, entonces, no ve, no piensa ni sueña con otra cosa que no sea el futuro en su patria y deja que pasen por su lado las lamentaciones o las alegrías, como si no las percibiera. Eva, espero que no me crea capaz de actuar así. No me marcho porque haya alcanzado mi independencia; me marcho porque debo hacerlo. Mi madre está muy mayor; es lógico que me pida ayuda a mí, que soy por derecho su único apoyo. Con todo, permítame decirle que no me considero mejor que las demás maestras extranjeras; vine aquí decidida a hacer lo mismo y me habría ido con los ojos secos si no la hubiera dejado a usted, hija mía (permítame que me dirija a usted de esta manera, que es la que siento que me nace espontáneamente del alma), si no hubiera encontrado en usted una combinación de bondad, inteligencia y esmero; un alma hermosa, en definitiva. No es solo la maestra quien hace a la discípula, bien se ve; a menudo es la dulzura de la discípula la que vence todas las resoluciones, por muy firmes y duras que sean.

Créame cuando le digo que, de todos los recuerdos, para mí el más grato siempre será el tiempo en que, en su casa, la oía y la veía, siempre atenta y distinguida. Sea así toda la vida, buena y tranquila, y triunfará ante cualquier mal que quieran hacerle, a pesar de que en la perversidad del mundo los crédulos y los buenos no siempre son los más felices. Eva, usted no me va a entender ahora, pero lo hará más tarde, cuando, con la edad, haya adquirido experiencia en este, tan bien denominado, valle de lágrimas. Siga estudiando; lea con atención. ¡Un buen libro es tan saludable para el alma como un baño puede serlo para el cuerpo! Huya siempre de las teorías filosóficas y de las exposiciones pesimistas de las mentes víctimas de sus ideales. No se deje atrapar, como tantas otras mujeres inteligentes de nuestro tiempo y con una instrucción como la suya, por los temas elevados de las tesis sociales; deje esos debates a la competencia y a la práctica de los hombres; ¡con su participación, no conseguirá hacer tambalear las leyes establecidas y, encima, podría comprometer su vida íntima! Una mujer con afirmaciones dogmáticas es, a ojos de los demás, una excéntrica y, a los suyos propios, una infeliz.

Recoja, pues, de su lectura, solo las flores y los frutos que le parezcan sabrosos y saludables; con ellos alimentará su intelecto y hará atractiva a su futura familia. Prosiga con el cultivo del jardín y con la bella adoración de las flores; contemple las estrellas como solía hacer —¿qué hay de malo en ello?—. ¡Deje que la censuren los infelices que ya no encuentran placer en la estática observación de la naturaleza! Ignoran que ella es el mejor de los libros y el más puro de los maestros. Continúe con la música y el dibujo. Confiésele al arte sus alegrías o sus penas, que él será el más dulce de los amigos, por lo menos el más reconfortante. La naturaleza y el arte son dos hermosos templos donde siempre encontramos un refugio seguro para nuestro espíritu. No lo olvide. Repito, querida mía: procure leer buenos libros. No le recomiendo esta o aquella doctrina. Todas son buenas cuando quien las trata es un escritor de talento y convicción; todas son útiles cuando quien las lee es una persona con criterio. Cosa, esfuércese, pasee, dispénseles a las aves el cariño maternal que tan bien revela y escriba de vez en cuando a esta vieja amiga.

Le dejo, como recuerdo de nuestras conversaciones y veladas, el busto del poeta cuyas obras hemos traducido tantas veces juntas.

Siempre suya,
HELENA GRÜBER

CAPÍTULO 10

La familia del comendador Medeiros aceptaba, sin discutir ni inmutarse, todas las decisiones del padre. Recibieron la noticia de la partida de la maestra sin alarmarse. Nicota, en vísperas de la boda, sin mostrar ni un ápice de preocupación, continuaba con la misma frialdad y concentración, tratando cuidadosamente su casi extinto dolor de oído.

A Noemia la situación la regocijaba y la entristecía a partes iguales. Se veía libre de las lecciones, de horas de encierro y aburrimiento; experimentaba una sensación de alivio, una alegría de indefinible dulzura, cierto, pero, al mismo tiempo, pensaba que nunca más volvería a ver a aquella mujer de espíritu y de evangélica paciencia que iba a sufrir... tal vez morir, cruzando los mares.

La madre no paraba de trabajar: hacía dulces de la mañana a la noche para la celebración del compromiso de su hija, tomaba decisiones respecto a detalles de la costura, examinaba escrupulosamente el ajuar, recomendando a las lavanderas y planchadoras que trabajaban cantando que procedieran con celo, con mucho celo. Nunca habían escuchado ni pedido su opinión en asuntos de otra importancia. Era la gobernanta de la casa y con eso le bastaba. Se había casado a los trece años, sin amor, sin simpatía, pero también sin repulsión. Se había sometido a la voluntad y a las órdenes de su marido, al principio por miedo y luego por costumbre. Ella, de naturaleza bondadosa, nunca se quejaba; disculpaba fácilmente las faltas de los demás, pero no abogaba ante su marido en favor de nadie, por muy justa que fuera su causa, porque él se enfadaba y ella le temía. Aceptaba las cosas tal y como le venían impuestas, sin tratar ni por asomo de investigar su trasfondo, y así dejaba que pasaran ante ella todos los acontecimientos domésticos, como si no los viera. De doce hijos, solo le quedaban tres. Las muertes sucesivas de los mayores, cuando ya los había criado a todos, cuando dos de ellos ya eran hombres, habían terminado por acentuar en su alma dolorida la indiferencia hacia todas las pasiones, eclipsadas por la magnitud de esos intensos disgustos.

Su marido nunca le había hablado de negocios; disponía de todo libremente y, como si temiera indiscreciones, evitaba incluso comunicarle los recelos que albergaba respecto a Eva.

Por consiguiente, la mayoría de la familia seguía sin estar al tanto del motivo de la marcha de la maestra.

Decidido a proteger a toda costa a su prima de las malignas intenciones del hacendado y perdido en dolorosas conjeturas suscitadas por la incomprensible animosidad de su padre hacia la pobre muchacha, Octavio decidió ir, ese mismo día, a casa del viejo Morton a pedirle una explicación que el comendador Medeiros, obstinadamente, se negaba a darle. Con ese fin, salió de su habitación y se dirigió al patio, donde ya lo esperaba un caballo ensillado, y vio a Eva en la salita de costura colocando unos lazos de cinta blanca en el traje de lino fino de la novia. Ella no advirtió su presencia y él, acercándose para decirle adiós, se sentó a su lado y la elogió por la paciencia y el buen gusto con el que engalanaba a su hermana; después le pidió que pusiera en marcha unas veladas musicales y que lo ayudara con la lectura de sus libros. ¡Las noches en Santa Genoveva eran interminables, horribles! Ahora que *madame* Grüber ya no vivía con ellos, Octavio le pedía que les brindara un poquito más de atención.

Eva, sin dejar lo que estaba haciendo, se comprometió a cumplir su voluntad.

Noemia fue a interrumpirlos, muy quejumbrosa. No sabía qué hacer. Tenía sueño. La mañana se le hacía tan larga y tediosa...

—Es por la ausencia de la maestra —le dijo Eva—. Venga a trabajar conmigo. A ver, ayúdeme a fijar estas puntillas.

Octavio las dejó afanadas en esa tarea. Entretanto, Noemia describía cómo había sido su mañana. ¡Qué aburrimiento! ¡Las horas se arrastraban como ancianas entumecidas! El calor era más intenso. Había intentado dormir, pero se había levantado enseguida, avergonzada por haberse acostado a deshora. Había deambulado por toda la casa, había leído y abandonado el libro, había tocado y se había aburrido de la música. ¡Qué bien que Eva entendía lo que le pasaba!

Eva, cuya actividad nunca menguaba, había diseñado un programa que incluía el estudio de lenguas y de música, el cultivo de las flores y la cría de aves.

—En el campo, más que en ninguna otra parte —aconsejaba a Noemia—, es preciso luchar contra la naturaleza y reaccionar contra la melancolía y la indolencia que, muchas veces, produce la quietud de la vida rural.

Mientras tanto, Octavio, castigado por el sol, recorría al galope el camino hacia la casa de Morton.

CAPÍTULO 11

Mientras esperaba por su viejo amigo, que dormía regaladamente la siesta, Octavio se sentó entre una estantería repleta de libros y una mesa cubierta de papeles. En la pared blanca, sobre el escritorio, se balanceaba agitadamente, a merced de la brisa que entraba por la ventana, la hoja de un calendario, que marcaba el 10 de diciembre de 1887. Un poco más arriba, en una oleografía, se alzaba orgullosa, sobre un fondo muy azul y barnizado, de cielo y mar, la gran ciudad americana de Nueva York, la tierra natal de Morton. Sobre una piel de tigre, ya vieja, que se extendía junto al sofá, reposaba un número del *New York Herald*, que había ido a parar allí después de deslizarse de entre las manos del somnoliento lector una hora antes. Octavio lo recogió y se puso a leerlo maquinalmente; llevaba en ello una buena media hora cuando el señor Morton, en chancletas y americana de lino, apareció sonriendo.

—¿Puede dedicarme el día, señor Morton? ¿O tiene algún compromiso? —preguntó Octavio.

—No, ninguno... Mi único trabajo ahora son las dos horas de clase en el colegio. No tengo fuerzas para más; ya no soy el que era...

—¡Bien! En ese caso, ¿podría hablar con usted?

—Por supuesto, pero primero déjeme que mande traer cerveza; ¡hace un calor espantoso!

El señor Morton llamó a una criada de tez blanca y pecosa, con un delantal azul de rayas, que pasaba por el corredor. Le mandó traer cerveza y vasos. Momentos más tarde, mientras saboreaba la que, para él, era la mejor y más saludable de todas las bebidas, le hizo una seña a su antiguo discípulo para que comenzara:

—Estoy dispuesto a escucharlo.

—Me gustaría que se sintiera aún más dispuesto a hablar —respondió Octavio y, acercándose al anciano, prosiguió—: Por extraño que le parezca lo que vengo a pedirle, le ruego que me considere desinteresado y sincero. Como sabe, me marché a Europa muy joven, ignorando detalles de mi familia, incluso los más íntimos. Sabía que mi padre tenía un hermano menor, Gabriel, con el que nunca lo vi y del que rara vez oí hablar. Qué hacía y dónde vivía este hermano de mi padre, a mí, que siempre tenía otras cosas en la cabeza, poco me importaba. Se decía que era un hombre ingrato, frívolo y distante con los suyos. De niño me prohibían repetir su nombre, si por casualidad lo oía, y tal vez de ahí nació mi indiferencia. Sin embargo, ahora que he vuelto de Europa, después de diez años, me encuentro a una hija suya en casa. Cuando pregunté por el modo en que había sido acogida y cómo y por qué habían hecho las paces, me respondieron: «Ha sido cosa del señor Morton; él, mejor que nadie, podrá aclarárselo todo». ¡Por eso he llamado a su puerta, mi querido amigo!

—¿Y su padre?

—¡¿Mi padre?!

—Sí, ¿por qué no ha acudido a él en lugar de a mí?

—Temía hacerle revivir recuerdos dolorosos... —respondió Octavio, incómodo.

—Ha hecho bien. Y... al fin y al cabo, yo, como mero espectador, soy más imparcial.

Entonces, mientras se rellenaba el vaso, Morton empezó a relatar una larga historia con su marcado acento inglés. De vez en cuando, la narración se veía interrumpida por las pequeñas observaciones de Octavio.

Una tarde, muchos años atrás, había recibido la visita de Gabriel Medeiros, que había venido a pedirle que fuera el maestro de su única hija, Eva, y de un ahijado, Paulo. Morton había aceptado la tarea y, dos días más tarde, se dirigía en un coche de caballos al Mangueiral, el nombre de la hacienda...

—Lo sé —le interrumpió Octavio—. ¡Ya he estado allí!

—¿Ah, sí? —Y tras intercambiar media docena de frases sobre la finca, el anciano retomó el hilo del relato.

Una vez allí, le habían presentado a la señora de la casa, una mujer de Río de Janeiro muy distinguida, que se deshacía en atenciones y era todo delicadeza y amabilidad. Eva le había ofrecido su carita sonrosada, estrechándolo con sus bracitos rechonchos, y Paulo, delgado y pálido, había prestado mucha atención a sus palabras. Así había transcurrido amablemente la primera lección. Desde ese día, no había dejado de acudir al Mangueiral tres veces por semana y se había convertido, poco a poco, en uno más de la familia. Gabriel Medeiros era un hombre emprendedor y audaz; su esposa, una santa; Eva, dócil y, si bien no tenía un gran talento, era estudiosa y activa; y Paulo...

—Ya lo conozco... —volvió a intervenir Octavio.

—¡Un muchacho excelente! —afirmó el extranjero, haciendo una pausa para tomar un par de tragos de cerveza.

Después, sin variar el tono, continuó relatando que, al cabo de dos años de lecciones, él había caído gravemente enfermo con una fiebre perniciosa. Los médicos le habían recomendado cambiar de aires y el bueno de Gabriel Medeiros lo había acogido en el Mangueiral. Allí había pasado un mes maravilloso, viéndose rodeado de cariño, ¡como si realmente perteneciera a la familia! Fue entonces, un día que los niños jugaban en el jardín y la señora de la casa cosía en otra sala, cuando Gabriel Medeiros, en su despacho, viendo a su hija de lejos por la ventana, le había contado toda su vida con una encantadora naturalidad.

Jamás había recibido Morton una prueba de amistad y de confianza tan cautivadora como esa.

Octavio redobló la atención, clavando sus hermosos ojos castaños en el rostro pálido y conmovido del anciano.

—Su abuelo —le dijo Morton— era un hombre ambicioso y... digamos...

—Ignorante —intervino Octavio.

—Ciertamente.

Una vez apurado el último sorbo de cerveza, la narración prosiguió sin la más mínima interrupción.

Se daba la circunstancia de que el abuelo de Octavio había casado a sus hijas e hijos sin consultarles en absoluto. A los quince años, todas tenían ya un marido que él les había escogido personalmente.

A los muchachos también les ahorraba el trabajo de elegir; calculaba fortunas, organizaba el asunto y ¡zas!, solo quedaba decirle al hijo: «Fulanita te conviene; ya he hablado con el padre y está todo acordado». Gabriel Medeiros era el último de sus hijos y, mientras crecía la heredera del hombre más rico de la zona, lo envió a estudiar a São Paulo. La pequeña se fue desarrollando y, como no era fea... o, mejor dicho, como tenía una fortuna, le llovían los pretendientes. No obstante, los padres ya habían cerrado un trato y, aunque ni Gabriel ni la muchacha lo sabían, ¡ya estaban comprometidos! Viendo a su futura nuera ya con vestidos largos, el viejo Medeiros escribió a su hijo, ordenándole que dejara los estudios y que volviera, pero Gabriel le había tomado el gusto a la historia y aprobó los exámenes de segundo curso. Le rogó a su padre que le dejara continuar, hablándole de futuras glorias y de los halagos de los profesores. ¡A ningún padre le disgusta la idea de tener un hijo con estudios!

El permiso fue concedido, tras solicitarle posponer la fecha de la boda a la familia de la novia, que consintió de mala gana.

Por aquel entonces, el comendador Medeiros, padre de Octavio, ya estaba casado y al frente de una importante propiedad. Después de resentirse económicamente tras varias heladas consecutivas, recurrió al futuro suegro de su hermano, que le abrió la cartera con prontitud, amabilidad... y con los altos intereses de costumbre... Pasaron muchos meses y los pretendientes, desanimados, se fueron marchando. El padre de la joven insistía en que el matrimonio pactado se celebrara pronto.

El viejo Medeiros mandó venir a su hijo Gabriel a la hacienda y le comunicó que había decidido casarlo ese mismo mes; después, sería libre de continuar sus estudios si quería. Gabriel, atónito, dijo con serenidad que ya había tomado una decisión y que su corazón ya estaba prometido. El padre, decepcionado, quiso convencerlo de que debía casarse con la joven y le habló de la antigüedad del compromiso. Todas las súplicas fueron en vano.

Gabriel se negó una y otra vez y el matrimonio se vino abajo, para despecho del padre de la novia.

El estudiante regresó a São Paulo con el apoyo de su madre, que le enviaba cada mes la asignación, según ella, a espaldas del marido. Este moriría unos meses más tarde de un aneurisma. Atribuyeron la enfermedad y la muerte al disgusto sufrido por la negativa de Gabriel; falacias: el anciano llevaba años enfermo. El comendador Medeiros, asfixiado por el acreedor, que había amenazado con embargarle los bienes, se encontraba en una situación desesperada ante tan tremendo golpe. Se ofuscó contra su hermano y juró vengar la muerte de su padre y su deshonra; viajó a São Paulo, donde averiguó con facilidad quién era la elegida del corazón de Gabriel. Se trataba de la única hija de un humilde periodista que había llegado de Río tres años antes. Y...

Entonces el viejo Morton se detuvo, con el rostro enrojecido, y se secó el sudor que lo inundaba, pasándose repetidamente el pañuelo por la frente.

—¿Y...? —preguntó Octavio, casi estrangulado por la angustia.

—Y el periodista recibió una carta en la que le decían que, si no quería recibir un tiro esa misma noche, partiera enseguida con su hija hacia Río o incluso más lejos. El hombre se encogió de hombros y, con la conciencia tranquila, se quedó en la ciudad. A la noche siguiente, al doblar una esquina volviendo de la redacción, recibió un disparo que lo mató en el acto.

Octavio se estremeció y, pálido, se tambaleó en la silla.

El señor Morton continuó con el relato:

—Atribuyeron el crimen a cuestiones políticas; entonces en São Paulo esas cosas pasaban con bastante frecuencia. Gabriel, viendo a la huérfana desamparada, se casó con ella. Poco después, mientras ponía los papeles de su suegro en orden, se encontró con la horrible carta en la que reconoció la letra de su hermano. Derramó lágrimas como un niño, pero, sacudiéndose la profunda postración en la que se había sumido, fue en busca del comendador. Este le confesó que era el autor de la carta, pero no del crimen. Una circunstancia fatal había guiado al asesino esa misma noche o alguien lo había espiado y, para acabar con él, había llevado a cabo lo que él no quería que pasara de una amenaza. Gabriel, convencido de la inocencia del comendador, volvió más tranquilo y le extendió confiadamente su mano leal a la hija del fallecido.

»¿Quién asesinó al periodista? ¡Nadie lo supo jamás! Gabriel Medeiros se marchó con su mujer a Río y solo volvió a São Paulo cuando, tras la muerte de su madre, esta le dejó en herencia el Mangueiral. Entonces los hermanos presentaron una demanda contra él por cuestiones de tierras; la Justicia le dio la razón a Gabriel. Desde ese día, no volvieron a hablar ni a verse. Las hermanas casadas tomaron rumbos diferentes: doña Clara se fue a Ribeirão Preto y doña Eufrosina, a Paraná; dos de los hermanos murieron y el único que le quedaba, el comendador, lo evitaba. Apesadumbrado por todas las disputas familiares, se entregó en cuerpo y alma a la agricultura. Lo primero que hizo fue liberar a los esclavos; después, contrató colonos; estableció un nuevo sistema de trabajo, su fortuna se redujo a la mitad, se esforzó y poco a poco fue recuperando su patrimonio. Gabriel, hombre de gran corazón, adoraba a su familia y profesaba una verdadera devoción por el hogar que había construido.

»Fue él mismo quien diseñó el jardín, quien colocó el enrejado en las paredes para que la enredadera pudiera trepar a su antojo, quien decoró el interior de la casa y también quien hizo, en sus horas de asueto, las elegantes pajareras que hay en el jardín, complejas y robustas.

El señor Morton, después de describir la muerte de la madre de Eva cuando la pequeña tenía diez años y de hablar del amor de Gabriel, entonces completamente volcado en su hija, narró la impresión que había sentido cuando lo avisaron de que fuera a toda prisa al Mangueiral un día de mucha lluvia. Gabriel Medeiros sufría una congestión pulmonar; lo encontró en la cama, rodeado de remedios, con el rostro demacrado, el cabello blanco bañado en sudor y un fuerte olor a fiebre y sangre que exhalaba de su boca ancha y amoratada, de la cual no salían sino palabras de dulzura y perdón.

Morton quiso animarlo, esforzándose porque no le temblara la voz; el enfermo sonrió con tristeza y, extendiéndole la mano ardiente y seca, le dijo: «Escúcheme: no quiero dejar a mi Eva sola en esta casa con Paulo, que no es nada suyo; ella no tiene prometido ni amigas... Me he acordado de mi hermano; es la única persona de la familia que me queda; quiero reconciliarme con él... Él tiene hijas, tendrá compasión de la mía».

—Fui inmediatamente a buscar al comendador —concluyó Morton—, quien, dicho sea en su honor, se apresuró a acompañarme al oír mis palabras. Cabalgamos al galope hasta el Mangueiral; cuando llegamos, Eva sollozaba. ¡Gabriel Medeiros había muerto!

Octavio, petrificado, con todo signo de vida concentrado en la mirada, oía la voz pausada de aquel hombre terrible, que le desgarraba dolorosamente el corazón. Morton continuaba con el curso de la historia, diciendo que, tras la lectura del testamento, entre el cuerpo insensible y lívido del fallecido y el busto jadeante de la huérfana, el comendador Medeiros había querido hacerse cargo de los papeles de su hermano, a lo que Eva se había opuesto enérgicamente. En su desesperación, la infeliz criatura quería mantenerlo todo tal y como lo había dejado su padre. Su tío, sin embargo, había interpretado mal ese gesto; pensó que su sobrina quería conservar, para una futura venganza, la carta amenazante que él le había escrito al periodista asesinado. No había ninguna otra prueba del crimen, así que era fácil de entender el deseo del comendador de hacerla desaparecer. ¿Quién podría asegurarle que no se encontraría acusado de esa culpa en alguna ocasión? A Gabriel, su hermano, le habían bastado sus afirmaciones de inocencia, pero ¿serían suficientes para la sociedad y la Justicia? ¡No! Para la sociedad y la Justicia, el asesino del periodista sería forzosamente el autor de la amenaza: el comendador Medeiros; el otro, el asesino incógnito, solo podría ser visto como un fantasma, fruto de una grotesca y cobarde farsa.

Octavio se levantó, furioso con aquel viejo extranjero de mirada azul como el cielo y de cabello blanco como una nube casta; sintió deseos de estrangularlo y de decirle muy cerca del rostro arrugado: «¡mientes, mientes, mientes!», pero el extranjero continuó con acento abstruso y palabras claras:

—Todo lo que le he dicho es duro y doloroso decírselo a un hijo; soy un hombre rudo, lo sé; pero hay ciertos casos en los que, aun a costa de un gran sacrificio, debemos decir toda la verdad.

Octavio, embargado por la emoción, no contestó; tenía la mirada clavada en el suelo y los pensamientos se le agolpaban desordenadamente en el cerebro.

¿Quién podía haber asesinado al abuelo de Eva? ¿Quién podía haber traicionado el secreto de su padre? ¿Y cómo podía él descubrir al culpable, después de tantos años? ¿Qué época iba a investigar, qué recuerdos y misterios iba a resolver? ¿Cómo tirar del hilo ya roto de esta infame trama? La vida es muy corta y, si las generaciones se suceden como las olas, ¿cómo traer de vuelta las que ya han pasado? ¿Por qué su padre se había quedado de brazos cruzados? ¿Por qué no había luchado hasta presentar al verdadero criminal ante los ojos de su hermano, su único juez? ¡Su dignidad y su honor exigían todos los sacrificios necesarios para lograrlo!

Abatido, debatiéndose para no ver en su padre a un asesino, Octavio escondió el rostro entre las manos.

—Lo siento si le he hecho daño... —le dijo el señor Morton, que ahora se encontraba de pie ante él—, pero no tenía más remedio.

CAPÍTULO 12

Eran las seis de la tarde cuando Octavio, tomando las riendas del caballo, emprendió solo el camino de regreso.

Reinaba una gran tranquilidad. El cielo era de un azul suave y homogéneo, sin un trazo más claro ni más oscuro, sin una arruga, liso y apacible; los árboles parecían inmóviles, ni siquiera el más sutil temblor agitaba las espesas frondas; los dondiegos de noche silvestres abrían en silencio sus cálices dorados y las calas, entre el verde oscuro de las hojas, derramaban desde el pétalo opalino su dulce aroma.

De cuando en cuando, salía de la espesura el grito estridente de un centinela solitario, el pájaro campana, y en el suelo, entre la hojarasca, se oía el sonido producido por un animal que se escondía apresuradamente, a rastras. Cuatro palmos por encima de la hierba, en una extensión enorme, hasta donde se perdía la vista, se desplegaba una nube de termitas aladas, una nube translúcida que parecía estar formada por una infinidad de diminutas y delicadas margaritas que revoloteaban en el aire después de haberse desprendido de la tierra. De pronto, un pájaro, que pasó volando a ras de Octavio, le golpeó en el rostro con un ala; el joven, desprevenido, dio un salto en la silla de montar.

Poco después recordó haber visto muchas veces, durante su niñez, a este pájaro que acompaña al viajero paulista al atardecer, dando saltitos y revoloteando alrededor del caballo. Era el curiango, un chotacabras gris, del tamaño de un zorzal, con las patas muy cortas. Iba y venía, ahora a ras de suelo, ahora por encima de la cabeza de Octavio, ahora a un lado, ahora al otro, quedándose atrás, para saltar de repente y adelantarlos. A lo largo de cerca de media legua, las termitas aladas abrían y cerraban el doble par de finas alas cubriendo todo el campo como una gasa blanquecina y movediza. Sembradas en el suelo, sus viviendas se erguían en montículos de barro, repetidamente. Entretanto, el azul del cielo se iba oscureciendo poco a poco y en distintos puntos florecían estrellas diminutas y trémulas. En los nidos mullidos, hechos de finas ramitas y briznas de paja, acomodaban los pájaros sus gentiles cuerpos; y, de entre las matas purpúreas de la hierba forrajera aristida que flanqueaban el camino, alzaban el vuelo las grandes luciérnagas paulistas[8], que llevaban su luz por el aire, lentamente, como una hermosa esmeralda muy brillante.

Y así, serenamente, la noche se iba extendiendo sobre la tierra.

[8] N. de la A.: Esta variedad es la *Pyrophorus noctilucus*, que desprende una luz tan intensa que ilumina un recinto oscuro, por lo que, si se reúnen tres o cuatro ejemplares bajo un vaso boca abajo, sirven de lámpara. Son muy diferentes en la forma y en la manera de emitir luz de las luciérnagas europeas, las *Lampyris noctiluca*.

Octavio se dejaba llevar por el caballo que le había comprado solo dos semanas antes a un hacendado del Córrego. Cansado tanto físicamente como mentalmente, aniquilado, se entregaba así, sin rumbo, a aquella noche silenciosa y hermosa.

Las bruscas revelaciones del viejo Morton se le habían clavado en el corazón como puntas de puñales al rojo vivo lanzados con fuerza. Sentía el dolor que le provocaban, pero todavía no las comprendía del todo.

Con un puro apagado sujeto entre los dientes y la mirada fija en la nada, iba como sonámbulo, completamente abstraído, vacío de ideas.

Ya podía chillar el pájaro campana todo lo que quisiera, ronco o estridente; podían crujir las hojas en la frescura del crepúsculo o titilar las estrellas o bailar ingenuamente las luciérnagas... Él no percibía nada, estaba verdaderamente desconectado de la naturaleza y de las cosas.

Una tormenta inclemente, un tremendo golpe inesperado, había provocado en él una quiebra de fuerzas, una aniquilación absoluta.

No obstante, no había profundizado en el relato de su amigo; no veía nada claro de dónde extraer, limpia y exacta, la verdad nítida de los hechos.

En casa de Morton había sentido el impulso de matarlo, de sofocarle en la garganta aquellas malignas insinuaciones sobre su padre; después, nervioso, conmocionado, en un arranque de sensibilidad, había llorado; pero en ese momento solo sentía un cansancio enorme, como si hubiera bajado rodando una cantera llena de irregularidades y aristas.

Durante un largo trecho, recorrió el camino rumiando las palabras del maestro, ya casi maquinalmente, a fuerza de pensar en ellas. Su montura lo había llevado hasta la cancilla cerrada de un cafetal y, allí, con la cabeza estirada por encima de los tablones horizontales de la puerta, relinchaba con fuerza. De vuelta a la realidad por la repentina parada y el relincho del caballo, que avisaba, en su antiguo hogar, a los viejos compañeros ya guarecidos, Octavio se dio cuenta de que estaba en el Córrego, a dos leguas de Santa Genoveva, y de que había dado una vuelta inútil sin percatarse.

El caballo no se movía; se limitaba a relinchar, alegre, pero ya con cierta impaciencia. Desde dentro, muy a lo lejos, llegaba el sonido casi apagado de la voz de otro animal, que respondía a su compañero.

Decidido a volver a casa al galope, sin interrupción, tiró con fuerza de la rienda izquierda, después de haber hecho recular al caballo. No consiguió nada; con las cuatro patas clavadas en el suelo embarrado, la cabeza sacudida por los bruscos movimientos de las riendas, la boca espumosa, los belfos arregazados por el freno de plata y la mirada encendida, el animal se mantenía firme, escuchando el eco nostálgico del compañero que lo llamaba.

Desesperado, cansado de fustigarlo y de tirar de las riendas, Octavio profirió un juramento y, con un movimiento rudo, le clavó los talones en las ijadas; el caballo se mantuvo firme, así que el joven desmontó e intentó, tirando del bocado, cambiarlo de posición y llevarlo a unos cincuenta metros de distancia para luego volver a montar e irse, pero todo fue en vano. El caballo coceaba y se encabritaba, ahora sobre las patas traseras, ahora sobre las delanteras; bajaba y levantaba furiosamente la cabeza, mostrando los grandes dientes amarillos por entre los que ya se deslizaba la sangre. Octavio se vio obligado a apartarse del animal, que resollaba y tenía el hermoso pelo castaño bañado en sudor.

Viéndose libre, el caballo se dio rápidamente la vuelta, se preparó para dar un salto, superó el vallado que delimitaba la hacienda del Córrego y se perdió en la oscuridad del cafetal al galope.

—¡Corre, corre! ¡Vete al infierno! —gritó el enfurecido propietario.

¿Qué iba a hacer? ¿Ir tras el animal? Bobadas. La cancilla de los cafetales del Córrego, todavía se acordaba, estaba a casi una legua de la vivienda... Más le valía ir a pie, por un atajo, hasta la finca de Torres; incluso sería muy agradable; la gente del Córrego le resultaba antipática; se la habían presentado en casa de la hermana de Antunes. Al día siguiente mandaría al criado a buscar al caballo; esa noche prefería molestar a Torres acortando por una trocha del bosque. Estaba mucho más cerca. Ya decidido, se adentró en la vegetación.

Hacía diez años que no pasaba por allí; sus vagos recuerdos, pese a todo, no lo habían traicionado. No obstante, se sentía más sobrecogido que nunca.

El bosque era tenebroso: le parecía sentir ruidos extraños, cantos funestos de pájaros y vahos húmedos de pequeños lagos camuflados por limo y ramas caídas de los árboles.

Al cabo de un tiempo, se dio cuenta de que se había equivocado de camino... Se paró, indeciso; tomara la dirección que tomara, lo haría al azar, así que siguió avanzando en línea recta, a veces a tientas, con las manos extendidas, cuando la abundancia del follaje lo hacía todo más tenebroso a su alrededor. En los puntos de mayor negrura, se detenía, creyendo ver frente a él una alta pared, compacta e inexpugnable; luego, adelantando los brazos, caía en su error y proseguía, solo para detenerse de nuevo al borde de grandes socavones imaginarios.

Después de vagar durante algún tiempo entre maleza y ramas amontonadas hasta una gran altura, divisó una lumbre. Era una luz débil y misteriosa, ahora oculta, ahora visible, de color rojizo, que surgía de pronto en la oscuridad del bosque, como una lámpara maravillosa en un cuento de hadas.

Octavio suspiró aliviado; había encontrado una guía, una compañera en medio de aquella soledad, que lo guiaría en el camino de vuelta a casa. Buscaba una vereda que lo llevara hasta ella, pero no había ni un triste sendero abierto en aquella dirección. ¡Habían encendido la lumbre en el rincón más inaccesible, el más intrincado del bosque! Desafiando todos los peligros, Octavio siguió caminando, tropezándose muchas veces con troncos cubiertos de espinas o resinosos, con los ojos clavados en el único punto luminoso de toda aquella vasta oscuridad. A veces, aquel bosque grande y frondoso se le antojaba a sus atribulados sentidos una estrecha celda de techos bajos y húmedos. ¡Todo parecía encerrarlo y estar a punto de aplastarlo, de derrumbarse sobre él! A medida que se aproximaba a la luz, se hacía más y más grande; cuando ya estaba cerca, oyó voces, un rumor bajo, temeroso, apesadumbrado, pero indudablemente humano.

Entonces cayó en la cuenta. ¡Había ido a parar a un *quilombo*[9]!

A través de las paredes llenas de agujeros, improvisadas apresuradamente con cubiertas vegetales, ramas y cañas huecas, salía, como finísimas agujas doradas y bailarinas, el resplandor del fuego en el que se calentaban media docena de negros, casi desnudos, delgados y

[9] N. de la Trad.: Lugar, por lo general oculto o escondido en la vegetación, en el que se refugiaban los esclavos que huían de las haciendas, las minas y los hogares familiares donde eran explotados y maltratados.

hambrientos. Estaban allí escondidos, hablando en susurros, royendo los huesos de unas gallinas que habrían robado en la finca más próxima, hasta que volvieran los dos o tres compañeros que habían salido en busca de comida bajo la negra y benévola protección de la noche.

Maltrechos, apretados, huyendo incluso del sueño, temblando ante el mínimo soplo de viento, oyendo un paso en cada hoja caída, un grito humano en cada ululato de ave, temiendo siempre la persecución del hombre blanco, zambulléndose en los ríos cuando veían a alguien de lejos... Saliendo cuando se sentían morir, para errar por la tierra ingrata, corriendo con el cuerpo destrozado por el cansancio, siempre atenazados por las alucinaciones del miedo, siempre detrás de la quimera-libertad y siempre sometidos a la presión de una espantosa pesadilla, estos pobres desgraciados tenían el aspecto de lúgubres fantasmas carbonizados en las brasas de un pavoroso infierno.

La esclavitud les había sellado la sonrisa en los labios; el miedo les había tatuado la desconfianza y el odio en la mirada; el hambre, el frío y el insomnio les habían descarnado los esqueletos y los habían convertido en unas terroríficas momias de carne y hueso.

Como no quería alterarlos, Octavio los dejó en su escondrijo, convencido de que lo tomarían por un espía, independientemente de lo que les dijera. Caminó con cautela, en silencio, pero los negros se percataron igualmente de su presencia, atenuaron sus voces y apagaron el fuego derramando agua sobre él. Volvió a reinar el silencio y la oscuridad. Octavio avanzaba de nuevo a tientas, sobrecogido, temeroso, esperando a cada instante sentir como le ponía la mano encima alguno de aquellos desventurados cimarrones, que, en realidad, estaban encogidos, con los dientes apretados y las extremidades temblorosas. Después de vagar durante mucho tiempo, sin rumbo, sin saber si iba en línea recta o si se movía en círculos, empezó a notar el humo, que se hacía cada vez más denso, y a oír unos chasquidos secos, tenues y repetitivos.

¡El horror de su situación adquirió proporciones gigantescas! A esas alturas ya estaría todo el bosque cercado por el fuego, en un incendio devastador, y él no conseguiría salir de ese laberinto condenado a las llamas. ¿Quién sabe? ¡Tal vez todo esto fuera por los esclavos huidos! Quizá querían matarlos o capturarlos aterrorizándolos con el fuego...

Ya se sentía mareado; estaba convencido de que, efectivamente, llevaba mucho tiempo pasando una y otra vez sobre los mismos lugares; era un círculo amplio, pero un círculo al fin y al cabo. Entretanto, el humo adquiría más y más densidad y ya oía más claramente el crepitar de la vegetación quemada.

Le sorprendía no ver el fuego, que comenzaba su labor destructiva oculto como un asesino entre las hierbas bajas, cuando de repente oyó voces humanas a lo lejos y luego vio una llamarada dorada que irrumpía violentamente en su campo de visión alcanzando una considerable altura para luego volver a descender y permanecer como una ola que lamía el suelo.

Le resultó más fácil caminar con ese faro que lo guiaba. Urgía moverse aprisa, antes de que las llamas se unieran y le cerrasen el paso. Estaba fatigado, los charcos de agua estancada le mojaban los pies, las lianas que colgaban de los árboles le golpeaban la cara..., pero siguió avanzando, hasta que consiguió hacerse oír por las personas que sitiaban el fuego violentamente.

—¡Por aquí! ¡Por aquí! —le gritó una voz, que él identificó como la de Torres.

Viéndose fuera, Octavio volvió a respirar. La humareda que casi lo había asfixiado era ahora arrastrada por el viento hacia delante.

Torres, intrigado, le hacía preguntas atropelladamente, a las que, extenuado como estaba, no podía responder con precisión. Se alejó, se sentó en una zanja a un lado del camino y le comunicó al hacendado su encuentro con los cimarrones y el temor que albergaba de que el fuego los alcanzara.

—¡No hay peligro! —le respondió Torres—. Ellos saben muy bien cómo salir de esta... Mi intención no era que ardiera el bosque; el fuego se propagó desde allí, donde estábamos limpiando un terreno; se escapó de mi control...

Mientras tanto, unas llamas se unían a otras hasta rodear por completo la vegetación con una franja roja. De un punto y de otro se elevaban grandes lenguas de fuego amarillas, que se entrelazaban y ondeaban suavemente en el aire, abrasando la atmósfera, cerniéndose devoradoras y terribles sobre el espacio a conquistar. Los árboles sacudían sus orgullosas frondas; los arbustos se retorcían en horribles convulsiones, arrugándose y contrayendo sus ramas desnudas. Las flexibles lianas, que se nutrían de los gigantescos jequitibás y de los grandes perobás, se convertían en hilos conductores de las centelleantes chispas del incendio, en escaleras de asalto cuando las llamaradas no tenían suficiente fuerza para lanzarse pesadamente, de golpe, contra las plantas de todos los tamaños. Los árboles parecían bracear, luchando, hasta que rendían las copas verdes y florecientes a la brutal llama del fuego despiadado. Las aves, enloquecidas, salían volando de sus nidos asfixiantes, y los reptiles abandonaban sus húmedas madrigueras para arrastrarse inútilmente en busca de un resquicio por el que salvarse.

En poco tiempo, todo el bosque parecía un mar de fuego. En el espacio que hasta aquel momento había sido profundamente oscuro, resplandecían focos carmesíes, destellos rojizos del amanecer y, sobre ellos, el humo sofocante cubría con un velo blanquecino esa tinta sanguinolenta intensa. Los negros gritaban, abriendo cortafuegos a golpe de hoz, por todas partes; se oía el crepitar de las llamas y en el aire bailaban diabólicamente las chiribitas.

Triunfante, el fuego consumía las plantas, bebiendo, sediento, toda la savia de la tierra.

Cuando el sol de la mañana rasgó las nubes, el incendio parecía pálido, blanquecino, cobarde.

Octavio, cubierto de arañazos y manchas de sangre en la cara y las manos, no esperó a ver la evolución. Recordando los largos paseos a los que se había acostumbrado en Alemania, partió a pie hacia su casa, que no quedaba lejos, dejando a Torres inmerso en el trabajo.

Era casi la una cuando franqueó el portón del patio de Santa Genoveva. Los gallos cantaban y, en el pequeño estanque de piedra, en un rincón, el agua caía por el caño abierto con un borboteo ininterrumpido y monótono.

CAPÍTULO 13

Dos días antes de la boda de Nicota, la familia Medeiros se trasladó a la ciudad.

Delante habían partido a pie los criados en grupos dispersos, con fardos en la cabeza. También habían enviado dos carretas llenas de maletas y baúles con ropa, grandes latas con dulces confitados y pastas de fécula de mandioca, y cestas de frutas, de hortalizas y de huevos. El capataz quedó encargado de hacer llegar, en las mañanas siguientes, todas las flores que pudiera encontrar y leche, mucha leche. ¡La boda de Nicota despoblaba los jardines y secaba la garganta de los terneros!

A mitad de viaje, se encontraron con el terreno calcinado de Torres. El fuego había arrasado el bosque que flanqueaba el camino. En su lugar, se extendía un campo blancuzco, vasto, desnudo, cubierto de cenizas, triste como un cementerio, donde los troncos quemados, que se elevaban escasos palmos del suelo, carcomidos y negros, parecían tristes túmulos abandonados. Sin embargo, dentro de los tocones carbonizados, el fuego, lento, oculto, continuaba con su voraz labor destructiva, aniquilando toda la pujanza de la tierra, devorando con avidez las raíces de la vegetación abrasada.

La familia Medeiros, acostumbrada a esas situaciones, le concedió poca importancia; solo Eva lamentó aquel desastre, y Octavio recordó con amargura la noche que había pasado allí. Cuando llegaron a la casa de la ciudad, que llevaba mucho tiempo cerrada, supervisaron las tareas de limpieza de los suelos, ventanas y puertas, y la colocación de las cortinas de encaje y de las guardapuertas rojas. Después, mandaron retirar a otra sala la mesa del gran comedor destinado a acoger el baile; colocaron las sillas alquiladas al club por todo el perímetro de la estancia, alineadas junto a la pared de papel pintado de color crema, y, en los huecos de las ventanas, dispusieron los aparadores de viñátigo, con puertas de espejo y encimera de mármol, sobre los que se exhibían un alto y esbelto espejo y dos jarrones de porcelana con ramos de flores variadas.

La sala de las visitas, en la parte delantera de la casa, se transformó en una capilla. Llamaron a un decorador con cierta reputación y experiencia que trabajaba allí desde hacía mucho tiempo para iglesias y particulares. El señor João Coelho, muy serio y circunspecto, con un afeitado apurado, el chaleco y los pantalones blancos escrupulosamente planchados y el abrigo negro impecable, acudió sin dudarlo cuando lo llamaron. Respondió a las preguntas del comendador con monosílabos, demostrando una gran parquedad de palabras, y montó, al fondo de la estancia, el altar en el que llevaba treinta años trabajando: un respaldo alto y plano cubierto de tarlatana plateada, adornado con capullitos de tela rosa entre hojas verdes palmeadas y duras. Sobre la mesa del altar, manteles de lino fino ribeteados con amplios encajes, el crucifijo, el libro ritual encuadernado en piel negra, pequeños ramos de nardos con espigas argénteas, la pequeña bandeja de plata con las alianzas, grandes candeleros con velas de cera y, al lado, el acetre y el hisopo de plata. A los pies del altar, la alfombra, los dos cojines de raso para los novios y pétalos de flores.

En la otra sala de la parte delantera de la casa, se situaban las mesas de juego, con las barajas encima, y, en otra interior, el bufé.

En el centro de esa estancia en la que se servían las viandas, había una gran mesa en forma de herradura y, sobre ella, una infinidad de sabrosos dulces, pirámides de huevo hilado, racimos de caraguatá y yemitas de huevo caramelizadas, así como las elegantes espingardas[10], colocadas en vertical y sujetas con un lazo de cinta; púdines y flanes de todas las formas, características y tamaños; los platos de algodón de azúcar, de dulce de anona; los afamados veludos[11] y otros frutos similares; torres ebúrneas, hechas con finas cintas de coco, casi transparentes, azucaradas, blancas, que pendían graciosamente como artísticos encajes; copas de fruta escarchada; jaleas de color topacio y rubí; rosas de coco —encargadas con antelación en Itu y a doña Gabiella, en Campinas—, esparcidas en profusión por toda la mesa: en tallos, en guirnaldas, en ramilletes y

[10] N. de la Trad.: Dulce típico de la repostería de Itu (São Paulo), donde se le conocía como «espingarda» por su similitud con el cañón de esta arma de fuego. Consiste en un canuto de oblea, relleno de una crema de yema de huevo, azúcar y almendra, y cubierto de almíbar. En Portugal, de donde es originario, se denomina *garganta* o *pescoço* de freira («garganta» o «cuello de monja»).

[11] N. de la Trad.: Frutos de piel aterciopelada (característica que le da nombre) de las plantas del género *Guettarda*. En Brasil abundan los de intenso color rojo de la especie *Guettarda pohliana*.

en festones; aquí púrpuras, como las espigas florales de las bromelias, y más allá blancas, satinadas y húmedas, como los pétalos de los jazmines del Cabo. En los extremos de la mesa, lucían dos cocoteros artificiales, clavados en unos pequeños montículos de hierba sobre los que se extendían insectos y reptiles hechos de pasta de modelar; sujeto en lo más alto del escamoso tronco del árbol, el indefectible monito robaba un coco; y, enroscada debajo, una inmensa yarará verde y negra levantaba la cabeza plana, como si se dispusiera a cometer la misma fechoría.

La luz de las velas de los grandes y múltiples candelabros se derramaba sobre la cristalería.

En una esquina de la sala, otra mesa repleta de fruta: mangos que emanaban un olor delicioso, unos verdes y grandes y otros pequeñitos y del color de la sangre; sandías abiertas que mostraban las semillas oscuras entre la espumilla rosada de la pulpa; piñas, bayas de jaboticaba, naranjas, uvas, melocotones e higos, en fruteros con pedestal, en bandejas y en cestas. Al lado, una habitación transformada en cantina: sobre el mostrador, frutos secos y quesos ya cortados, y en las repisas, muchas botellas de vinos, cervezas y licores.

El señor João Coelho, el decorador, iba y venía de las brillantes y coloridas etiquetas de las botellas a las carnosas piñas y a los manjares de la mesa principal con la circunspección de un lord, buscando la simetría allí donde veía insurrecciones de estilo o una infracción de la costumbre establecida.

En el oficio estaba todo listo, y en la cocina se afanaban cuatro cocineros y muchos ayudantes.

Entraban en las habitaciones las bandejas con vestidos confeccionados por las modistas; los criados portaban cajas de guantes, abanicos, plumas, zapatos de raso; hasta el último momento hacían falta artículos que los comerciantes enviaban en profusión para que escogieran en casa nada más pedirlos.

El día señalado para la boda había llegado. Octavio no se había olvidado de la carta anónima que acusaba a Eva y que denunciaba que ese día se produciría una revuelta en Santa Genoveva. Decidido a hablar de eso con su padre, fue a buscarlo a la salita.

El comendador estaba solo, liando un cigarrillo en una hoja de maíz. Su hijo fue junto a él y le preguntó qué pretendía hacer: si iría a Santa Genoveva en cuanto se celebrara el enlace o si lo había dejado en manos del capataz.

El hacendado, muy tranquilo, le respondió que le había contado todo a Antunes y que él se había prestado a quedarse con toda su gente en los alrededores de Santa Genoveva para proteger la hacienda.

—De esta manera —concluyó el caficultor—, o bien los esclavos temerosos no se rebelan, con lo cual conseguimos una Eva «buena», o bien los capturamos y castigamos. ¡Antunes tiene maña; puedo estar tranquilo!

A Octavio le pareció extraño que su padre le encomendara a Antunes una tarea tan delicada. Como él no había dado crédito a la carta, no había pensado hasta ese momento en tomar ninguna medida, pero ahora que veía que admitían la posibilidad de una revuelta, decidió acudir él mismo a la finca, por precaución.

El hacendado se quedó boquiabierto, asombrado. Entonces le aseguró a Octavio que él era un europeo debilucho, al que herirían, maltratarían o incluso asesinarían; que era mejor dejar a Antunes a su aire.

—¡Él sí que es un hombre respetable!

—No intente disuadirme, pues será en vano —le respondió su hijo—. Asistiré al enlace y partiré poco después.

—¡Sandeces! ¿Y si me opusiera?

—Al contrario, padre, usted es quien me mandará ir, ya que cree que la revuelta va a producirse realmente; ¡iría usted mismo, si su presencia aquí no fuera indispensable! Esta noche daré un paseo inútil, no pasa nada, pero no consentiré que ningún imbécil tenga razones para llamarme cobarde.

—¡Bravuconadas! —murmuró el viejo Medeiros, encogiéndose de hombros; luego se calló y mordió con rabia su cigarrillo apagado. Se dio cuenta de que era inútil intentar retener a su hijo en la ciudad y lo dejó marcharse sin decir nada más. Volcaba todo el odio en su sobrina, a quien consideraba la inevitable causante de grandes males futuros que se cernían sobre la familia.

Ella aparecía en su mente atormentada como un espectro vengativo, aniquilador y altivo; no veía en ella a la hija de su hermano, a la muchacha sensata y honesta, sino a la nieta del periodista, a la sombra dulce y llorosa de la huérfana del hombre asesinado, a algo sobrehumano: ¡como si un grito de inenarrable dolor hubiera tomado la carne y la forma de una mujer y sobre cuya cabeza revoloteara, como una mariposa fatídica, la misteriosa carta en la que él reconocía su propia letra en grandes caracteres!

El comendador pasó el resto del día sumido en una aflicción atroz; trató de disuadir a su hijo una vez más, pero, vencido por sus argumentos y su fuerza de voluntad, se retiró abatido a su habitación; no se encontraba a gusto en ninguna parte; sintió el impulso de arrancar las cortinas y las nuevas guardapuertas, de pisotear las flores ya colocadas en los jarrones y de sacar a puntapiés por la puerta todas las sillas del club que tan bien alineadas estaban en el salón de baile.

CAPÍTULO 14

A las ocho, en las luminosas y floridas salas se movía la flor y la nata de la sociedad local.

La señora de la casa se las veía y se las deseaba con su vestido de gorgorán de larga cola y flores artificiales en el pecho y en el cabello; se sentía oprimida, caminaba lentamente, inclinándose hacia adelante y sosteniendo en las manos, enguantadas en piel de cabritillo blanco, su abanico de nácar.

Normalmente, las damas paulistas se presentaban en los bailes con una refinada elegancia y lujo que no es fácil de ver en otros puntos de Brasil. Sus trajes, casi siempre importados directamente de París, tenían, además de calidad, gracia y originalidad. Habían cultivado el gusto para la vestimenta.

Había familias, cuyas casas no mostraban el más mínimo atisbo de gusto, con estancias sin comodidades ni poesía, casi desprovistos de muebles y completamente carentes de objetos artísticos, que se presentaban en los bailes de una manera verdaderamente seductora.

Las representantes de las viejas generaciones, señoras entradas en años y analfabetas, sabían vestir con la seriedad y la distinción que su edad requería. Desde hacía tan solo unos años, un viajante avispado se dedicaba en exclusiva a ir y venir de París a una ciudad del interior con pedidos particulares. Careciendo todavía de la dulce y bella idolatría del hombre, la mente femenina se ocupaba pertinazmente de los adornos personales, no por coquetería —siendo de carácter honesto y recto, y, por naturaleza, bellas, no necesitaban recurrir a ella—, sino para satisfacer una caprichosa tendencia de su temperamento.

Era en los bailes donde mejor se percibía esta anomalía; allí se reunían las familias más importantes, con toda la pompa. ¡Lástima que los caballeros no contribuyeran con el mismo refinamiento y esmero al esplendor de la sala!

Los primeros invitados en llegar a la casa del comendador fueron Amaral y doña Clarinha, una mujer bellísima, con un par de ojos singulares, ahora esmeralda, ahora turquesa, según el rayo de luz que incidiera en ellos, y unas pestañas negrísimas que sombreaban la dulce blancura de sus mejillas; esbelta sin ser alta, grácil, poniendo en su vestido violeta la delicadeza de una parisina y en la negra noche de sus cabellos, sujetos en un recogido alto, el lujo de una diadema de brillantes.

Su marido, un joven moreno de bigote espeso y oscuro, y la cabeza inclinada hacia el pecho por una tensión de los músculos del cuello, la dejó en el salón y se dirigió a la salita de juego, donde el comendador conversaba ruidosamente con dos amigos y correligionarios políticos.

Los carruajes se detenían en la puerta constantemente. Entró la viuda Camargo, la hermana de Antunes, que todavía conservaba su lozanía, con un vestido de satén y encaje del color de la oscura melancolía y los ojos muy brillantes, que inundaban de luz y de alegría sus mejillas rubicundas y morenas; delante, su hija, ataviada de colores claros, con la preciosa cabeza coronada de flores y el cuello blanco, rollizo y desnudo emergiendo altivamente de entre la espuma resplandeciente del fino encaje. Octavio las acompañó hasta la puerta del tocador, y doña Clarinha, ya rodeada de amigas, señaló al grupo con una sonrisa traviesa.

Los invitados fueron entrando sucesivamente: la condesa de la Fontenegra, regordeta, sujetando mal el vestido de terciopelo, con el pelo blanco salpicado de piedras preciosas y rodeada de sobrinas más o menos bonitas; luego, las hijas de Edmundo Queiroz, la familia del juez, las de los señores Lima Soares y Celestino Brandão, la del anciano Torres..., toda una población alegre y festiva. Y, en último lugar, con un retraso calculado para causar mayor impresión, apareció, arrastrando majestuosamente la cola de velludillo dorado de su vestido, la esposa del coronel Tavares, un anciano anguloso y esbelto. Ella, entre el brillo áureo de un adorno de topacios, erguía su cuello moreno, empolvado en *veloutine*[12], y formaba frases tan pretenciosas como erróneas mientras le centelleaban los ojillos castaños y malignos; algunos de los caballeros condecorados de más edad se apresuraron en ir a saludar, con exageradas reverencias, a esa pobre flor ya sin la lozanía de la juventud, pero todavía vanidosa de su falso brillo.

A las nueve, una de las puertas, hasta entonces cerrada, se abrió de par en par y dio paso a la novia, que iba del brazo de su padrino, el señor Ribeiro; detrás venían Eva y

---

[12] N. de la Trad.: Polvos de arroz.

Noemia, con tocados de flores. La vestimenta clara de la novia pareció inundar de luz la sala; una niña se acercó a ella y le ofreció un buqué de rosas blancas. Trigueirinhos, junto al comendador, había entrado al mismo tiempo por la puerta del fondo; parecía más moreno y minúsculo dentro de su primer frac; llevaba el cabello peinado en mechones lustrosos sobre la frente y una sonrisita forzada en los labios finos. Todos se pusieron de pie y se acercaron al altar; el padre Rocha ya estaba allí, ataviado con las vestiduras sacerdotales y con una sonrisa; a su lado, imperturbable y serio, el decorador João Coelho hacía de sacristán.

La ceremonia comenzó y terminó sin lágrimas; cuando los novios se arrodillaron para la bendición, rompió a sonar la música con un cántico glorioso. Minutos después, la novia recibía las felicitaciones de rigor; Octavio fue a darle un abrazo y desapareció en el tropel de la sala, se encerró en su habitación, ordenó al criado que ensillara al caballo, se cambió de ropa a toda prisa, salió por la puerta del patio trasero para que los invitados no lo vieran y lo estaba atravesando en dirección a las caballerizas cuando alguien le tocó el brazo. Era su padre. Su rostro, teñido de blanco, con una palidez marmórea, destacaba en la oscuridad de la noche; se le oía respirar agitadamente. Le tendió a su hijo, con la mano temblorosa y helada, un revólver de seis balas; Octavio guardó el arma en silencio. Durante un momento permanecieron callados e indecisos; luego se abrazaron con una efusión que nunca se habían demostrado.

Octavio trató entonces de tranquilizarlo, diciéndole un esperanzador «hasta mañana», pero el anciano no respondió; señaló el caballo que traía el criado y se quedó en el mismo lugar hasta que Octavio se fue; la pálida mancha de su rostro trastornado destacaba en la oscuridad de la noche.

En la sala, la novia repartía entre sus amigas solteras capullitos de azahar. Noemia, muy sonriente, fue a mostrarle a Eva el ramillete que le había regalado su hermana.

—Mira, era el del pecho; de aquí a dentro de un año... —dijo con picardía.

—¿Y qué es un año, Noemia, para quien solo tiene quince?

—Pero con dieciséis yo creo que ya es una muy buena edad...

—Tal vez no haga falta esperar tanto; mira lo rápido que se ha decidido el matrimonio de Nicota...

—¡Pero yo no quiero que el mío sea así! ¡Soy yo quien va a elegir el novio!

—¿Y si su padre decide casarla sin consultarle?

—¡Pues le diré que no y que no! Mira, Eva, yo soy de tu opinión; ya te lo dije un día: prefiero morir que casarme sin amor...

—Estaba bromeando...

—¡No, no estabas bromeando! Verás... —Noemia se detuvo, indecisa, mientras apretaba y aflojaba la cinta de su abanico.

—¿Qué? Continúa.

—No, es que... ya se me ha olvidado... ¡Ah! ¡Sí!... —Y se detuvo de nuevo, esta vez ajustando las flores de su corpiño.

—Vamos, Noemia, dilo de una vez, que por ahí se acerca ya tu pareja de baile.

—Es que me da vergüenza...

—No digas tonterías... ¡¿Vergüenza de qué?! Venga, venga...

—Pues sí... ¿Sabes...? Es que... ¿Por qué no habrá venido el señor Paulo?

A Eva le recorrió un escalofrío; no obstante, antes de que pudiera responder, la pareja del vals se inclinaba ante Noemia y la pobre muchacha, todavía turbada, se levantó, dejando el ramito de azahar en manos de su prima.

Eva tenía la mirada perdida en el buqué olvidado y las mejillas encendidas por una oleada de sangre que le había subido del corazón al cerebro, impetuosamente. Las palabras entrecortadas de Noemia le habían desvelado un secreto que jamás hubiera podido sospechar, y se repetía mentalmente, con doloroso asombro: «¡Lo ama! ¡Lo ama!».

El señor Azevedo, apoyado en el quicio de una puerta, seguía con la mirada el movimiento de las parejas, fijando de vez en cuando los ojos azules en el hermoso busto de Eva. La hermana de Antunes apenas disimulaba la indignación que le producía la inexplicable ausencia de Octavio en el salón; su hija bailaba, elegante, sin gracia, erguida, callada y seria; la habían proclamado la reina de la noche y, como un enjambre de abejas sobre una flor, caían sobre su escultural figura múltiples miradas ávidas y codiciosas.

El baile duró hasta las tres de la madrugada. Nicota partió con su recién desposado marido a la casa del mayor Trigueiros, donde ya estaban preparados sus aposentos; se despidió de la familia sin lágrimas, con serenidad.

Cuando ya se habían marchado todos los invitados, Eva entró en su habitación y se encontró a Noemia, de pie, mirando, a través de los cristales de la ventana cerrada, la sombra del último carruaje que se alejaba; la dulce niña, al oírla entrar, le tendió los brazos, la apretó con fuerza contra su pecho y rompió a llorar, a llorar sin motivo, las primeras lágrimas de amor.

Eva le enjugó las lágrimas y le aconsejó que se acostara para descansar y dormir la fatiga y las emociones de la noche; la llevó dulcemente a su alcoba, la ayudó a desvestirse, la arropó, le dio un cariñoso beso de buenas noches y se fue sin haber indagado sobre el motivo de aquel llanto; lo había intuido; sin duda estaba relacionado con la pregunta hecha horas antes: «¿Por qué no habrá venido el señor Paulo?».

Era ya tarde cuando Eva consiguió conciliar el sueño.

Fuera, en la sala, el comendador paseaba inquieto, fumando un cigarrillo tras otro, yendo de vez en cuando a la ventana, prestando atención al más insignificante ruido, extendiendo la vista por toda la longitud de la solitaria calle, que se iba haciendo poco a poco más clara. Una franja de luz tenue y amarillenta incidía en diagonal sobre las casas de enfrente, cerradas y silenciosas; y, sobre las piedras grises y desiguales de las aceras, esparcidos aquí y allá, había algunos papelitos de colores, con rayitas en los extremos, vestigios de los caramelos que se habían servido en bandejas durante el baile.

Medeiros se arrepentía de haber dejado que su hijo se fuera solo. Confiaba en Antunes, que contaba con gente capaz y disponía de recursos; además, le había recomendado que llevara consigo algunos soldados: los uniformes intimidan a los negros.

Cuando pensaba en eso, se tranquilizaba unos instantes, pero enseguida lo volvía a invadir el temor de que, en cualquier momento, le presentaran el cuerpo de su hijo, cubierto de sangre, atrozmente destrozado.

CAPÍTULO 15

Después de abandonar el banquete de la boda de su hermana, Octavio partió a todo galope hacia Santa Genoveva. La noche era oscura y calurosa; de vez en cuando, un fugaz relámpago rasgaba momentáneamente las tinieblas. Estaba convencido de que se encontraría todo en calma; no podía atribuir a Eva otra cosa que no fueran sentimientos generosos y puros, y estaba dispuesto a luchar contra el inverosímil infantilismo de su padre respecto al terror que le inspiraba su sobrina. Pero ¿luchar cómo? Demostrando con la evidencia de los hechos su inocencia. Anhelaba esclarecerlo todo y confiarle a su padre lo que había oído por boca de Morton para así convencerlo de que no estaba en poder de Eva la carta que tantos sobresaltos había causado.

Confiaba en que, al desaparecer el recelo de ver surgir en cualquier momento una prueba contra su honor, desaparecerían también la desconfianza de su mente y el rencor de su corazón. El respeto que sentía por su padre le impedía actuar. Le faltaba valor para la lucha, siempre temiendo que fuera demasiado pronto para abordar, directamente, un asunto tan grave. Esperaba poder restablecer la armonía en la familia sin que su padre sospechara siquiera que él, su hijo, estaba al tanto de tan abominable secreto.

Cuando llegó a la hacienda eran las once de la noche; se apeó del caballo lejos, en el pastizal, ató el animal a la vara de una carreta y descendió a pie, sorprendido por encontrar todos los portones abiertos.

Dio la vuelta por detrás de las *senzalas*, moviéndose con precaución; así llegó hasta la parte trasera de la casa principal; iba a rodearla cuando, al acercarse a una esquina, oyó a unos hombres hablar en voz baja al otro lado.

Octavio, pegado a la pared, escuchaba:

—¿*Ta* todo listo? —preguntó uno de ellos.

—*Ta*... —respondió otro.

—¿Los negros de la casa *tan* en el *curro*[13]? Necesitamos saberlo...

—*Tan*, fijo...

—¡Vaya con ojo, Joaquim! Tenemos que hacer bien las cosas...

—¡*Ta* bien, *señó Furtuoso*! ¡Yo soy muy lanzado! Ahora voy y en un tris tiro abajo las puertas del *quadrado* y nos ponemos a hacer barullo. Se va a armar.

—¡Sí, un jaleo de dos pares de narices! No *olvidarse* de decir que fue doña Eva quien nos mandó aquí... si no, ¡los negros se nos van a resistir!

—¡¿Quién podría olvidarlo?!

—Y si alguno se pasa de listo, ya saben, ¡tiro en la frente! *Pa* eso han venido cargadas las armas.

---

[13] N. de la A.: Así llaman en São Paulo al conjunto de *senzalas*, también denominadas *quadrado* y *quartel*.

—Muy bien, gente...

Octavio había oído, estupefacto, palabra por palabra. Se le crisparon las manos; en el rostro lívido sus ojos desprendían un brillo singular.

¡Entonces era cierto! ¡Eva se había rebajado a semejante vileza!

El pedestal en el que la había colocado por encima de todas las demás mujeres se desmoronaba; la estatua de la compasión, la mártir que él se había imaginado daba un patinazo descalza, audaz y deshonesta, en el barro de una venganza ruin.

Urgía no perder ni un minuto y evitar la revuelta. Octavio buscaba una manera de reunirse con los de casa sin atraer la atención de los malhechores.

Por su mente pasaron multitud de opciones, cada cual más retorcida y disparatada que la anterior. Afortunadamente, los capangas estaban al otro lado de la casa, por lo que podía volver a la parte delantera sin ser visto y pedir ayuda al capataz. Así lo hizo; caminó con cautela, al amparo de la pared, hasta llegar junto al campanario, entonces se detuvo. Por el patio delantero también se movía un grupo de hombres, hablando en susurros; pasaron a poca distancia, con un lúgubre rumor de pasos y voces que poco a poco se fue perdiendo en la distancia... Cuando dejó de oírlos, subió de un salto los seis peldaños de la escalera de piedra y llegó al porche; golpeó con fuerza la ventana del capataz, diciendo en voz alta: «¡Soy yo, Octavio! ¡Abra rápido!». Lo oyeron al mismo tiempo fuera y dentro de la casa, pero, en el momento en el que el capataz, pálido y tembloroso, le abría la puerta, un disparo efectuado desde la oscuridad de la noche le clavó una bala en la espalda.

Octavio cayó de bruces hacia el interior de la vivienda y se golpeó el pecho contra el suelo; la mujer del capataz tiró de él, arrastrándolo hasta el corredor, mientras su marido cerraba violentamente la puerta; luego lo llevaron hasta el lecho, donde quedó tendido, inerte, manchado de sangre.

Fuera había estallado una revuelta; se oían gritos, imprecaciones y tiros, chasquidos de puertas echadas abajo y voces afligidas de niños y mujeres. Sin preocuparse por Octavio, ofuscados por el miedo, sin saber siquiera si estaba vivo o muerto, el capataz y su mujer corrieron a bloquear las ventanas y la puerta con muebles.

¿Qué podía hacer el capataz ahí fuera? ¿Qué era un hombre contra una revuelta de un centenar? ¿Cómo lo iban a tratar tantos y tan encarnizados enemigos? Ahora no eran los corderitos a los que él daba latigazos a la buena de Dios; no eran brutos irracionales, sin dignidad ni valor: eran hombres enfurecidos, capaces de cualquier cosa para lograr lo que se proponían.

El griterío cesó tras una hora infernal. De vez en cuando, golpeaban la puerta y lanzaban piedras contra las ventanas, cuyos cristales se hacían añicos. El capataz se acurrucaba contra la pared, en un rincón; su mujer se arrastraba de rodillas, rezando y golpeándose el pecho con la mano curvada. Se habían refugiado en una alcoba interior, casi sin aire, cerrada herméticamente, apenas iluminada por la luz mortecina y trémula de una lamparilla, frente al pequeño altar de madera que tenían sobre la consola. En su trono adornado con hortensias, lirios y claveles, con una lágrima cristalizada en un rostro impasible y el manto de terciopelo orlado con encajes dorados que le caía desde la cabeza hasta los pies en una curva muy redondeada, la Virgen de los Dolores era, con un puñal clavado en el pecho y refulgiendo de vez en cuando ante los destellos intermitentes de luz entre las sombras frías de aquel cuarto mohoso y húmedo, la única esperanza de aquella pobre gente.

El capataz temblaba, encogido y pálido como un cirio; su mujer, con el semblante demudado, levantaba las manos en señal de súplica hacia la serena imagen. Hubo un momento en que el marido abandonó el rincón en el que se había refugiado y fue a arrodillarse ante el oratorio, acompañando en voz alta un padrenuestro que ella rezaba nerviosamente.

A medida que menguaba el griterío fuera, su ánimo mejoraba. Cuando la luz del día entró por las rendijas de las puertas en forma de unas estrechas franjas blanquecinas, se atrevieron a cruzar el corredor hasta la habitación delantera, donde habían dejado a Octavio abandonado, tendido en una cama sin sábanas.

Eran las cinco de la mañana cuando oyeron gritar al compadre Antunes desde fuera:

—¡Honorato, abra la puerta! Somos gente de paz.

La puerta se abrió y el capataz vio a los esclavos de la casa, encadenados y sumisos, en una larga hilera silenciosa, rodeados por la gente de Antunes.

Delante de ellos, el compadre de Medeiros avanzaba bamboleando el cuerpo y resoplando, con un brillo singular en los ojillos castaños.

—¡Mande dar un trago a esta gente, hombre! —dijo, señalando a sus capangas, en cuanto vio al capataz.

—¡De acuerdo! —respondió Honorato, todavía temblando—. Pero antes venga dentro...

Ambos entraron en la sala, todavía a oscuras. Abrieron las ventanas para que entrara la claridad y el aire fresco de la mañana.

—Bueno, ¿qué es lo que pasa? —preguntó Antunes.

—Pasa que Octavio ha recibido un tiro de una pistola garrucha y está herido.

—¡¿Octavio?! Pero ¿no estaba en la ciudad?

—No, señor, está aquí.

Antunes se puso lívido, le fallaron las rodillas y se le nubló la vista; poco después, recuperando su habitual energía, dijo que iría él mismo a buscar a un médico y al padre de la víctima.

—¿A un médico? ¿Para qué? Octavio está muerto.

Lo invitó a ir a ver el cadáver, pero Antunes, con los ojos desorbitados, se negó.

El capataz lo dejó allí, erguido e inmóvil, y salió; señaló a un criollo de la tropa de infelices que había fuera y le mandó distribuir aguardiente entre los capangas.

La conmoción había consumido toda la energía de Antunes. Había conocido a Octavio cuando este todavía era un niño y siempre había sentido predilección por él. Siempre le había brindado un trato especial frente a los demás muchachos y acariciaba la idea de verlo casado con su sobrina. Aquella muerte era un desastre para su familia y tal vez supusiera la ruina para él, que había planeado vincular al joven Medeiros a sus intereses particulares. Estaba completamente entregado a la apatía de su gran dolor cuando oyó los dolorosos gritos de una voz quebrada de mujer y el ruido de un cuerpo que se arrastraba; sobrecogido, se volvió: era la mamá de Octavio, la pobre anciana negra, que se desplazaba como un reptil, por el suelo, con el vientre pegado al piso, las piernas atrofiadas por la parálisis, inertes, concentrando toda su actividad en las manos arrugadas, estirando un brazo y luego el otro, anclando los dedos a las grietas de las tablas, rompiéndose las uñas, rasgándose la ropa, arañándose la carne, jadeando de cansancio, pero sin cejar en su esfuerzo por llegar la habitación del herido, cuya puerta abrió con la cabeza, con angustiosa desesperación.

Desgraciadamente, el cuerpo del joven estaba en una cama alta y la desdichada mujer no podía levantarse para besarlo ni para verlo; extenuada, comenzó a llamarlo con voz afligida y débil, levantando el rostro bañado en llanto hacia el lecho al que no lograba llegar.

—¡Hijo mío! ¡Hijo mío!

Se había despertado durante la madrugada al oír alboroto y le había pedido a su compañera Joaquina, una mujer entrada en años como ella, que fuera a averiguar de dónde provenía aquel estruendo. Joaquina salió, solo para volver con la noticia de la muerte de Octavio y el apresamiento de Jacinto, el único hijo de la pobre ama. Entonces ella, loca de dolor, ya no quiso oír más detalles y le suplicó a Joaquina que la llevara junto a ellos; Joaquina hizo lo que le pedía; como no podía llevarla en brazos, tiraba de ella como quien tira de un fardo, dejando en la tierra una estela muy lisa, barrida y somera. Poco había avanzado de esa forma cuando le vino a la mente la carretilla con la que trabajaba el jardinero; fue a buscarla, sentó con dificultad a la inválida en ella y consiguió empujarla hasta la casa grande.

En cuanto llegaron al patio, vieron a Jacinto encadenado a un compañero. Su madre quiso acercarse a él, pero no se lo permitieron, así que le hizo señas desde lejos, llorando, mientras veía cómo se alejaba el miserable grupo hacia la hacienda de Antunes.

El cepo de Santa Genoveva no tenía espacio para tanta gente; Antunes había decidido entonces llevarse a una parte de ellos a su finca, que, por amistad a Medeiros, convertía en una prisión.

Joaquina había sacado a la mujer de la carretilla y había subido, jadeando de cansancio, los seis escalones con ella en el regazo cuando recibió la orden del capataz de descender inmediatamente. A pesar de verse sola, la otrora ama de cría no se desanimó y consiguió arrastrarse hasta la habitación de su adorado Octavio, rasgándose la falda por debajo de las rodillas, rompiéndose las uñas en las tablas, magullándose los huesos y ensangrentándose las carnes.

A los gritos lastimeros de la anciana, acudió, compasiva, la mujer del capataz; la negra le suplicó que la subiera un momento, que ella se quedaría en el borde de la cama, encogida, inmóvil y callada, con tal de poder ver a su hijo. ¡Quería verlo a toda costa! La sentaron en una esquina, entre la pared y los pies de Octavio, pies que ella acarició y besó, llorando sin hacer apenas ruido; después se arrastró hasta tomar su mano blanca y fina, apretándosela suavemente y repitiendo en voz baja, como para despertarlo sin que se sobresaltara: «Hijo mío... hijo mío...». Él no se movió, y ella se arrastró un poco más; le dio un beso en la frente, los párpados cerrados... lo acarició e inclinó la cabeza, tratando de escucharle el corazón; permaneció así un minuto, con los ojos muy abiertos y la respiración contenida; entonces una sonrisa brotó de sus labios arrugados, le brillaron los ojos y soltó un grito de júbilo, un grito lleno de vida, lleno de amor, todo alma, vibrante de sentimiento, un grito de triunfo, el grito de una madre exultante al ver regresar a su lado a su adorado hijo.

—¡Mi hijo *ta* vivo! ¡*Ta* vivo!

Al oír estas palabras, Antunes entró en la habitación y se acercó a Octavio. Él también escuchó latir su corazón, lo tocó con nerviosismo e inquietud y sin mediar más palabra salió apresuradamente, con la mirada fulgurante e incierta. Su caballo estaba ensillado; lo montó y salió al galope hacia la finca de Navarro, a un cuarto de legua de Santa Genoveva. Sabía que allí se encontraba, desde hacía un tiempo, un tal doctor Castro, un médico de Pernambuco, hombre, según se decía, reflexivo y estudioso.

Al cabo de unos minutos, el compadre de Medeiros llamaba a la puerta de la habitación del médico, todavía cerrada y en silencio.

Antunes le contó allí mismo, a través de la puerta, lo que estaba ocurriendo y lo apremió para que se diera prisa, mucha prisa.

El médico prescindió de su ducha, se vistió de cualquier manera, respondiendo a las exigencias de Antunes con un «ya voy» muy repetido, y le recomendaba, desde allí dentro, que mandara preparar un caballo.

Mientras Antunes, muy angustiado, veía ensillar el caballo del médico, procurando, nerviosamente, ayudar a los criados, la mujer de Navarro, ya levantada y sinceramente interesada por la suerte de Octavio, mandaba al cuarto del médico, sin demora, un vaso de leche y una taza de café, en uno de esos actos de solícita hospitalidad en los que tanto se prodigan las señoras paulistas.

El médico apuró de un trago las dos bebidas, sin saborearlas, guardó en el bolsillo el botiquín indispensable, se despidió de la dueña de la casa atusando con sus manos morenas las guías de su poblado bigote, negro y lustroso, y bajó al patio pensando, satisfecho, en la provechosa adquisición de tan buen cliente.

Después de verlo partir hacia Santa Genoveva, Antunes se dirigió a la ciudad, espoleando al ya cansado animal.

Llegó a casa del comendador a las seis de la mañana; lo encontró solo, en el gran salón iluminado por la dulce luz de la mañana, lleno de flores mustias y lánguidas, de algunos dulces pisados, de velas casi consumidas y de sillas desordenadas.

Medeiros estaba pálido; en sus ojos se podían apreciar vestigios del insomnio. Al verlo, Antunes reculó, indeciso, y se quedó en el vano de la puerta. El caficultor, avanzando hacia él, le preguntó, casi ahogado por la angustia:

—¡¿Qué ha pasado?!

Antunes no pudo responder; pálido y tembloroso, se apoyó en el marco de la puerta.

—¿Octavio?

—Está...

—¡¿Muerto?!

—Herido... Vaya con él, compadre; vaya cuanto antes; tiene aquí su coche de caballos y el criado; no pierda más tiempo. ¡Vaya! ¡Vaya rápido!

—¿Y Eva?

—Ya se encargará de eso más adelante. ¡Vaya junto a Octavio!

Esta insistencia confundía al comendador. Antunes lo llevó consigo al patio trasero, llamó a la ventana de la habitación del criado y lo apremió para que tuviera listo cuanto antes el carruaje. El mulato Saturnino, desenvuelto y obediente, atalajaba los animales; mientras, el comendador lo regañaba, llamándolo lento. Antunes no pudo resistirlo: creyéndose más expeditivo, apartó al muchacho y se puso él mismo, muy nervioso, a ensillar a las bestias.

Momentos después, el hacendado partía hacia Santa Genoveva, despidiéndose, abatido y agradecido, de su amigo.

Cuando nada más llegar a la hacienda entró en la habitación de su hijo, el médico acababa de extraerle la bala de debajo de la clavícula derecha, lugar donde la había buscado de inmediato, siguiendo la dirección de la herida de la espalda, y donde la había encontrado, sobresaliente como un pequeño tumor.

—¡Ah, doctor, salve a mi hijo! —Fueron sus primeras palabras.

—Estese tranquilo; el señor Octavio todavía vivirá muchos años más. Por un tris no se nos muere hace unas horas..., pero ahora vendré con asiduidad e intentaré, por todos los medios a mi alcance, que se recupere. Necesita cuidados... —Y, suavizando el tono, continuó—: La bala debe de haberle perforado el ápice del pulmón derecho y esto desencadenará, naturalmente, una neumonía traumática; tendrá fiebre y, para evitar las hemoptisis, le conviene guardar el más absoluto silencio.

Medeiros miraba al médico sin entender y le rogaba que se instalara en Santa Genoveva y que no abandonara a su paciente.

—Vendré varias veces al día: estoy a dos pasos. Además, tengo otros pacientes y, aunque no les preste los mismos cuidados, no puedo abandonarlos, como ya se imaginará... No obstante, tenga por seguro que vendré tres o cuatro veces al día... Hoy me quedaré, pasaré la noche con él, a pesar de mis otros compromisos... Ahora lo que les pido es que lo cuiden. ¿Su esposa?

—No sabe nada de esto...

—Hay que avisarla; las mujeres saben tratar a los enfermos con más delicadeza que nosotros...

Medeiros ordenó que fueran a buscar a la familia, dispuesto a indicarle a Eva que partiera ese mismo día hacia el Mangueiral. Al regresar junto a Octavio, este quiso hablarle, pero el médico se lo prohibió y le ofreció una pequeña libreta abierta y un lápiz; el herido escribió lo siguiente con letra temblorosa: «Proteja a Eva, se lo ruego por...». A Octavio se le resbaló el lápiz de entre los dedos y se quedó con los ojos cerrados y en silencio.

El comendador leyó lo que su hijo había escrito, frunció el ceño y notó que se le subían los colores; estaba a punto de contestar airadamente cuando el médico, consciente de su enfado, le dijo en voz baja:

—¡No le lleve la contraria! ¡Cualquier disgusto puede matarlo!

El hacendado le dijo entonces a su hijo, con evidente renuencia:

—¡Haré lo que me pides!

Octavio esbozó una sonrisa y le dio las gracias con un gesto casi imperceptible. Dejándolo en compañía del médico, el caficultor trató de averiguar por boca del capataz, fuera, en la sala, lo que había sucedido la noche anterior.

Honorato, desconcertado, le contó, repitiendo algunos fragmentos, que a las dos de la madrugada había oído que Octavio lo llamaba, golpeando con fuerza la puerta. Tal y como le había aconsejado Antunes, él no había salido hasta ese momento ni pensaba hacerlo: los negros lo odiaban y eran capaces de matarlo.

Medeiros, impaciente, le ordenó que prosiguiera.

A las dos en punto, continuó el capataz, había oído la voz de Octavio y, como él estaba cerca y con la oreja puesta, había acudido a su llamada inmediatamente; justo al tiempo que abría la puerta, un tiro disparado desde el patio había alcanzado al muchacho, que se había desplomado hacia delante. Lo habían llevado a la habitación más cercana; lo había oído gemir durante algún tiempo, pero, después, como había enmudecido, tanto él como su esposa lo habían dado por muerto... A las cinco, había llegado el compadre Antunes y, poco después, Octavio daba señales de vida.

Cuando el médico llegó, el joven ya tenía los ojos abiertos y gemía levemente, acariciado por Joana, la paralítica.

Se refirió fríamente a la anciana, a la que había enviado a la *senzala* por recomendación del médico; a la pobre mamá, cansada por el esfuerzo, en pleno «colapso nervioso», como había dicho el doctor Castro, se le quedaron los brazos inertes, inmóviles, completamente paralizados, como las piernas, ¡hasta el punto de que tuvieron que bajarla en brazos, tumbada, como si fuera una niña! Medeiros dio rienda suelta a otros pensamientos; ya no se oiría por la mañana la campana que llamaba a la gente a trabajar; los campos y los cafetales parecerían abandonados; las *senzalas*, cerradas de la mañana a la noche, y las calles entre las matas de café, desiertas.

Antes de que cayera el sol, llegó toda la familia; Trigueirinhos y Nicota se marcharon enseguida. El comendador, evitando mirar a su sobrina, les contó, muy por encima, la revuelta que se había producido esa noche.

Su yerno profería exclamaciones de rencor y consternación; Nicota, con la cabeza gacha, jugueteaba maquinalmente con las cintas de su capa de viaje, enrollándolas y desenrollándolas en las manos; Noemia lloraba; Eva, extremadamente pálida, escuchaba todo de pie, con las fosas nasales palpitantes y los ojos clavados en su tío; y junto a la cabecera de la cama del herido, su madre, resignada, suspiraba de vez en cuando, con una tranquila tristeza.

Una vez que Medeiros hubo terminado la exposición de los hechos, el médico pidió una enfermera de entre las tres señoras. Eva se ofreció, pero el hacendado replicó secamente que sería mejor que asumiera ese cargo la madre o la hermana del convaleciente. Un gemido de Octavio interrumpió la discusión, y Eva salió de la estancia, alterada. Antes de entrar en su habitación, pasó por la de *madame* Grüber y, ya dentro, se dejó caer sobre la poltrona azul. El corazón le pesaba; presentía que algo terrible se cernía sobre ella, y ¡no conseguía entender de qué se trataba! ¿Por qué habría actuado así su tío? ¿Por qué la rechazaban, a ella, que no les había hecho ningún daño y que se había sometido siempre tan plácidamente a sus costumbres y deseos? Pasó el resto del día sumida en dolorosas cavilaciones; por la noche volvió a la habitación de la alemana, abrió la ventana a la soledad del campo y un buen soplo de aire fresco llenó el aposento; preparó el quinqué y lo encendió; llevó a la mesa los avíos de escribir y comenzó a redactar, con su letra firme, una carta a la maestra. Sentía más que nunca la falta de esa mujer amable e ingeniosa, con la que intercambiaba ideas en dulce intimidad y por la que se sabía comprendida y amparada en las horas más desalentadoras y crueles. De vez en cuando, aguzaba el oído y escuchaba los gemidos de Octavio y un murmullo de voces y pasos amortiguados, y luego volvía a rasguear su pluma sobre el papel satinado, blanco como su conciencia, en el que vertía toda su alma, asustada como un pájaro suelto en la inmensidad de los mares, sin una roca en la que anidar ni un mástil sobre el que posarse.

CAPÍTULO 16

Al día siguiente, el doctor Castro hizo las primeras curas al herido, llamando a su lado a las dos enfermeras designadas por el comendador, pero nada más quitarle las vendas, al primer «ay» del paciente, la madre, casi desfallecida, confesó su incompetencia y se retiró cubriéndose los ojos con las manos; Noemia, nerviosa, temblaba y no atinaba con las cosas. El médico se dirigió entonces al hacendado y le pidió que mandara llamar a otra persona. Medeiros se levantó y fue a buscar a la mujer del capataz, *nhá* Colaca[14], pero la pobre mujer era torpe y el médico, impaciente, la mandó irse, acordándose del nombre de Eva. El caficultor quiso oponerse, pero al recibir como respuesta que de una buena enfermera depende muchas veces la curación de un paciente, se resignó.

[14] N. de la Trad.: Diminutivo de Escolástica. En cuanto a *nhá*, es un acortamiento de *sinhá*, deformación en portugués brasileño de *senhora*, término habitual entre los esclavos para referirse a sus señoras o patronas.

Cuando Eva entró en el cuarto, Octavio, con el hombro descubierto, el rostro encendido por la fiebre y los cabellos pegados a la frente empapada en sudor, formando grandes caracoles, miraba a quienes lo rodeaban sin reconocerlos. Ella, acercándose, lo observó apenada y con cariñosa dulzura ayudó al doctor Castro a aplicarle una fina pasta de algodón fenicado sobre la herida abierta en la espalda por el proyectil y en la que le había hecho en la clavícula para extraerlo. Luego lo asistió para colocarle un largo vendaje cruzado desde el pecho hasta la espalda.

¡Esa era la única misión que le permitían ahora! Para velarlo día y noche, ya había otras personas; el cruel brazo de su tío se había encargado de vedarle esa puerta. Esto la disgustaba: querría estar siempre al lado de su primo, dándole ánimos y cuidándolo. A la compasión había que sumar el temor de que pudiera morir aquel en quien había percibido la sinceridad de un amigo; él compartía con ella ciertos rasgos de carácter y presentaba muchas similitudes con su difunto padre; era la única persona de la familia que la comprendía, la única que se hacía entender por ella, manifestando las mismas inclinaciones y los mismos gustos.

El doctor Castro había determinado que el estado de Octavio revestía gravedad; el joven, expectorando sangre con frecuencia, hablaba en el delirio de la fiebre de mil cosas indiferentes. Ahora se reía, describiendo a una anciana imaginaria con un gran sombrero morado y cintura de avispa, ahora se refería a un cura que se transformaba en músico y de músico pasaba a payaso y de payaso a burro, adoptando entretanto otras formas inverosímiles. En un momento dado, hablaba de estampillas sobre los naipes y, poco después, de su amigo Adolfo y de un café cantante de Berlín, donde una *grisette*[15] se había desvanecido a causa de un ataque de nervios y un tipo gordo le había derramado encima un vaso de cerveza.

Sufrió un acceso de tos, la sangre salió a borbotones, manchando las fundas de las almohadas y la pechera del camisón.

Medeiros clavó una mirada cargada de odio en el rostro de su sobrina. Ella, mohína, pensaba en el misterioso rencor de su tío y en el estado de Octavio.

El doctor Castro continuaba allí junto al paciente, dándole calmantes, exigiendo silencio, poniéndole el termómetro, inclinándose solícito sobre el lecho del que emanaba el olor y el calor de la fiebre.

Por la noche, Octavio se quedó dormido, un copioso sudor le inundó el cuerpo, la fiebre disminuyó. A las once se despertó y vio a su madre dormitando junto a él y a una criada criolla, de pie, con los brazos cruzados y los ojos bien abiertos. Pidió agua, notaba una sequedad horrible; apuró el vaso con avidez y volvió a caer rendido. Pasaba del sueño a la vigilia en una duermevela continua, humedeciendo los labios quemados y la garganta seca cada vez que se despertaba; al amanecer se sintió mejor y con su debilitada memoria revivió todo lo que había ocurrido. Anhelaba saber qué

---

[15] N. de la Trad.: Joven independiente que trabajaba como costurera o ayudante de sombrerero y que frecuentaba la escena artística y cultural bohemia posando como modelo para los artistas y manteniendo con ellos relaciones sexuales. En su origen, el término hacía referencia al color grisáceo de las prendas de vestir, de tejidos y tintes baratos, de las jóvenes francesas de clase trabajadora del siglo XVII.

había sido de Eva; ¿la habría echado su padre? Quiso preguntar por ella, pero su madre dormía en la silla, en una postura contrahecha, y la criolla cabeceaba. A las siete de la mañana, Medeiros y Noemia entraron en la habitación, pero Octavio, exhausto, se había vuelto a quedar dormido, profundamente. A las nueve se despertó de nuevo y encontró al doctor Castro y a Eva, que lo miraba con lástima y tristeza; el joven sonrió al verla; después, al oír un murmullo de voces desconocidas en la sala contigua, preguntó, con la voz apagada por la debilidad en la que lo había sumido la gran pérdida de sangre:

—¿Quién es?

—La policía —respondió el médico.

—Para recoger el cuerpo del delito, ¿no es así?

—Sí, pero no hable. Estese tranquilo; necesita guardar silencio, así que limítese a decir solo lo indispensable. ¡Se lo ruego encarecidamente!

Eva le ofreció sopa al enfermo, que se sentó por primera vez con la ayuda del médico.

Fuera, el comendador respondía al comisario de la Policía, que había llamado a su puerta esa mañana, acompañado de su escribiente, Fonseca, un joven enjuto y rubio. La noticia de que habían herido a Octavio se había difundido por toda la ciudad y, al tener conocimiento de los hechos, la Policía se había personado en la finca, a pesar de no contar con un aviso especial para hacerlo.

Al comisario, un hombre experimentado y entrado en años, no le pareció extraño que no hubieran dado parte; conocía de sobra las formas con las que los antiguos hacendados preferían castigar a los esclavos asesinos... Durante todo el trayecto en el coche de caballos, le había estado explicando al escribiente, que todavía era nuevo en el oficio, cómo solían desarrollarse esas situaciones:

—Hay un asesinato en una hacienda —le decía—. De acuerdo. ¿Qué se hace con el asesino? ¿Lo entregan para que siga el proceso legal de la Justicia? ¡Claro que no! Quieren una venganza más completa. Agarran a su presa, la esconden en el lóbrego cuarto del cepo y, según la categoría de la víctima, la castigan duramente, tratando de que les siga siendo de provecho para trabajar, pero cargándola de hierros. De esta manera, la matan a fuego lento.

»Entregarla a la decisión de un jurado sería enviarla a cumplir trabajos forzados, y los trabajos forzados para un esclavo son como la libertad. No sería un castigo, ¿entiende? ¡Sería un premio!

—En ese caso, ¿no le competería a la Justicia intervenir? —preguntó el joven con ingenuidad.

—¡Oh! Lo que ocurre es que en muchas ocasiones se engaña a la Justicia y... y, en otras tantas, también se dan una serie de conveniencias que la obligan a cerrar los ojos. ¡Qué remedio! —Viendo que Fonseca se mostraba sorprendido, el comisario, retorciéndose las patillas canosas, prosiguió—: Cabe señalar una cosa, que hasta cierto punto atenúa la gravedad del delito: ¡muchos negros matan sin odio y practican las más grotescas vilezas con la única intención de que los condenen a trabajos forzados! Si esa esperanza se esfuma...

—... Se reducirá el número de delitos de este tipo, sin duda —interrumpió el escribiente.

—Hombre... no sé..., pero es posible.

El diálogo se interrumpió en la puerta de Medeiros.

Recibieron a la policía sin poner ninguna clase de impedimento.

Octavio seguía durmiendo y su médico puso por escrito, a petición del comisario, una descripción sucinta de las lesiones. No fue necesario examinar al paciente ante las autoridades; es más, el comisario dijo que, para ahorrarle molestias, haría firmar por un segundo médico el informe del doctor Castro...

Era necesario preparar a Octavio para un interrogatorio. Mientras el médico y Eva lo fortalecían con alimentos, aconsejándole que respondiera con pocas palabras para no fatigarse, Medeiros le contaba al comisario que sabía, por medio de una advertencia anónima, que esa noche iba a producirse en Santa Genoveva un levantamiento motivado por una persona que, hasta entonces, había juzgado libre de toda sospecha. También le dijo que había pedido consejo y auxilio a su amigo Antunes, ya que la boda de su hija lo iba a mantener en la ciudad en el momento de los hechos, que se lo había revelado todo a Octavio y que solo a última hora supo de la decisión que este había tomado de presentarse en la finca, por lo que todos sus intentos para retenerlo en la ciudad habían resultado inútiles.

El comisario le pidió entonces la carta anónima, que le aclararía todo en el instante en el que viera en ella el nombre de quien había orquestado el motín.

Medeiros se levantó y se fue derecho a su escritorio. Un sentimiento de venganza le incendiaba la mirada. ¡Por fin abatiría el orgullo de Eva! Pronto sería desenmascarada por la insospechada voz de la autoridad. La vería arrodillarse pidiendo perdón por su falta, con gran temor de que todos la señalaran después como una conspiradora y una manipuladora.

Lloraría mucho, seguramente, y antes de la noche se marcharía al Mangueiral, arrepentida y humillada.

El comisario estaba esperando, recostado en el sofá, con los dedos enterrados en las pobladas patillas grises. Fonseca, el escribiente, estaba en su puesto, frente a la carpeta abierta, preparado para tomar nota a la mínima orden.

Medeiros introdujo la llave en el cajón del secreter y lo abrió con decisión. Había guardado allí la carta entre otros papeles importantes y estaba a punto de echar mano de ella cuando se encontró con la hoja de la libreta del médico en la que la mano debilitada de Octavio había escrito: «Proteja a Eva, se lo ruego por...».

Todo el odio y todo el deseo de venganza se disiparon al ver aquellas palabras que parecían entonar una súplica.

El comendador regresó desconcertado, afirmando haber perdido la carta.

El comisario miró de soslayo al escribiente y, bajo el fino bigotito rubio de este, vio despuntar una disimulada y forzada sonrisa de irónica incredulidad. En ese momento, el doctor Castro llegó a comunicarles que Octavio estaba listo para el interrogatorio y todos fueron hacia la habitación. Una vez instalados allí y después de las indispensables formalidades y las preguntas habituales, a las que el paciente respondía con monosílabos, el comisario le preguntó:

—¿Llegó a ver a quien le disparó?

— No.

—¿Ni sospecha de nadie?

—No.

—¿Tiene algún enemigo?

—Creo que no...

—¿De cuál de los esclavos desconfía?

—De ninguno.

—Pero... alguno habrá al que no le resulte simpático...

—Quien me disparó no era ningún esclavo.

Todos se miraron, atónitos.

—De acuerdo. En tal caso —continuó el comisario—, si sabe quién le disparó, ¿por qué ha dicho, entonces, que no lo había visto?

—Porque no lo vi.

Todos permanecieron mudos de asombro. El herido declaró entrecortadamente que no quería formar parte del proceso; los negros de Santa Genoveva eran inocentes, los habían incitado unos desconocidos; la persona que lo había herido no podía haberlo reconocido en la oscuridad. Y contó, suprimiendo el nombre de Eva, todo lo que había oído.

Hablaba despacio, haciendo pausas de vez en cuando, recostado en las almohadas.

El médico le aconsejaba reposo.

La pluma del escribiente rasgueaba las palabras del convaleciente y, una vez terminadas las declaraciones, el joven enjuto las leyó en voz alta. Honorato y el médico firmaron como testigos.

Medeiros indagó más tarde, en privado, si iban a proceder al interrogatorio de los esclavos.

—Por ahora, no —respondió el comisario—, pero debe darme el nombre de los testigos de los hechos para que puedan ser llamados a juicio en la casa consistorial a su debido tiempo.

Después de aceptar la invitación para unirse al almuerzo, en el que se sucedían abundantes platos paulistas, el comisario interrogó al capataz, por segunda vez, sobre lo acontecido.

El hacendado, dirigiéndose a su esposa, le indicó:

—Manda a los criados que sirvan aquí al señor comisario...

Ella se levantó asintiendo con la cabeza. Se llenaron las copas y la conversación se animó, incluso la señora Colaca confesó que se había ofrecido al Buen Jesús de Pirapóra para que intercediera por la recuperación de Octavio.

La ofrenda que le había prometido consistía en que el seis de agosto, fiesta del santo milagroso, el muchacho iría a pie y descalzo hasta la pequeña aldea, a muchas leguas de distancia, adonde las multitudes llevan sus plegarias y de donde traen reliquias sagradas y benefactoras.

El Buen Jesús acude a todas las tormentas, ¡siempre que se le lleve alguna ofrenda a su rico altar de Pirapóra! El seis de agosto, la pequeña población se transforma. Podría decirse que es realmente asaltada por oleadas de personas que concurren allí procedentes de todos los rincones de la provincia. Las hospederías no alcanzan; están desbordadas tanto las casas particulares como la propia iglesia, donde muchos peregrinos pasan la noche a falta de otra posada.

La fe, dulce bálsamo para los grandes dolores, y el cumplimiento de una deuda sagrada atraen a ese pequeño rincón de los milagros a creyentes y afligidos. Con todo, lo más interesante y lo verdaderamente característico es que mucha gente va a cumplir promesas que no ha hecho.

Sucede a menudo que, estando una persona gravemente enferma, algún familiar o amigo levanta la mirada al cielo clemente y, con piadosa intención, promete que, si se restablece por completo la vida y la salud del enfermo, este llevará, pisando descalzo sobre las piedras del camino, un haz de leña a la espalda, o una pierna de cera, o una tinaja de agua o cualquier cosa que lo humille y lo bañe en sudor, para ofrecérsela al misericordioso, al poderoso, al justo Buen Jesús de Pirapóra. Por el camino se ven grupos curiosos: mujeres que se arrastran de rodillas, otras con piedras en la cabeza, hombres exhaustos que conducen a sus animales bien enjaezados por la reata... Y de cuando en cuando brilla, en un punto aquí y otro allá del camino, una luz tenue: un cirio que lleva alguna devota.

Cuando la fiesta ha terminado y el sacrificio ha concluido, regresan tranquilos a sus casas con la dulce alegría y la serenidad imperturbable que da la consciencia de un deber cumplido. Para protegerse frente a futuras dolencias, llevan de vuelta consigo, en cordones blancos, la medida de la cabeza, del vientre o de las piernas de la imagen del Señor Buen Jesús. De ahí en adelante, no hay conocido que, al primer dolor de garganta, de reúma o de cualquier molestia física, no ponga en el lugar afectado la medida correspondiente como si se tratara de la mejor y más beneficiosa de las panaceas.

La mujer del capataz no detalló en qué consistía el sacrificio destinado a Octavio. Era un secreto que solo debería revelársele al enfermo o de lo contrario la promesa perdería la virtud.

Ella era devota del Buen Jesús, de quien poseía un icono en la pared del dormitorio. Cuando se despertaba por la mañana, su primera mirada era para el santo, muy resignado, con un perizoma, una capita corta y las manos atadas. Ella se santiguaba y le agradecía desde lo más profundo de su alma bondadosa que le hubiera concedido la gracia de ver la luz de ese nuevo día.

Después del almuerzo, las autoridades policiales partieron bajo un sol abrasador.

La señora de la casa mandó poner en la caja del coche de caballos una cesta de ciruelas muy dulces para las hijas del comisario.

Cuando la casa de Medeiros ya se veía a cierta distancia, el escribiente le preguntó al comisario:

—¿Qué opina de todas esas vacilaciones? ¿Y cómo cree que debemos proseguir con el proceso?

—No hay que hacer ningún esfuerzo para aprehender la verdad y... —El comisario hizo una pausa para encender el puro que sostenía entre los dientes.

—¿Y...? —lo animó el escribiente.

—Y en cuanto al proceso, quizá se trate de uno de esos casos en los que la conveniencia dicta que hay que echarle tierra al asunto...

CAPÍTULO 17

Trigueirinhos y Nicota partieron hacia Casa Branca una hermosa mañana de cielo azul, después de despedirse de la familia en Santa Genoveva y de invitar a Octavio a pasar el periodo de convalecencia con ellos, aprovechando también para disfrutar del buen tiempo de las cacerías y de la temporada de *fruitas*, como muchos en la provincia denominan a las bayas de jaboticaba.

«Frutas» es la designación de diferentes especies, desde el silvestre guabirá hasta el bien atendido melocotón; *fruitas*, en cambio, es el término que se aplica únicamente a los deliciosos frutos de la jaboticaba. Se trata de un árbol que crece de forma espontánea en zonas selváticas, sin recibir cuidado alguno, ni riego ni poda; tiene una forma peculiar, desigual, caprichosa; el tronco alto, robusto, salpicado de parches de color habano, y las raíces alargadas a su alrededor, como grandes garras nervudas.

Las *fruitas*, redondas y negras, brotan directamente del tronco y, aferrándose a la madera, se extienden, con una fecundidad prodigiosa, hasta la raíz, que sobresale en el suelo.

Las jaboticabas plantadas en las calles de los huertos frutales o en las esquinas de los jardines tienen otro aspecto; en esos lugares, enderezan su tronco satinado hasta una altura menor y redondean simétricamente su copa verde oscura, de follaje menudo.

Trigueirinhos afirmaba tener un bosque de jaboticabas en la propiedad e invitaba con insistencia a la familia para que lo visitara.

Todos prometieron pasar unos días allí y se despidieron sin gran efusividad.

El doctor Castro acudía dos veces al día a ver a su paciente y solo consideró su estado fuera de peligro al cabo de una semana. Eva continuó ayudándolo con las curas hasta que le retiraron las vendas definitivamente; felicitaron al convaleciente, que en su fuero interno sentía ver consumidas las únicas horas amables para él, aquellas en las que la prima, inclinada sobre su lecho, como un ángel caritativo, lo cuidaba con el desvelado cariño de una enfermera sin igual. ¡A veces tenía ganas de besarle la mano y de pedirle que lo perdonara por haber dudado de ella! Quería preguntarle o, mejor dicho, deseaba contarle, con esa intimidad fraternal, todo lo que había oído en la aciaga noche en la que lo habían herido. ¿Qué explicación podría darle? ¿Cómo y por qué involucrarían su nombre en esa vil y cruel conspiración? Pero Octavio nunca tenía un minuto a solas con Eva; ella cumplía con su deber y salía de la habitación antes que nadie para ir a informar por escrito al señor Morton y a Paulo del estado del enfermo, por el que ambos se interesaban mucho.

En la hacienda, reinaba un profundo silencio, que agravaba la tristeza de la familia.

Medeiros, una vez que el enfermo salió de peligro, interrogó a algunos de los esclavos en el cepo y oyó la singular historia de la provocación de unos capangas, enviados por alguien con el propósito de provocar una revuelta. Al principio, guardaron silencio sobre el nombre de ese alguien, pero, obligados por las amenazas y los castigos, finalmente confesaron que era el de Eva.

El dueño de la hacienda los escuchaba de pie y el capataz ejecutaba sus órdenes con soltura y calma, eligiendo a algunos esclavos para que golpearan a los otros.

En aquella atmósfera cargada, que olía a sangre, solo cortada por los sibilantes siseos de las puntas del *bacalháu*[16] y los lamentos de los negros, el nombre de Eva parecía fúnebre, siempre resonando en los oídos del comendador como cuando las campanas doblan a muerto.

A veces, un grito más desgarrador le helaba el corazón, pero entonces se acordaba de su pobre Octavio y la sed de venganza terminaba rápidamente con el sentimiento de compasión. En un momento dado, dejaron de oírse tantos ayes: era necesario seguir con el castigo a otras víctimas; a aquellas, extenuadas, habría que proporcionarles los cuidados habituales.

El capataz designó entonces a otro esclavo para el suplicio y al propio padre de la víctima como verdugo. En el lóbrego cuarto, donde goteaba la sangre de los cuerpos calientes, tendidos y desnudos, se produjo una escena de

[16] N. de la Trad.: Azote similar al flagelo romano con varias tiras rematadas en un instrumento perforante o cortante, como un hueso de carnero, por ejemplo.

dolorosa angustia. El hijo avanzó rápidamente hacia el lugar de la tortura, él mismo se desnudó, como poseído por una actividad febril, puso las manos a la espalda y las cruzó para que se las ataran, pero el padre permaneció en su sitio, con la cabeza gacha, los ojos brillantes, las piernas temblorosas y la respiración jadeante; lo conminaron a obedecer, pero no dio un paso; un silencio de asombro y angustia sucedió a las imprecaciones y a los gemidos. Al cabo de unos instantes, el capataz repitió una vez más la orden, esta vez un poco más alto y con un tono más severo, y el verdugo se dejó caer de rodillas y alzó hacia el techo oscuro, como si buscara a través de él al Dios clemente, una mirada llena de lágrimas y las manos en señal de súplica.

Medeiros salió al patio, sin aliento; no entendía muy bien qué batalla se libraba en su corazón, pero había allí indudablemente una fuerza brutal: ¡todos los sentimientos! ¡Que continuara la abominable escena en el cuarto del cepo, pero no quería verla! Se sentía agotado, devorado por los remordimientos que lo perseguían como persigue una jauría feroz y voraz a su presa. ¡En qué miserable situación se encontraba! Para él, el castigo era una necesidad absoluta, rígida, indispensable. Sin él no habría disciplina. Los negros son como los soldados, que cuentan con el calabozo y los castigos corporales para una comprensión más rigurosa de sus deberes. Por eso, muchas veces, pisoteando la piedad, reprimiendo el impulso de la naturaleza, acallando el alma, ordenaba la ejecución de las penas más absurdas e intolerables. Medeiros sentía amargamente esa verdad. Le dolían ahora los golpes que ordenaba infligir a los siervos y desviaba la mirada, impresionado, de los instrumentos de tortura:

la gran palmeta, el azote, el collar de esclavo de ganchos altos, los grilletes encadenados... todo un arsenal de instrumentos inventados por la ferocidad humana, colgados en fila en la pared sombría del cuarto del cepo. Estaba cansado de aquella vida de preocupaciones y precauciones; no conseguía conciliar el sueño sin haberse asegurado de que los esclavos estaban cerrados desde fuera en el *quadrado* y de que el capataz guardaba la llave bajo la almohada.

Se creía con derecho a ejercer la justicia mediante los métodos más bárbaros, pero de vez en cuando los temores de una venganza justificada sobrevolaban su conciencia, inquietantes, como grandes cuervos negros y pesados. Seguía los mismos procedimientos empleados por su padre, que a su vez había seguido los de su abuelo; desde pequeño había acostumbrado los ojos y la razón a aquellos cuadros hechos de sombras, dolores y lágrimas, y se había habituado tanto a ellos que le resultaban naturales e indispensables. Sin embargo, caía en contradicciones desde que Eva había ido a vivir a Santa Genoveva y, sobre todo, después de la llegada de Octavio. Los dos jóvenes habían llevado a su mente endurecida e indiferente unos preceptos morales sanos y vigorosos, fruto de la compasión, del amor del que hablan los Evangelios de Jesús y los mandamientos de la Iglesia: el amor al prójimo, amor que él, en su egoísmo, nunca había logrado comprender. Medeiros se despertaba, pero lo hacía lentamente, todavía dudando si estaba en un estado de vigilia o dentro de un sueño. Ante la serenidad de Eva o de Octavio, a veces sentía vergüenza de, en un arranque de ira, abrir enteramente su alma, embrutecida y entorpecida por el abuso de crímenes, como un oriental por el abuso del opio. Reaccionaba contra esos sentimientos y, como penitencia, se sacudía con fuerza la piedad que lo iba invadiendo e imponía castigos más severos. Poco después, llegaba el remordimiento para perseguirlo y clavársele en el corazón. Así, ahora altivo, ahora humillado, escondiendo el miedo con desesperado rencor, iba pasando los días.

Se consolaba comparándose con otros hacendados todavía más crueles que él.

Recordaba haberse sentido horrorizado con el relato de algo que había sucedido en una hacienda de Campinas: el «señor», de imaginación fértil para el odio, había ordenado azotar a un esclavo; hasta aquí nada extraordinario..., pero, más tarde, sobre las grandes llagas y por todo el cuerpo, había derramado gruesas capas de miel, la dulce y pura miel de las abejas, y, ungido de esta manera, había mandado atar al pobre infeliz a un poste, en el patio, expuesto a las grandes nubes de insectos, que descendían zumbando, deleitados con tan opíparo e inesperado banquete. El negro, sin poder defenderse, veía cómo se aproximaban las avispas y le cubrían todo el cuerpo, moviendo voluptuosamente las alas transparentes mientras succionaban con avidez su sangre envenenada por la desesperación y la rabia. ¡Y el sol iluminaba aquella escena con su luz dorada, brillante y pura!

Al caficultor le venían a la memoria otros casos. En la finca de Gusmão, su vecino, habían aparecido esqueletos en un pantanal y se decía que eran los de unos esclavos que había ajusticiado su dueño. El propio compadre Antunes había abandonado, después de una fuerte paliza, a una negra que, sin poder moverse ni lavarse, había criado gusanos por todo el cuerpo y había muerto ya podrida... Juca Ramalho había mantenido enjaulada, durante quince años, a una manceba mulata sobre la que recaían sospechas de envenenamiento; la pobre mujer, en su jaula estrecha y sólida, cosía el día entero las tareas rigurosamente impuestas... Medeiros se acordaba de todos los suplicios de ese estilo, de los más espantosos e inverosímiles, para intentar ver sus actos más suaves y compasivos. Sí, él nunca cometería tales barbaridades; se limitaba a reproducir los castigos comunes dictados a su clase como único medio de orden y seguridad.

Había, sin embargo, otros más clementes que él, que premiaban a los esclavos, les daban terrenos para cultivar y el derecho a la venta y a la ganancia, que no los encadenaban con pesadas argollas ni con el *viramundo*[17] y que conciliaban el sueño sin sobresaltos ni precauciones como tener que cerrar con llave el *quartel*. Recordando las insinuaciones de su hijo y de su sobrina, Medeiros lamentaba no haber sido uno de estos últimos, y se prometía a sí mismo hacer propósito de enmienda... ¡después de vengar la agresión a Octavio!

Regresó a la caseta del cepo; el padre esclavo, llorando, flagelaba a su hijo. Medeiros, en un arranque de compasión e indignación, suspendió el castigo. La cálida atmósfera, impregnada del olor acre a sudor y sangre, le revolvió el estómago; se le nubló la vista, el mareo le hizo tropezar con un cuerpo húmedo, tendido en el suelo, y con pasos precipitados y vacilantes llegó

[17] N. de la Trad.: Pesado grillete de hierro con el que se encadenaba a los esclavos por las muñecas y los tobillos, obligándolos a mantener posturas incómodas como castigo.

a la puerta, la buscó a tientas, la abrió y volvió a salir. El aire le sentó bien; respiró profundamente y tomó el camino de vuelta a casa, molido, sobrecogido y con el nombre de Eva, pronunciado entre gemidos por los esclavos azotados, resonándole todavía en los oídos. ¡Todo había sido culpa suya!, consideraba Medeiros, indignado. Al entrar en la sala, se fue directamente a la hamaca y se acostó; preguntó por Octavio al criado, Saturnino, un mulato alto, presuntuoso, muy estimado en la familia. Este volvió con buenas noticias: Octavio se había levantado y leía en una mecedora, rodeado de cojines. Y el criado, después de informarlo del estado de salud del señorito, le entregó dos cartas y un fajo de periódicos. Medeiros pidió café y rasgó el sobre azul satinado de una de las misivas. Era de Nicota: hablaba brevemente de la familia de Trigueirinhos y le pedía a su madre unas recetas de pasteles de brocheta y de pastas, concluyendo con un lacónico «cuando quieran venir, avisen».

La segunda carta era de un hacendado de São Carlos do Pinhal: Siqueira Franco, hombre de afamada riqueza y dueño de muchas tierras, entre otras, la conocida como Morro-verde, cuya cosecha nunca era inferior a treinta mil arrobas. Medeiros recibió una agradable sorpresa, que mitigó en cierta medida los disgustos de aquella mañana. La carta decía así:

Mi buen amigo comendador Medeiros:

Las mujeres deben elegirse como los cerdos, por la raza, por eso le pido para mi hijo Julio, al que Vd. ya conoce, la mano de una de sus hijas.

Responda a la mayor brevedad posible; conoce nuestras circunstancias y el carácter trabajador y serio de mi hijo. Si lo desea, avísenos de inmediato para vernos.

Atentamente, su amigo agradecido,
ANASTÁCIO SIQUEIRA FRANCO

CAPÍTULO 18

Eva estaba cosiendo en la habitación unos blusones sin mangas para un bebé negro que era su ahijado cuando oyó que llamaban a la puerta. Era Noemia; venía muy pálida y con los ojos llorosos.

—¿Qué ocurre? —preguntó su prima, asustada.

—¡Ay, soy muy infeliz, Eva!

Noemia se tiró boca abajo en la cama, ahogando sus sollozos en las almohadas.

—Pero ¿qué es lo que ha pasado? ¡Vamos, no seas cría!

Noemia no respondía; seguía llorando.

Eva se sentó a su lado, trató de calmarla, la hizo incorporarse y, alisándole el cabello, le preguntó con dulzura:

—Ahora, dime, ¿qué te ha pasado?

—¡Una cosa muy triste! —respondió la pobre muchacha, con la voz entrecortada.

—¡Ay, Dios mío! ¡Qué seria!

—¡Padre quiere casarme!

—¡Ah! ¿Y con quién?

—¡No lo sé! ¡Con algún bruto... con algún estúpido! Pero yo no quiero y... y no quiero y punto.

—¡Seguro que no será tan así! «Bruto, estúpido»... Puede que incluso sea un muchacho bien educado... ¿Cómo se llama?

—Julio Franco[18].

—No lo conozco...

—Ni yo, ¡pero me lo imagino! ¿Sabes cómo y en qué condiciones han pedido mi mano?

—¿Cómo iba yo a saberlo?

—Pues ha sido así, presta atención: «las mujeres se eligen como los cerdos, por la raza, por eso le pido para mi Julio la mano de una de sus hijas».

Y a pesar de las lágrimas, Noemia no pudo reprimir una carcajada; Eva sonreía con tristeza.

—¿Y ahora...?

—Ahora no sé... Aconséjame, ¿qué debo hacer?

—¡Oh, querida...! ¿Por qué no hablas abiertamente con tu padre?

—Padre se va a enfadar... y a mí me da miedo...

—Pero, mira, hay ciertas cosas que se le dicen con mucha más facilidad a una madre; habla con ella, cuéntale lo que sientes y ella te protegerá.

—Madre no se atreve a contradecir la voluntad de padre. ¡No tengo a nadie que mire por mí!

—Iré yo a hablar con el tío Medeiros, aunque no sea la persona más idónea, pero, de todos modos, tal vez me atienda... ¡espera aquí, que enseguida vuelvo!

[18] N. de la Trad.: En portugués, tradicionalmente, el primer apellido es el materno y el segundo, el paterno; en caso de usar uno solo, se suele recurrir al del padre, por eso Julio Siqueira Franco es ahora Julio Franco.

—¡No, Eva, no vayas! —exclamó Noemia, que se había levantado como un resorte y se había interpuesto entre su prima y la puerta.

—¡¿Por qué?!

—Porque... porque... —Noemia, azorada, bajó la mirada mientras pensaba una respuesta.

—¿El tío Medeiros te ha dicho algo sobre mí?

Noemia balbuceó:

—Padre es tu amigo...

—¿Entonces? ¿Cuál es el problema? —insistió Eva con una leve sonrisa de incredulidad.

—Es que... ya sabes... él tiene una forma de pensar tan diferente de la tuya que... no sé... es capaz de suponer que... no sé... Mira, ¿no crees que sería mejor pedirle a Octavio que hablara con él?

—Me estás ocultando algo, es evidente... Tu padre ha hecho alguna observación en mi contra. ¡Bah! Es inútil que lo niegues —dijo, interrumpiendo un gesto de Noemia—. No estoy enfadada; cada uno tiene su forma de pensar y su educación, y estoy segura de que la situación no será tan grave como para que me prives de intervenir en un asunto de tanto interés para todos nosotros.

Entonces Noemia le contó a su prima, con afán de disuadirla de su intención de ir a interceder por ella, que el comendador la había llamado a la sala y, tras un breve discurso introductorio, le había entregado la carta del amigo, diciendo: «Luís Anastácio pide la mano de una de mis hijas, y olvida que Nicota ya está casada o imagina que tengo más de dos; por lo tanto, tú eres la prometida, ya que no tengo otra hija soltera. Tendrás un excelente esposo; vete a decírselo a Octavio». Ella había protestado tímidamente, con cierto temor: no conocía al muchacho... y había jurado seguir la opinión de Eva... «¡¿La opinión de Eva?!», había exclamado el caficultor, encolerizado, «¿y cuál es esa opinión?». «¡Que el matrimonio sin amor es una inmoralidad, una gran desgracia!», le había respondido ella. Había sido entonces cuando el comendador se había enfadado, diciendo que, si Eva se entrometía en los asuntos de su familia, él...

—¿Él...? ¿Qué? Termina la frase... —le suplicó Eva a su prima.

Pero esta, de nuevo ahogada por el llanto, se dejó caer en sus brazos, temblando, pidiéndole que no la abandonara, que se sentía mal, muy mal.

Eva la socorrió, le aflojó la ropa, la acostó, cerró la ventana para que no entrara la intensa y clara luz del día y, recostada en su lecho, vio pasar a su prima de la agitación a un sueño de suspiros lentos, fatigados.

La huérfana de Gabriel había resuelto encararse a la ira de su tío en favor de esa pobre muchacha, dulce y buena, por cuyo futuro tanto se preocupaba. Así también provocaría una explicación sincera por parte de él. No le gustaban las indirectas, sino las palabras francas. Era perfectamente consciente de que allí estaba de más; la aborrecían y ella había decidido regresar cuanto antes a su querida y silenciosa casa del Mangueiral.

Se acordaba con amargura de la última voluntad expresa de su padre, quería cumplirla y obedecerle en todo. Él había sido un hombre excepcional, bueno, justo, caritativo, afectuoso e incapaz de un acto liviano; siempre reflexivo, siempre sereno, siempre lleno de buena fe y aureolado de virtudes. Por todas esas razones, la había mandado a casa de su hermano, tratando así de protegerla frente a las adversidades y a las vilezas de una sociedad ociosa y mezquina.

Y, sin embargo, había sido precisamente ahí donde Eva se había topado con las sonrisas falsas, las murmuraciones misteriosas, las insinuaciones malignas y una retahíla de intrigas intangibles y cobardes.

Su dignidad le ordenaba que se marchara, pero se sentía atrapada allí por las palabras de su querido padre fallecido: «A pesar de toda la amistad y confianza, Eva no debe vivir sola con Paulo, ya que él no es su hermano».

Para abandonar Santa Genoveva, debería, por lo tanto, casarse. Su marido sería su escudo; ella, inteligente, altiva, honesta, ¡no tenía derecho ni podía asumir la responsabilidad de sus actos!

¡Era necesario que algún hombre, aunque tuviera menos escrúpulos o un intelecto inferior al suyo, la tutelara, le diera un nombre, quizá menos limpio, menos honrado y menos digno que el suyo! Sin amarlo, sin poder darle una felicidad perfecta, ella tendría que someterse a su voluntad, a su capricho, a su dominio, sacrificando su alma en el ejercicio de mentirosos deberes.

Todo le parecía ahora preferible a tener que soportar con humillación las afrentas de su tío, a quien su padre tan generosamente había perdonado, ofreciéndole su posesión más querida y de mayor ternura: ¡su hija!

¿Dónde encontraría Eva a un marido así, que la sacara de una posición tan triste y delicada? ¡Pensaba una y otra vez, obstinadamente, en el mismo hombre! ¡Aun queriendo apartar de él sus pensamientos, a él volvía de nuevo, como atraída por una gran fuerza misteriosa! Con él construía los más brillantes sueños de futuro, con él la vida le parecía mucho más hermosa y dulce, pero ese alguien no le había demostrado que la amaba, sino que la había tratado siempre con una ligera indiferencia y frialdad. A él le ocultaba recatadamente las más tenues manifestaciones de amor, con un escrúpulo de refinado orgullo. Si él no quebraba el encanto, no sería ella quien se revelara. ¡Vivirían toda la vida el uno al lado del otro, mirándose sin entenderse, sin hacerse felices! ¿Amar a otro hombre? ¡Imposible! ¿Y casarse con otro...?

Eva buscaba a ese otro entre su reducido número de pretendientes.

Su mente divagó de unos a otros durante mucho tiempo, sin poder decantarse por ninguno de ellos, pero urgía tomar una decisión y, aun siendo orgullosa, estaba decidida. Tras una hora de cavilaciones, se sentó a la mesa y escribió con un pulso que en vano consiguió hacer firme:

> *Mi querido Paulo:*
> *Ha hecho bien en revelarme el secreto del señor Azevedo; decidida a dejar esta casa cuanto antes, le ofrezco mi mano. Escríbale y proporcione un desenlace rápido a este proyecto mío.*
> *Suya,*
> *EVA*

Cerró la carta, salió de puntillas para no despertar a Noemia y ordenó al criado que llevara la nota inmediatamente al Mangueiral.

Cuando volvió a entrar, Noemia se había despertado y estaba sentada en la cama, abotonándose el vestido para levantarse.

—¿Cómo estás?

—Mejor... ¿Es muy tarde?

—No, son casi las tres.

—¡Vaya! ¿Ya han llamado para la cena?

—Aún no...

—¿Todavía tenemos tiempo para hablar con Octavio? ¡Me acabo de acordar ahora de que él me había pedido que te llamara!

—¡¿A mí?!

—¡Sí, pero como estaba tan alterada se me fue el santo al cielo! ¡Ojalá pudiera librarme de ese prometido!

—No pienses en eso ahora y ten paciencia, que todo se arreglará.

—¡No, qué va! ¡Cuando padre dice las cosas ya no hay vuelta atrás!

—Ya veremos. Vamos a hablar con tu hermano.

Noemia se levantó, besó a su prima con gratitud, y juntas atravesaron la sala de estudio, parte del corredor y de la veranda. Allí, la dueña de la casa se balanceaba en una hamaca mientras cosía; a sus pies, dormía plácidamente una niñita negra de pocos meses, completamente envuelta en trapos. A poca distancia, una mulata rolliza planchaba una falda con un ancho volante bordado.

Saturnino, sentado en la puerta del patio, pulía el metal de unos arreos; Noemia lo llamó, él se levantó de inmediato, muy respetuoso, y atendió a la orden que le daba la muchacha de ir a preguntarle a Octavio si podían hablar con él.

—Que sí —respondió él a la vuelta, y prosiguió con sus gestos y frases afectadas y pedantes—. El señorito Octavio manda hacer partícipes a mis señoras de que está listo para recibir tan honorable visita. —Se inclinó exageradamente, con una sonrisa que mostraba los huecos de los dientes que le faltaban.

CAPÍTULO 19

La habitación de Octavio no era muy espaciosa, pero estaba iluminada por dos ventanas que daban a un patio lateral. Forrada con papel gris, disponía de un mobiliario sólido y sencillo, la cama ancha, el lavatorio todo de mármol, las sillas de respaldo alto, firmes, erguidas como soldados que se cuadran para el saludo. Sentado a una pesada mesa rectangular, recostado en unos cojines, el convaleciente leía una revista de ingeniería que había recibido unas horas antes.

Recién afeitado, se había esmerado en dotar de cierta elegancia su atuendo de enfermo. Su rostro viril dejaba entrever buenos indicios de salud y de energía. Vestía, por primera vez en Brasil, un batín de seda india, oscura, con brillantes arabescos y cornucopias y forrado de verde malva; se había arropado las piernas con una manta persa, también traída de Berlín, de la pasajera época de unos encuentros amorosos con la esposa de un rico comerciante de la avenida de los Tilos[19].

¡Cuántas veces había descansado sobre su hombro, perfumada y lánguida, la rubia cabeza de su amante, mientras sus labios, con la avidez de las abejas, buscaban toda la miel de sus besos! Se había acordado de ella aquella mañana, cuando Saturnino le había llevado el batín, sosteniéndolo cortésmente con la punta de los dedos, y le había entregado un objeto que había encontrado en el bolsillo: un pañuelo minúsculo, de seda cruda, con las iniciales T. R., bordadas en hilo dorado y marrón. ¡Eran sus iniciales! Aquel pañuelito olvidado había venido a traerle un recuerdo que no lo visitaba desde hacía tiempo.

¿Cómo había empezado todo aquello? ¿Y cómo había terminado?

Había comenzado en un baile de la legación brasileña; a ella, vestida de seda blanca de Tonkín, se la había presentado la mujer del enviado diplomático como una de sus antiguas condiscípulas en el convento.

¿Cómo había terminado? En una noche de invierno; ella había entrado en su gabinete de joven soltero y, tirando al suelo la capa de terciopelo que la envolvía, le rodeó el cuello con los brazos y lo cubrió de caricias, en un derroche de ternura indómita. Súbitamente, apartándose de él, le dijo que no volverían a verse y mandó que le fueran a buscar a la berlina el cofre de las cartas, exigiéndole a

---

[19] N. de la Trad.: Referencia al clásico bulevar berlinés Unter der Linden [bajo los tilos], que desde su construcción en el siglo XVI hasta la Segunda Guerra Mundial fue el centro neurálgico de la vida cultural en la capital alemana. Gran parte de los tilos originales se talaron durante la construcción de las líneas del tren metropolitano en 1934 y el resto de los árboles ardieron en la batalla de Berlín en 1945.

su vez a Octavio las suyas. Las arrojaron todas al fuego, contemplando en silencio las llamas que tantas llamas consumían y, sin otra despedida, se separaron.

Después de aquello, la había visto una vez, en la calle, en un carruaje descubierto, al lado de su marido, que lo saludó quitándose el sombrero; ella movió ligeramente la cabeza con orgullosa indiferencia. Y ni él volvió a pensar en ella ni ella volvió a pensar en él.

Octavio olió el pañuelo: perduraban en él unas tenues notas de White Rose. Cada vez que aspiraba este perfume, de cerca o de lejos, se sentía transportado a aquel breve período de amor lujoso, aunque fácil.

Los olores ejercen una gran influencia sobre muchas personas. Cada tierra, cada casa e incluso cada persona tiene su olor peculiar: de ahí el recuerdo que muchas veces el olfato despierta en nosotros, de una ciudad, de una calle o de una morada.

Octavio hizo girar el elegante pañuelo entre sus dedos y luego lo dejó en un cajón que casualmente estaba abierto; fue a recortarse las uñas, con otros pensamientos en la cabeza.

Había decidido hablar seriamente con Eva ese mismo día y rogarle que le dijera de quién debía desconfiar en todo aquel drama, que lo ayudara y le arrojara un poco de luz sobre la oscuridad que envolvía su mente. ¡No consentía que se dudara de ella! ¡La amaba! ¡La amaba como un loco!

Para él, a pesar de todas las pruebas acumuladas contra su reputación y su buen corazón, Eva era la personificación de la pureza, la bondad, la compasión y el sentido común. Le atribuía todas las virtudes, la divinizaba, maldiciendo el momento en el que, también él, había llegado a dudar de ella.

Ahora se consideraba indigno de tocar la mano que tan caritativamente se había extendido sobre su lecho para darle, tras haberle hecho las curas con suma delicadeza, el bálsamo para sus atroces dolores.

¿Quién era el infame que trataba de destruirla? ¿Con qué interés? ¿Cuál era el motivo de tan inexplicable inquina? ¿Hasta dónde quería llevar esa desagradable situación? ¿Era posible que Eva no estuviera al tanto de nada?

Octavio reflexionaba acerca de todo esto cuando Noemia entró, trayendo consigo, entusiasmada, un papagayo al que ya había enseñado a decir la palabra «tonto».

—¿Ves, Octavio? ¡Mi papagayo ya sabe decir una palabra más! Dilo, lorito mío: «tonto».

Y el papagayo, inflando el pescuezo, repitió con voz gutural e intrincada: «tonto».

La muchacha se rio con ganas y luego, al ver a su hermano, exclamó:

—¡Bravo! ¡Qué lujo! ¡Qué cosa más mal empleada en un lugar tan triste! ¡Qué hermosa seda! ¡¿En Europa lo usan mucho?!

—Sí, y aquí también.

—¡¿Aquí?! Nunca lo había visto...

—Ciertamente. Son trajes caseros que solo se pueden llevar en la intimidad de la familia.

—Cuando me case, le diré a mi marido que compre algo así...

Llamaron a la puerta y una criada negra dijo desde fuera:

—¡*Nhá* Noemia! ¡El *señó* la está llamando!

—¡Ya voy! —respondió en voz alta, y luego añadió en un susurro—: ¿Para qué será? ¡Bueno! ¡Hasta luego, Octavio! —Y se dirigió a la puerta.

—¡Oye, ven aquí! —la interrumpió su hermano; ella se dio la vuelta y él retomó la palabra—: Después de hablar con padre, pídele a Eva que venga a conversar un poco conmigo.

—¡Vaya, vaya! ¡El señorito quiere verse con la primita! —Y le dedicó una sonrisa y una mirada traviesa.

—¡¿Qué pasa?! ¿No es natural que disfrute de su conversación?

—Sí, claro. Por lo que a mí respecta, prefiero la suya a todas las demás.

—También yo..., pero vete, que a padre no le gusta esperar.

—Eso es cierto; adiós.

Noemia salió corriendo.

Pasó una hora y luego otra sin que ni la hermana ni Eva aparecieran ante Octavio; él fumó, leyó, calculó la mejor manera de abordar el asunto que tanto le preocupaba y estaba retomando la lectura cuando Saturnino, inclinándose ante él, le preguntó lo siguiente:

—¿Mi señor? Mis señoras desean saber si puede admitirlas...

—¿Qué señoras?

—La señorita doña Noemia y...

—Sí, sí, ¡que entren!

Dos minutos después entraron Noemia y Eva.

—Perdone que la moleste —se disculpó Octavio con su prima, mientras trataba de incorporarse.

—¡Déjese estar, no se levante! Y en cuanto a mandarme llamar, no es ninguna molestia, máxime cuando yo también necesito hablar con usted.

—Es verdad —murmuró Noemia—, Eva tiene mucho que contarle... sobre algo triste que ha ocurrido hoy...

—¿Ah, sí? —preguntó el joven, volviéndose hacia su prima.

—Ciertamente —le respondió esta—. Con toda seguridad, lo que tengo que decirle es más urgente que lo que ha de contarme usted, y sin duda es también más grave, así que tenga paciencia, pues he de ser yo la primera en tomar la palabra...

—¡Como no podía ser de otra manera!

Eva le relató entonces a Octavio, pidiendo su intervención, la historia de la propuesta de matrimonio, de las lágrimas de Noemia y de su más que justificado pavor al futuro.

El joven las tranquilizó; él convencería al padre de que no debería actuar en contra de la voluntad de su hija y lo disuadiría de llevar a cabo tales planes.

Hubo una pausa. Fue Eva quien rompió el silencio:

—Bueno, ahora es su turno —le indicó a su primo.

—Sí... —contestó él, indeciso; luego se volvió hacia su hermana—. Déjanos un momento, Noemia. ¡Ten paciencia!

Transcurrieron unos segundos sin que ninguno de los dos pronunciara una sola sílaba. Y ya era tarde, el reloj de pared había señalado la media hora después de las tres con una sonora y reverberante campanada.

De un momento a otro, los interrumpirían para avisarlos de que la cena ya estaba lista. Octavio reflexionó sobre esto y sobre la inconveniencia de que su prima se demorara, allí, sola, por eso comenzó de inmediato, aunque con cierto embarazo.

—Escúcheme atentamente, Eva; tengo que pedirle que me aclare una cuestión, pero para ello tengo que hacerle una revelación dolorosa. Antes que nada, dígame: ¿no me considera usted un muy buen amigo? —Y la miró con ternura, clavando en los ojos de ella toda la vida de los suyos.

Eva, atónita, no respondió de inmediato. Su silla, muy próxima a la de Octavio, la ponía en contacto con los cálidos pliegues de la manta que lo envolvía.

—¡Dígame! —insistió él—. ¿No me considera sincero?

—¡Desde luego que sí! —respondió ella, tratando de encontrar en su mente alguna razón para semejante pregunta.

—Entonces, si yo le hiciera una pregunta o le diera un consejo, no lo recibiría con desconfianza ni se enfadaría, ¿verdad?

—No... No se me ocurre ninguna razón para que desconfiemos el uno del otro...

—¡Bien! Ahora otra cosa: Eva, ¿tiene usted algún enemigo?

—¿Yo? No...

—¿Ninguno en absoluto?

—Ninguno... Al menos que yo sepa.

—¡Qué extraño!

—¿Por qué?

—Haga un esfuerzo por recordar...

—No es necesario. ¡Mi vida ha sido tan sencilla que puedo repasarla toda de un vistazo!

—¿Nunca le ha hecho nada malo a nadie, ni directa ni indirectamente?

—¡Qué ocurrencia, Octavio! ¡Nunca! ¡Y, si lo he hecho, ha sido inconscientemente!

—Entiendo, por lo tanto, que está usted completamente tranquila, ¿no es así? Pues ¡qué fortuna! ... O quizá ¡qué infortunio!

—¿Por qué dice eso? ¿Tiene algo contra mí? ¡Sea franco conmigo! Ando con la mosca detrás de la oreja y lo mejor es...

—... Aclarar las cosas; estoy de acuerdo. Eva, usted no es una muchacha liviana, sino todo lo contrario: es poderosa y fuerte, pero, antes que nada, ¡debe hacerme una promesa!

—¿Cuál?

—¡Que guardará silencio sobre todo lo que hablemos aquí!

—¿Cree que soy una tarambana?

—No, pero nada más natural que querer confiarle a... su hermano, por ejemplo, todo lo que le voy a decir.

—La verdad es que no tengo secretos para él, y, cuanto más importante me parece algo, más me apresuro a comunicárselo y a pedirle consejo.

—¿Lo quiere mucho? —preguntó Octavio, inclinándose hacia ella, olvidando por un instante, ante el dolor de los celos, el verdadero propósito de la conversación.

—Mucho —respondió Eva, ruborizándose.

—¿Y él le corresponde?

—¡De la misma manera!

—¿Tal como si fueran realmente hermanos?

—Pero... ¡¿me ha hecho llamar para hacerme estas preguntas?!

—¡¿Lo ve?! ¡Ya está enfadada!

—¡No lo estoy! Sé bien que, como convaleciente, goza de muchos derechos: no pretendo contrariarlo...

Octavio le sonrió, le tomó la mano y estaba a punto de decir algo cuando oyó la voz de su padre, que se aproximaba por el corredor.

El joven le señaló a su prima la puerta de la sala.

—Salga, Eva —musitó—; hablaremos más tarde; no es conveniente que la vean aquí en este momento. Gracias por su deferencia. Cuente con que tiene en esta casa un defensor, un devoto servidor capaz de todo sacrificio o crimen que sea necesario para salvarla si algún día se hallara en peligro.

Eva se puso de pie y escrutó con extrañeza los ojos de su primo; después, respondió con voz firme:

—No saldré de esta habitación sin que me aclare qué es lo que ha querido decir. Acepto y correspondo a la amistad que me ofrece, incluso acepto la protección, pero no quiero que haga ningún sacrificio ni consentiré jamás que se exponga por mi culpa a situaciones peligrosas... No hay necesidad, ni la habrá; yo no le he hecho mal a nadie, ni presto atención a intrigas ni a enredos; lo único que les pido es que tengan la lealtad de decirme abiertamente si mi presencia aquí los incomoda.

—¡Eva, perdóneme, son los últimos coletazos de la fiebre! Yo... no sé cómo hablarle, ¿no lo ve? ¿Qué quiere? ¿Quién no la va a querer? ¿Quién no la va a...? ¡Vaya! ¡Menudo desaire me ha hecho! Qué mala es... —Trataba de sonreír, sosteniendo su mano y mirándola con amor.

Eva lo escuchaba, inmóvil, pálida, sorprendida, mientras la silueta de su tío se dibujaba en el vano de la puerta.

Ese día el comendador estaba encarnizado contra su sobrina; la confesión de los esclavos y la negativa de Noemia a casarse con el joven Franco por influencia de su prima habían sido la gota que había colmado el vaso; había tomado la firme resolución de apartarla de Santa Genoveva, de echarla, clara y definitivamente. Al ver a su hijo fuera de peligro, de pie, ya no se vio en la obligación de contener su odio y lo dejó explotar.

—Entonces —dijo, acercándose a Eva con los brazos cruzados y la mirada furibunda—, no contenta con calentarles la cabeza a mis negros; ¿ahora la señorita también lo hace con mis hijos? ¿Qué está haciendo aquí?

Ella lo miró con altivez y asombro, y Octavio respondió inmediatamente:

—Eva está aquí porque le he pedido que viniera. Acabo de pedir su mano.

Ante estas palabras, el comendador, estupefacto, abrió los ojos como platos y rugió con fuerza:

—¡Así que eso es lo que quería, Eva!

—Y es lo que yo más ardientemente anhelo. Dígame, Eva —dijo, dirigiéndose de nuevo a su prima—, ¿acepta ser mi esposa?

Medeiros se mordió los labios con rabia, y Eva, levantando la voz y enderezando el busto, después de mirar con desdén al comendador y lanzar a Octavio una mirada de orgullosa altivez, respondió con firmeza esta única palabra, decisiva y terminante:

—No.

Al oír esa respuesta seca y firme, pronunciada con un tono de inapelable resolución, que dejaba entrever el carácter recto y sereno de la muchacha, Octavio se puso lívido. Su padre se rio con ironía, sacudiendo la cabeza, y Eva salió.

CAPÍTULO 20

Aquella misma tarde, la huérfana de Gabriel Medeiros se despidió de su tía y de Noemia, que no paraba de llorar, y descendió la escalera de piedra de Santa Genoveva; abajo, en el patio, la esperaban el coche de caballos ya preparado y el capataz, Honorato, al que habían dado orden de acompañar a la joven al Mangueiral. Eva ocupó a disgusto un lugar a su lado, el cochero fustigó a los animales y se pusieron en marcha.

El camino era largo, sinuoso y pintoresco. Circulaban por la orilla de un río estrecho y sombrío a aquella hora; el agua murmuraba monótonamente al discurrir entre las piedras y las ranas croaban camufladas en los márgenes limosos. Eva iba en silencio, pensando en la singularidad de su vida, en los acontecimientos imprevistos e incluso novelescos que le iban sucediendo en aquel entorno tan rutinario y poco propicio para las aventuras; envidiaba la pasividad, la apacible tranquilidad de las demás mujeres, rodeadas de cariño, protección y confianza. ¡Qué maravilloso era tener un padre y una madre! ¡Qué útil era poseer un carácter sereno, adaptable a todas las circunstancias! Ella había heredado de su familia materna aquella rebeldía e independencia de carácter que la educación de su padre, un hombre racional, poco había conseguido atenuar. Él la aplaudía a veces, otras, le decía que era impulsiva y, pacientemente, le hacía ver el error que había cometido.

Eva estaba concentrada en estos recuerdos cuando Honorato comenzó a hablar, sin mirarla:

—¡A los endemoniados negros les hace falta! Cuando los malditos se lleven unos latigazos, ahí ya se arrepentirán... —Eva siguió callada y él prosiguió—: ¡Los cafetales *tan* en el monte porque esos perros no pueden trabajar al derecho..., pero también ellos se quedan después suavecitos como el satén...! ¡Qué bien hace el vecino Simão! ¡Ese sí que no les perdona una! ¿Sabe aquel viejo, Bento, que solía venir por casa? —La joven no contestó, él continuó—: ¡Huyó! Pero los *capitães do mato*[20] le echaron el guante y lo metieron en el cepo *pa* que le dieran una tunda... El agujero del cepo *taba* muy apretado, así que su pie se hinchó tanto que los médicos se lo tuvieron que cortar. —Soltó una risotada. Eva se arrebujó el chal: se le había puesto la piel de gallina—. Los negros sin látigo no parecen personas. Andan a lo loco... El monte *ta* lleno de cimarrones, todos de José Duarte, que es un caficultor sin valor... ¡muy blando! Si castigase a sus negros, esto no pasaba... ¡El Antunes sí que sabe lidiar con ellos! —Estas últimas palabras las dijo con intención de provocarla, mirando fijamente a Eva, que parecía impasible—. Fue él quien trincó a los negros allá en la casa... Eso sí que fue un jaleo, ¿eh, señorita?

[20] N. de la Trad.: Exesclavos contratados como cazarrecompensas de esclavos huidos.

Eva aún no había escuchado la descripción de la re-vuelta de Santa Genoveva. El hecho en sí no le parecía extraordinario; poco imaginaba que su nombre estuviera involucrado en el suceso. Evitaba hablar de lo acontecido porque temía dar una opinión que desagradara a sus tíos. Sin embargo, el capataz parecía dispuesto a ponerla al corriente de todo por iniciativa propia y le preguntó:

—¿Quién fue el cabecilla de la revuelta?

—¡Sopla! ¿Se *ta* burlando de mí?

—¿Y eso? ¿Por qué? He oído decir que fue Damião... ¿ha sido él?

—¡Anda! ¡Sí, claro...! ¡Ni en sueños! —Hubo una pausa; Eva, contrariada, volvió el rostro y guardó silencio. Honorato dijo entonces a media voz, sin que ella entendiera a qué se refería—: Si tuviese esclavos, sería más estricta; ¡alborotar el gallinero ajeno es muy fácil!

Después de soltar estas palabras, hizo un gesto de arrepentimiento, pero la joven ya parecía no prestarle atención. Atribuyó el comentario, como había atribuido el de su tío, a su piedad con los esclavos.

Honorato continuó:

—¡La maldad que demostraron esos demonios al querer matar a Octavio! ¡Eso sí que merece un buen cepo!

Eva se volvió rápidamente hacia el capataz y clavó en aquel hombre miserable, que iba a su lado, una mirada llena de curiosidad. Sentía una profunda aversión hacia su persona y trataba de evitar el contacto con él.

Le había generado rechazo desde que había llegado Santa Genoveva. Siempre lo veía con el látigo en la mano, con sus gruesos pies de piel reseca y agrietada, sin calcetines, dentro de unos zapatones de cuero amarillo. Llevaba un cuchillo a la cintura, la camisa de algodón mal abotonada y los cabellos ásperos. Le hervían palabras injuriosas en esa boca suya ancha, sensual y carnosa. Era ignorante, cruel; se imponía por la fuerza bruta, a golpes. Era abominable en su profesión e intolerable en su estupidez. No obstante, al oírlo referirse a cuando habían disparado a Octavio, no pudo contenerse y le dirigió la palabra por segunda vez:

—Pero ¿quién puede haber sido el que lo hirió? ¿Y por qué lo habrá hecho? Él es tan bueno...

El capataz abrió los ojos de par en par, atónito, y luego, para asegurarse, le preguntó a la joven:

—¿Qué es lo que ha dicho?

Eva repitió la frase y él exclamó:

—Pero, bueno... Eso quería yo que *usté* me contase...

Eva interpretó esas palabras como desconocimiento de la verdad por parte del capataz y guardó silencio, pensativa.

Habían perdido de vista el riachuelo que aparecía una y otra vez en los recodos de la ruta, como un humedal medio cubierto por arbustos y berros.

Por fin habían entrado en un camino más ancho, flanqueado por oscuros cafetos que prometían abundantes cosechas.

El sol se ocultaba, incendiando los cristales de las ventanas de un caserón blanco, aislado en un extenso valle a la izquierda, muy verde, atravesado por las franjas rojas de los caminos.

Sobre la tierra amarillenta y lisa por la que circulaban, atisbaron a lo lejos una mancha oscura que, a medida que se fueron acercando, tomó la forma de un grupo de tres hombres: dos *capitães do mato*, armados y feroces, que arrastraban a un negro delgado, fuertemente atado con gruesas maromas, abatido por el hambre y las noches sin dormir.

El negro, al verse ya cerca de la casa de su amo, se negaba a caminar, transido de miedo, hincando en el suelo los pies excoriados por los espinos y los abrojos de los caminos, pero las piernas, bamboleantes, temblaban y se le arqueaban; a veces caía de rodillas y así lo llevaban, a rastras, ¡como un animal muerto y pesado!

A través de la piel reseca del hombre se podía ver dibujado, en grandes trazos sobresalientes, todo el esqueleto; su pelo afro encrespado, lleno de tierra, tenía tonos rojizos que recordaban a las cabelleras de seres diabólicos; sus ojos saltones giraban en las órbitas con una fatídica expresión de locura. Y, de esta manera, el pobre desgraciado avanzaba, debatiéndose y revolcándose, entre imprecaciones y puntapiés.

Cuando estaban llegando a la altura del esclavo, Honorato levantó el látigo con la intención de azotarle en la espalda e incitarle a caminar, pero, ante aquel movimiento brusco, Eva le agarró el brazo todavía en el aire, con firmeza, tensamente, hasta que dejaron atrás al pobre hombre.

¡Eso fue demasiado! El capataz, rojo de ira, masculló por lo bajo:

—¡Por esta y otras razones es por lo que todo *ta* perdido! ¡Todavía me pregunto de qué sirvió hacer la revuelta en Santa Genoveva... ¡Diantres!

Furiosa con su compañero, Eva le gritó al cochero que arreara a los caballos.

Era ya de noche cuando, agotada y febril, llegó a la puerta de su querido y apacible hogar. Se apeó del carruaje y entró apresuradamente a darle una sorpresa a Paulo en su despacho.

El joven, tras manifestar su sorpresa, le preguntó quién la había acompañado.

—He venido con el capataz —dijo Eva y añadió con ironía—: ¡Y será mejor que le des de beber a ese animal!

—¡Eva!

—¡Venga, Paulo, vete!

Él obedeció y Eva, por fin sola, rompió a llorar.

El capataz de Santa Genoveva regresó por el mismo camino, bajo la mortecina luz de la luna, silbando en voz alta y repantigado a gusto, con los brazos extendidos sobre el respaldo de los asientos del coche de caballos.

El despacho de Paulo tenía una decoración austera: muebles de jacarandá, una amplia mesa con elaborados mascarones adornando las esquinas, estanterías acristaladas y sillas antiguas de respaldo alto.

Algunos de sus amigos se reían abiertamente de aquel inusitado lujo, considerándolo la prueba más irrefutable de su falta de juicio. El expósito, el hijo adoptivo de Gabriel Medeiros, dilapidaba sus ahorros en cosas que para ellos eran superfluas, como los encantadores objetos artísticos, tan poco comunes en la provincia. Mientras tanto, los viajantes y representantes de los grandes almacenes de París recibían listas interminables de prendas de vestir y accesorios caros; las mujeres encargaban sedas y terciopelos, se adornaban con encajes y se envolvían en perfumes, pero vivían en casas sin comodidades, áridas, casi desnudas y aborrecibles.

Los muchachos derrochaban sus ganancias de ricos agricultores fuera de casa: en las mesas de juego, en mujeres... en toda suerte de extravagancias, y después volvían alicaídos a sus habitaciones llenas de pertrechos de caza, con la ropa por las paredes y las botellas de coñac y las bolsas de tabaco sobre la mesa.

Poco a poco, se habían ido viendo algunas excepciones: ya no se pedían exclusivamente los pretenciosos vestidos de esta o de aquella modista, también se demandaban alguna que otra vajilla, con su monograma, unas tapicerías o unos muebles al gusto del fabricante o del expedidor. Aun así, la ropa y los complementos seguían nutriendo el grueso de esos pedidos. Y la persistencia de Paulo en dotar a la hacienda de elegantes muebles y el hecho de que aquel fuera su único vicio era visto como algo sorprendente y absurdo.

—Decorar una casa de la ciudad, bueno —decían—, pero una de una finca...

Y, sin embargo, ¡es en la hacienda donde el caficultor pasa la mayor parte de su vida; en ella transcurren sus días, sean buenos o malos; en ella tiene sus intereses y el orgullo de su fortuna!

Cuando Paulo regresó, Eva, sentada a la mesa, con los codos apoyados en una ancha cartera de cuero y el rostro entre las dos manos, todavía tenía los ojos húmedos y brillantes.

Él se sentó frente a ella, hizo girar la pantalla del quinqué para que el haz de luz cayera de lleno sobre las facciones de la joven e, inclinándose un poco hacia adelante, le preguntó cariñosamente qué había pasado. Parecía tranquilo. Ella se estremeció ante su voz grave y aterciopelada; se levantó, dio unas cuantas vueltas por la sala sin responderle; luego, acercándose a él, todavía de pie y con los labios trémulos y la mirada indignada, comenzó a dar cuenta de todo, nerviosa e ininterrumpidamente: las injustificables y crueles frases de su tío, la generosa petición de Octavio, su negativa y la precipitada partida, la sospecha de que la acorralaban y el trato tan poco amable que le habían dispensado.

Paulo la escuchaba en silencio mientras una sombra de tristeza le nublaba el rostro; dejó que vertiera todo el resentimiento y la rabia; luego la hizo sentarse y le dijo con calma:

—¡Has obrado mal! ¡De una acción instantánea e irreflexiva depende a menudo la felicidad de toda nuestra vida! Créeme cuando te digo, mi querida Eva, que, cuanto mayor es la serenidad, más segura es, en todos los casos, la victoria. Pero has sido impulsiva, ¡no has valorado qué te convenía ni has transigido con tus deberes de tutelada! Has abierto la válvula de tu temperamento y lo has dejado hablar sin consultar a la razón. Ahora, sin querer, quizás hayas dado razones para alimentar cualquier sombra de sospecha que pudiera existir sobre tu persona, ¡cosa que podrías haber evitado perfectamente!

—¡No lo entiendo! ¡Siempre te había considerado un hombre orgulloso y justo!

—¿Acaso no lo he sido siempre?

—¡¿Y entonces...?!

—Escúchame, Eva: hay una gran diferencia entre nosotros. Yo soy un hombre, independiente, responsable de mis actos, dispuesto a lanzarme a la lucha, a revolcarme con mi enemigo por el suelo hasta en el mismo barro. Y tú eres una mujer, sin padre, sin marido, sin un brazo fuerte que te defienda, que pare los golpes a ti dirigidos, que abofetee, en resumidas cuentas, a cualquiera que se atreva a decirte una palabra descortés. Provocar a un individuo poco delicado e impetuoso es, por lo tanto, un error imperdonable para una persona de tu sexo y juicio.

—¿Y es el hijo adoptivo de mis padres, «mi hermano», quien me dice esto? —exclamó ella, muy alterada.

—¡Sí! Soy yo, el hijo adoptivo de tus padres, a quienes siempre he apreciado, a quienes debo la posición, el nombre, la fortuna, todo, todo, pero ¡yo no soy tu hermano, Eva! La ley no me da los mismos derechos que el corazón me confiere; si así fuera, si la sociedad me hubiera juzgado digno de protegerte, de ampararte, de asumir la responsabilidad de tus palabras y acciones, como un auténtico hermano, ¡¿te habrías quedado aquí, en el Mangueiral, a mi lado, en la dulce y santa intimidad en la que nos criaron tus padres?! ¡Ojalá pudiera yo tener, a los ojos de todos, el deber de aconsejarte y de vengarte!

—Pero ese es el deber de todo hombre de honor para con una mujer honesta...

—¡Cuando ultrajan a esa mujer en su presencia!

—No fue en tu presencia, pero ¿vas a negarme también el ultraje?

—Sí.

—¡Oh!

—Eva, te has puesto en una posición muy arriesgada en casa de tu tío; ya te he dicho en más de una ocasión que allí tus repetidas muestras de piedad hacia los esclavos podrían tomarse como una provocación. Seguramente, tu actitud enérgica y bondadosa haya sido malinterpretada a la vista de los tristes precedentes familiares... de viejos rencores, ¡cosas que los jóvenes olvidan y que los mayores conservan en la memoria!

—¿Viejos rencores? Pero ¿qué tengo yo que ver con todo eso? ¿Soy acaso la razón de ese misterioso odio que tantas amarguras causó a mis padres?

—No lo sé; ¡de todo eso sé tan poco como tú! Algún motivo grave debió desencadenarlo, aunque, en aquella época, las rencillas familiares eran frecuentes... Pero ahora no se trata de eso, sino de que has sido una imprudente.

—¡Pues no me arrepiento!

—Y también es cierto que pronto tendrás un protector natural, un marido que te proteja de todas las calumnias y traiciones. Tuve reparos en enviar hoy tu carta al señor Azevedo;

¡la enviaré mañana y se cumplirá tu deseo! —Paulo sacó la carta del bolsillo y la releyó en voz alta; luego le preguntó—: ¿No te arrepientes, Eva? —La muchacha guardó silencio—. ¿Sigues pensando en ofrecer tu mano a Azevedo?

—Sí.

Paulo se quedó lívido; después forzó una sonrisa y consintió:

—Haré lo que digas.

Volvió a plegar el papel y se disponía a guardarlo cuando Eva se lo pidió, con un gesto, extendiendo la mano hacia él. Paulo obedeció y ella, muy pálida, rompió la carta en pedacitos y los dejó caer al suelo. Luego se sentó en una esquina del diván.

—¡Decididamente, Eva, estás excesivamente exaltada!

—Sí, sí que lo estoy.

Paulo le aconsejó que fuera prudente y que hiciera un esfuerzo por tranquilizarse.

—Sin fuerza de voluntad, cualquier peligro es un abismo —le aseguró—. Ve a acostarte e intenta dormir. Entregarse a un disgusto es como entregarse a un enemigo. Descansa y ten paciencia, que serás feliz.

Eva se levantó, le tendió la mano, que él estrechó conmovido, y, dándole la espalda, se dirigió a su habitación sin decir nada más. Paulo abrió la ventana, se sentó y se puso a fumar, reflexionando sobre todo lo que había oído y perdiéndose en conjeturas.

CAPÍTULO 21

El día siguiente amaneció lluvioso y fresco; el cielo estaba teñido de gris, sin el menor atisbo de azul; las gotas de lluvia caían acompasadas, con un rítmico plic, plic, plic, y se deslizaban sobre los cristales de las ventanas.

Eva se despertó tarde; la fatiga y el enorme disgusto del día anterior la habían extenuado; había dormido toda la noche, sumida en un sueño profundo, producido por la violenta conmoción que había sufrido.

Viéndose en su antiguo cuarto, durmiendo en la misma cama estrecha sobre la que tantas veces había visto inclinarse, solícita, a su querida madre; contemplando aquellas paredes claras y sin adornos, el mobiliario elegante y sencillo, el alto espejo con una bandada de golondrinas pintada en una esquina... volviendo a ver así, al despertar, aquellos objetos tan queridos que en otro tiempo había cuidado con mimo, se sentía triste y alegre por momentos y ajena a su situación, como si hubiera llegado allí en una paz absoluta.

Se levantó tarde, rebuscó en los cajones y enseguida encontró, en el primero, su viejo libro de oraciones de tafilete granate y cierres de plata, un regalo de sus padres por su primera comunión. ¡Qué recuerdos despertó en ella! ¡Qué feliz se había sentido aquel día, con su bonito vestido de batista blanco y su velo de tul sobre la corona de rosas! Se había vestido así en esa misma habitación en la que se encontraba en ese momento. Palpitante de alegría, como una palomita blanca ensayando su primer vuelo. Y del cajón fue sacando varios objetos perfumados por la añoranza de una época lejana y feliz. Primero se topó con un abanico de sándalo, ya roto y muy pequeño, que el señor Morton le había regalado un día de Navidad, cuando todavía era una niña de vestidos cortos y creía que las hadas andaban por este mundo repartiendo pastillas de chocolate y bonitas muñecas por las camas de los niños. Después tomó una carpeta con sus primeros dibujos, cosas monstruosas: iglesias más bajas que personas, personas más bajas que bueyes y bueyes más bajos que ovejas. Luego vino su segundo libro de lectura, *Tesouro dos meninos*[21], ya ajado y amarillento, lleno de flores secas; a continuación, unas labores de ganchillo, elaboradas sin esmero, ¡con las prisas que caracterizan los trabajos infantiles! Más tarde, unos retratos, de ella y de Paulo, cuyo nombre aparecía ligado a todos los recuerdos, ya fuera su letra de colegial en unos ejercicios de francés que habían hecho juntos, su firma en el certificado de

[21] N. de la Trad.: Obra didáctica infantil originalmente en francés (*Le Trésor des enfants* [El tesoro de los niños]), que recogía fábulas y biografías de personajes históricos, y combinaba lecciones de historia, geografía y ciencias naturales con enseñanzas morales para su uso en la escuela y en casa.

bautismo de una muñeca o una flor dentro de un sobre con una dedicatoria. Así pasaron por las manos de Eva multitud de cosas inútiles, viejas, guardadas como reliquias, que hacían aflorar en su memoria fragmentos de su dichosa niñez. Entonces fue a abrir la ventana y se quedó mirando las flores del jardín, perladas por la lluvia.

El cielo parduzco ya presentaba tenues pinceladas de azul. Estaba así, apoyada en uno de los marcos de la ventana, aspirando el dulce aroma de la madreselva, cuando oyó que daban las diez; entonces se dirigió al comedor.

Paulo, como buen agricultor, se había levantado temprano y, a pesar del mal tiempo, ya había recorrido los campos envuelto en su amplio capote de hule.

Lo que Eva le había relatado le había causado una gran sorpresa y una dolorosa impresión. Había creído percibir en ella un sentimiento oculto, intenso, dominado por un orgullo de hierro.

Ese sentimiento era, en su opinión, un profundo amor por su primo.

Sin duda, Eva adoraba a Octavio y, para alejarse de él, buscaba a toda prisa un marido, por muy imbécil que fuera, dispuesta a cualquier sacrificio menos a inclinar la cabeza ante su tío, el viejo enemigo de su padre.

¡Eso era, sí! Algún día ellos serían felices; y él, Paulo, que sentía por Eva una pasión sin límites, una pasión vastísima, nacida en la adolescencia, vigorizada en la juventud, él, que había soñado con su posesión como el ideal de la felicidad en la tierra y que cada día parecía sentir crecer su amor haciéndose más grande y aún más sólido, ¡él mismo se esforzaría para que Octavio desposara a su prima y, después de verlos establecidos en el Mangueiral, en pleno disfrute de su amor, huiría bien lejos, a Europa o a los Estados Unidos, desde donde les escribiría relatos de sus viajes y falsas noticias de su felicidad y bienestar!

Decidido a intervenir y a aclarar todo lo oscuro de aquella embarazosa situación, Paulo se armó de un verdadero espíritu estoico y decidió acelerar el matrimonio de Eva con Octavio.

Costaría un poco vencer la mala voluntad del comendador Medeiros; para él, era un hecho que el viejo hacendado no abrigaba ni podría albergar ningún odio hacia su sobrina y que su reciente e incomprensible actitud hacia ella no se debía a nada más que al temor y a la percepción del amor que ella y su hijo se profesaban.

Medeiros era ambicioso y la fortuna de Eva, por muy cuantiosa que fuera, distaba mucho de ser comparable a la de algunas de las jóvenes del municipio.

Hacía tiempo que se hablaba del enlace de Octavio con Sinhá, la sobrina de Antunes. Ella sí podría satisfacer todos los proyectos gananciosos del comendador.

Paulo se propuso convencerlo cediendo la mayor parte de su pequeña fortuna como dote a su hermana adoptiva.

Eva se encontraba en una posición delicada; él deseaba librarla de toda sospecha sin empeorar su situación con arrebatos de indignación. La soledad y el estudio habían refinado su juicio reflexivo; abnegado y honesto, era capaz de un crimen si de ello dependiera el honor y la felicidad de la joven, pero, como no se dejaba cegar por las primeras impresiones ni era violento, estaba convencido de su triunfo. Tranquilo, animoso e inteligente, salía al encuentro del peligro sin alardear de valor, discutía con firmeza y serenidad, y de casi todas las cuestiones salía victorioso.

Cuando Eva entró en el comedor, Paulo tamborileaba con los dedos en la puerta del jardín, contemplando, a través de los cristales, los árboles bañados por la lluvia.

El almuerzo, ya preparado, los esperaba; se sentaron a la mesa. Ambos parecían incómodos; comieron y hablaron poco; los servía una criada de la colonia, una muchacha diligente, morena y entrada en carnes, con los dientes muy blancos y el cabello negro y liso, recogido en lo alto de la cabeza con trenzas apretadas.

Una vez terminado el almuerzo, fueron a la sala de música. Paulo instó a Eva para que tocara y le aconsejó que fingiera estar contenta hasta que lo estuviera por costumbre; que se sintiera en su casa, dando órdenes, haciéndose cargo del gobierno del hogar, afanándose en cuerpo y alma en diversas y absorbentes preocupaciones; que alejara de su memoria el disgusto de la víspera, ya que todo se arreglaría sin tribulaciones y la paz y la alegría pronto la unirían a la familia Medeiros. Todo esto lo afirmaba con una amplia sonrisa, conduciendo a la joven hacia el piano. Luego le dijo que tenía que salir y que no lo esperara hasta la tarde. Eva, sin responder, se puso a tocar, mecánicamente, las primeras notas de *En pleurant*, de Godard[22]. Paulo escuchó unos cuantos compases y después salió.

Dejando a medias la canción, Eva se acercó a la ventana; las ruedas del carruaje en el que Paulo se había marchado habían imprimido dos surcos profundos en la tierra mojada. Ya no llovía; el cielo era completamente azul; el sol emitía destellos; las hojas de las plantas estaban húmedas; los campos, inundados de luz y empapados de agua,

[22] N. de la Trad.: Benjamin Godard (1849-1895) fue un compositor romántico francés.

tenían una frescura encantadora; y las cabecitas graciosas de las palomas, asomando por las puertas del palomar como para consultar con curiosidad el tiempo, hicieron sonreír a la muchacha.

Había llegado a la conclusión de que Paulo había ido a Santa Genoveva; lo esperaba con impaciencia, y al mismo tiempo no se veía con ánimos de preguntarle nada al respecto; temía algo que no conseguía definir y le venía una y otra vez a la mente, de forma impertinente, la frase de Paulo, refiriéndose a lo acontecido el día anterior: «Has sido impulsiva e imprudente».

¿Qué debería haber hecho? ¿Humillarse, triste y resignada, ante su tío? ¿Reforzar sus sospechas de seducción aceptando la generosa oferta y propuesta de Octavio? ¿La amaría él realmente? Regresó al centro de la salita, se sentó junto a la mesa y se puso a hojear un libro, decidida a hablar francamente con Paulo sobre la conveniencia de encontrar un marido. No permaneció así mucho tiempo; al cabo de unos instantes, siguiendo el consejo de Paulo, recorrió toda la casa, repitiendo algunas órdenes, cambiando de posición algunos muebles, pesando las provisiones para la cena en la despensa y organizando al servicio. Las tareas domésticas surtieron efecto; Eva se distrajo.

CAPÍTULO 22

Eran las dos de la tarde cuando Paulo llegó a Santa Genoveva; se apeó del carruaje encapotado en el que había hecho el viaje y entró en el corredor de la casa de Medeiros. Unos críos con camisas de algodón grueso, barriguitas prominentes y las velas colgando de la nariz habían entrado corriendo al verlo, y de una sala cercana salió Noemia, desprevenida; al toparse con Paulo, retrocedió sorprendida y se puso colorada, pero, superando enseguida la conmoción, se acercó a él y le preguntó con los ojos llenos de lágrimas:

—¿Cómo está Eva? ¿Por qué no vuelve? La he echado tanto de menos... ¡No se puede hacer una idea! La ha regañado, ¿verdad?

—Yo no estoy en posición de regañar a Eva, señora mía...

—Pero si lo estuviera, la regañaría, ¿no es así?

—No...

—¡¿No?!

—¡Eva hizo lo que tenía que hacer!

—¡Cielo santo! ¡Yo no entiendo nada! —dijo Noemia, mirando con unos ingenuos ojos marrones al joven.

—Ni yo...

—¡¿Usted tampoco?! ¿Entonces...?

—He venido aquí para que me aclaren lo que ha ocurrido.

—¡Ah! ¿Quiere hablar con padre?

—Así es.

—¡Qué lástima! ¡No está aquí! Se ha ido a la finca del compadre Antunes.

—Puedo esperar...

—¿En la habitación de Octavio?

—¡Donde me manden!

—Será mejor que vaya allí. Pobrecito, está solo... Venga, por favor, entre... por aquí.

Paulo la obedeció y siguió la figura grácil y elegante de la muchacha. Pensó que parecía un pajarito blanco y puro entre lechuzas tenebrosas, una rosa fresca y fragante entre zarzas secas y sin aroma.

Después de acompañar a Paulo a la habitación de su hermano, Noemia salió corriendo a la antigua salita de estudio, se encerró en ella y, alborozada y temblorosa, se sentó en un rincón mientras se apretaba el corazón con las manos; hacía aquello inconscientemente; anhelaba estar al lado de Paulo, oír su voz, verlo, sonreírle y, sin embargo, se alejaba de él... de él, que había venido por primera vez a Santa Genoveva, que era la persona con la que deseaba estar todos los días. Tenía ganas de volver a su lado, pero se reprimía, temerosa, y meditaba: «¡Debe de pensar que soy una boba y una insípida, creerá que no sé hablar, que soy una niña!». Y repasaba mentalmente las cosas que había dicho y oído, analizándolas torpemente, con una deliciosa turbación.

Entretanto, Paulo y Octavio conversaban sobre lo ocurrido entre Eva y el comendador.

El primero pedía que se le diera una explicación perentoria, exigiendo con mucha corrección una exposición límpida del caso. El segundo, dejando entrever el disgusto que le había causado la negativa de su prima, relataba, con la minuciosidad de un informe judicial, todo lo que había oído durante la noche de la revuelta, así como su inquebrantable determinación por descubrir quién estaba detrás de todo ese sucio asunto. Mostraba una tenue esperanza de que, si ayudaba a su prima a aclarar la situación y ella salía victoriosa, volvería un día a Santa Genoveva y le perdonaría la audacia de haberle pedido matrimonio.

Esa media confesión hizo que Paulo diera marcha atrás en su propósito; él estaba tratando de garantizar la felicidad de la muchacha y creía que, para lograrlo, la única vía posible era la que Octavio había abierto. Paulo creía que Eva estaba enamorada de su primo, pero no iba a poder acercarla a él si este no mostraba diligencia y un mayor compromiso. Eva era orgullosa; se moriría de pena, pero no aceptaría jamás incumplir su palabra sin que hubiera una causa superior para hacerlo. Él, Paulo, tendría que sacrificar su deseo, su felicidad, su honor incluso, con tal de que ella fuera dichosa algún día. Para serlo, tendría que casarse con Octavio y, para casarse con el joven Medeiros, era imperativo que este actuara heroicamente, que demostrara no solo con palabras, sino también con pruebas que la propuesta que le había hecho no había sido fruto de un acto impulsivo, capricho del momento, sino de una pasión de raíces profundas y vigorosas.

Paulo esbozaba dolorosamente ese plan en la mente mientras Octavio le detallaba con entusiasmo sus proyectos:

—Todo esto —concluía el joven Medeiros— nos parece de una falsedad novelesca y completamente impropia de nuestro tiempo y, sin embargo, en realidad, la culpa es precisamente de la época que estamos atravesando. Los esclavistas están siempre prevenidos contra los abolicionistas y listos para acusarlos de cualquier falta. En sus comentarios más simples y sinceros, ellos ya ven una intención oculta o una perversa insinuación.

»Los amos de los esclavos suelen tener una idea muy equivocada de su tiempo; no tratan de averiguar de dónde procede la razón ni en qué se basa la moral.

»Como no encuentran argumentos sólidos para defender sus ideas, en vez de batallar, tratan de aplastar a sus adversarios. Por eso lanzan contra los abolicionistas los insultos más vejatorios. Ni siquiera es preciso abogar por la causa de la libertad, ¡basta con que alguien manifieste un sentimiento piadoso por un esclavo para que lo consideren inmediatamente sospechoso!

»La mujer brasileña, como bien sabe, nunca ha mostrado tener corazón en este sentido.

»Es triste, pero es así.

»Eva, aunque no extienda más allá del ámbito familiar su propaganda a favor de los esclavos, es una excepción que me ha sorprendido. Todas las demás, ¿qué hacen? ¿Dónde esconden las lágrimas de compasión para que nadie las vea? Decididamente, a tenor de lo visto, estoy perdiendo la fe en la tan pregonada bondad de las mujeres.

»Ha sido precisamente esta piedad con los cautivos la que ha perjudicado a Eva. Si hubiera mostrado indiferencia, como todas las demás señoras, a nadie en absoluto se le habría ocurrido mezclar su nombre en todo esto.

»Condicionados por el medio en el que viven, temerosos de perder sus fortunas y dominados por la fuerza de las viejas costumbres, los esclavistas no miden el daño que le hacen a su propia causa con estos alborotos.

»En lugar de transigir, al menos con algún que otro punto, responden todavía con más severidad, queriendo frenar la libertad que empieza a agitarse, sin darse cuenta de que ¡cuanto más se aprieta el freno, más indómito es el deseo de correr! Parece que a medida que va entrando la luz en la mente del negro se van condensando las tinieblas en la mente del blanco, ¡porque el miedo es negro y la aspiración de la libertad es de una albura inmaculada!

»Mi padre —continuó Octavio— nació entre esclavos; lo educaron para ver y oír, desde la más tierna infancia, escenas de esclavitud; se habituó a ella. Amasó su fortuna como amo de esclavos, sin plantearse nunca si la ley que le garantizaba esa propiedad era injusta o no. Hace unos años, se alzó una voz en protesta de algo que para él era natural por la fuerza de la costumbre: detrás de esa voz, vino otra y luego otras más, que lo trastornaron completamente. Los lamentos y las súplicas de Eva no fueron más que la gota que colmó el vaso. Sin comprender la imprudencia que cometía, llevada únicamente por los impulsos del corazón, ella intervenía a menudo en favor de los cautivos, entre los que despertó simpatía. Estas intervenciones fueron desastrosas. Confiando en su madrinazgo, los esclavos cada vez incurrían en más y más faltas, hasta tal punto que mi padre se vio obligado a negarle los favores solicitados. Puede que eso diera lugar a cierto resentimiento y ese resentimiento a una desconfianza mutua. Esto fue lo que contribuyó, en parte, al recelo pueril que mi padre abriga con respecto al daño que cree que Eva quiere causarle.

»En cualquier caso, hay que reconocerle el hecho de que no partió de él semejante sospecha; afloró en su interior después de que otra persona, que, naturalmente, sabía cómo pensaba, la sembrara. ¿Con qué fin? ¡Eso es algo que no alcanzo a adivinar! Lo que sí me aventuro a afirmar es que esto seguramente no habría ocurrido hace quince años. Algunas cosas insignificantes pueden volverse serias a veces, dependiendo de cómo se manejen o de cuándo se produzcan. Pues bien, en nuestro caso, insisto, la clave del problema reside en la época que atravesamos; por lo menos, yo así lo creo. La provincia vive de la agricultura y entiende que esta depende exclusivamente de los esclavos; ¡sin ellos, el país está arruinado!

»De ahí el miedo que los agricultores le tienen, en general, a todo lo que les parezca una reforma y a todos los que proclamen en voz alta la necesidad de que esta se produzca.

»En la persecución del abolicionismo no ven la indignación ni la piedad por una raza sometida e infeliz, sino la envidia por sus bienes y el deseo feroz de arruinarlos. Hoy en día no se razona; se aceptan todas las ideas, por absurdas que sean, siempre que se opongan a las de los enemigos. Los agricultores tienen el juicio nublado, y en tales condiciones es fácil que germine rápidamente un sentimiento erróneo.

Paulo discutió con Octavio largo y tendido; finalmente, decidido a cederle toda la parte activa de la defensa de Eva, se levantó y le instó a acelerar la reconciliación de la familia y a definir la situación en la que se encontraban. Por su parte, el administrador del Mangueiral prometió ayudarlos ejerciendo toda su influencia sobre Eva; pero, como el caso no admitía aplazamientos, urgía deliberar y actuar, y le hizo ver la inconveniencia de los comentarios que, probablemente, la gente empezaría a hacer cuando en la ciudad se supiera o sospechara lo que había sucedido.

—Nadie sabrá la razón por la que Eva se fue de aquí —afirmó Octavio—, ¡y tampoco es de extrañar que ella pase algún tiempo en una de sus propiedades! Sean discretos, que ya se me ocurrirá una explicación que los satisfaga.

—¿Y hasta entonces?

—Hay que tener paciencia...

—¡Imposible, amigo mío! La posición de Eva es en extremo delicada; no es justo que nos crucemos de brazos a la espera de unas explicaciones que pueden llegar tarde...

—¡Que no! —repuso Octavio.

Según él, todo se arreglaría al cabo de unos días; ya se sentía con fuerzas y saldría esa misma tarde, a modo de prueba, para poder ir al día siguiente a la ciudad... Le pidió insistentemente a Paulo que no hablara con el comendador, aconsejándole que tanto él como Eva adoptaran una actitud firme e independiente.

Cuando se separaron eran las cuatro. Paulo atravesó a solas la sala y el corredor y subió al coche de caballos sin reparar en que, desde una ventana cerrada, Noemia espiaba todos sus movimientos.

No se iba satisfecho. No le había gustado la retórica malsana de Octavio ni su enamoradizo embobamiento. Puede que fuera la voz de los celos la que hablaba o la indignación por no encontrar en su interlocutor más afán por defender a Eva, el caso es que se iba desconsolado mientras reflexionaba sobre lo que había oído.

¡Era evidente que Octavio y Eva se amaban! Para acelerar un desenlace feliz a aquel afecto recíproco, él, Paulo, tendría que hacer exactamente lo que había prometido: confiarle toda la acción a Octavio y encogerse de forma inútil y estúpida en su congoja.

Meditó sobre eso durante mucho tiempo; después, se convenció de que se había actuado con precipitación de parte a parte y de que tal vez el asunto no revistiera la gravedad que él le quería dar.

Se distrajo en cuanto entró en las tierras del Mangueiral. A la izquierda, veía los tejados rojos de las casas de la colonia, con los terrenos frente a ellas bien cultivados; un poco más adelante, los vastos cafetales se extendían hasta donde alcanzaba la vista, a ambos lados, en largas calles simétricas; después, un grupo de trabajadores, hombres y mujeres, fuertes, alegres, con los pies enterrados en el barro, manejaban la azada con destreza y energía. Unos niños risueños lo habían vitoreado al pasar. Dejando atrás los cafetales, bordeó el pastizal, de un verde satinado, sobre el que el ganado ponía notas de color blancas, negras y marrones; contempló luego el gran muro bajo del vergel, los cenadores del jardín, la hilera de magnolios, los macizos de verbenas variadas y la pared lateral de la casa, totalmente cubierta por el follaje grueso, espeso y menudo de la enredadera. ¡Qué diferencia entre el Mangueiral y las demás haciendas de los alrededores! La comparaba con la de Medeiros... Santa Genoveva era como todas las fincas de São Paulo: un gran caserón rodeado de tierras sin cultivar, sin flores en las ventanas, ¡sin ni siquiera un árbol para darle sombra a la puerta! ¡Aislada como un centinela temeroso, mirando con desconfianza a su alrededor! El huerto, el jardín y el vergel, concentrados en una sola zona, separada de la vivienda por un largo patio desnudo, recalentado. Dentro de la casa, la misma falta de comodidades; escasos muebles, ninguna elegancia. En el corredor, unos muchachitos negros, en camisa; en el comedor, largo y sombrío, unas hamacas, una mesa y unos bancos toscos. En la parte delantera, el patio de secado de café, de ladrillo; un sol intenso castigando la tierra seca, cuyo reflejo teñía de color amarillento las paredes de las *senzala*, habitaciones sin luz que daban a un corredor donde las ventanas estaban enrejadas como las cárceles.

En los campos, los esclavos, desnudos de cintura para arriba, perlados de sudor, levantaban penosamente la azada mirando de reojo al capataz, hasta que venían en una escudilla las alubias con polenta de la cena. Entonces llegaba el momento de descansar; se sentaban en el suelo y devoraban la comida, llenando hasta rebosar las cucharas de hierro o de estaño.

¡Qué diferente era el Mangueiral, donde los trabajadores eran libres, la cosecha crecía sin el riego de las lágrimas, las viviendas de los colonos eran claras y estaban oreadas y limpias, y la casa señorial lucía llena de plantas, cubierta de perfumes y de dulces sombras! Sería menos rentable, tal vez, pero sin duda era mucho más agradable. Era la hacienda del futuro, destacando sobre todas las demás, ordinarias y anodinas. Tenía, como pocas, abundancia de fruta, verdura y agua, y, sobre todo, ¡mucha paz y alegría!

Era criticada por los demás hacendados, unos reaccionarios, que lamentaban y censuraban su mala administración; aseveraban que daría el triple si la supieran gestionar; carecía del elemento principal: el esclavo, que trabajaba indudablemente más que cualquier blanco, siempre que estuviera bajo el control de un capataz severo; le faltaba economía y rutina, y le sobraban los ramos de rosas modernas, los árboles frutales y ornamentales, la comodidad de un hogar bien decorado «al estilo de la ciudad», las verduras y la leche que distribuía en abundancia a los trabajadores... es decir, todas las regalías que ofrecen necesariamente las propiedades de esa clase. Sin embargo, el Mangueiral seguía adornándose y prodigando beneficios a sus empleados.

Los vecinos se burlaban de cada nueva mejora que se ponía en práctica y se encogían de hombros con desdén. No sentían envidia, desgraciadamente, porque, si la experimentaran, quizás intentarían probar el mismo sistema, lo cual beneficiaría en gran medida su educación. Paulo lamentaba verse aislado en medio de tantas tierras fértiles y hermosas, todavía esclavas de una gestión perversa, produciendo formidablemente, sí, pero sacrificando miles de hombres en el proceso.

Comparar los grandes latifundios con el Mangueiral le hacía sonreír; los primeros albergaban considerables fortunas, abundantes cosechas, pero también la miseria extrema de la degradante esclavitud; en el Mangueiral, en cambio, se había conseguido llegar a un generoso término medio, el bienestar se extendía desde la casa señorial hasta la más pequeña; ¡reinaba la ley, la razón, la justicia! Para el agricultor de corazón, al que une un vínculo de amor con la tierra que cultiva, ¿no es acaso esta felicidad la más reconfortante?

Paulo iba pensando en todo esto, cuando el carruaje se detuvo en la puerta de la casa.

Eva salió a su encuentro.

—¿Vienes de Santa Genoveva?

—Sí, de allí vengo...

—¿Octavio ya se encuentra mejor?

—Ya está casi recuperado...

—Habéis hablado, por supuesto, acerca de lo que pasó ayer, ¿no es así?

—Sí, por supuesto.

—¿Y bien...?

—Pronto se harán las paces y volverás allí...

—Prefiero seguir viviendo aquí...

—O vivirás aquí, pero no de esta manera...

—¡¿Y de qué manera, entonces?!

—Casada.

—¡Eso nunca!

Paulo sonrió y añadió:

—¡Deja de decir eso! Los resentimientos pasarán. Ya verás como tú y el comendador acabaréis siendo muy buenos amigos... Octavio es un muchacho de buen corazón y te ama profundamente.

Eva miró de hito en hito a Paulo, asombrada, y este, cambiando el tono y tratando de esquivar el asunto, le preguntó:

—La «señora de la casa» ha mandado preparar una buena cena para su estreno, ¿no es así? Eso espero, porque mira que tengo un hambre...

Eva no le respondió, se dio media vuelta y se marchó hacia la veranda.

CAPÍTULO 23

Tras un largo tiempo de reclusión, Octavio se dirigió a la casa de su viejo amigo Morton una hermosa mañana soleada. Lo encontró escribiendo en su amplio escritorio cubierto de papeles. Habló con él largo y tendido; necesitaba aclararse con la información de la que disponía. Le hizo repetir la misma historia que ya le había oído contar, escuchándolo con mucha más calma, sopesando las palabras una por una. Pero el anciano también le exigió, con todo su derecho como amigo, que le relatara lo que había sucedido en Santa Genoveva, y él refirió minuciosamente todo lo acontecido, sin ocultar ni siquiera la parte referente a Eva y reconociendo sus intenciones.

Morton meditaba, en recogimiento, con las manos en los bolsillos, la mirada fija en un punto y el cuerpo recostado en la silla con respaldo redondo de rejilla.

—¿Y qué planea hacer? —preguntó Morton tras un breve silencio.

—Descubrir a los capangas y arrancarles la verdad por la fuerza.

—¿Cómo espera encontrarlos?

—¡Eso todavía no lo sé!

—¿Alcanzó a ver bien a alguno de ellos?

—No; era de noche, como ya sabe, y además ¡era una noche muy oscura! Pero oí sus voces.

—Eso no es suficiente: podría confundirse... Se me acaba de ocurrir algo...

—¿El qué?

—Es un poco descabellado, pero, bueno, es posible.... Como le decía, se me acaba de ocurrir que Antunes esté involucrado en todo eso.

—¡¿Antunes?!

—¡Sí, Antunes! ¿De qué se sorprende?

—Lo conozco desde hace muchos años; ¡sería incapaz! ¡Él es honrado! —respondió Octavio.

—¡¿Honrado?! Tenga en cuenta que yo lo conozco desde hace más tiempo.

—¡Por el amor de Dios, Morton! ¿Es que no ve que eso es absurdo?

—No es tan absurdo...

—¿Qué interés iba a tener el pobre hombre en conspirar contra Eva?

—¡Lo que pasa es que ustedes se equivocan de cabo a rabo con él! ¡Antunes es un canalla, un bruto y un cobarde! ¡Toda esta historia es exactamente de su estilo! Créame, amigo mío; yo no hablaría así sin tener motivos. ¡Ya lo pillé una vez en algo parecido! ¡Y ahí está! Además, es la única persona que puede tener interés en echar a Eva de Santa Genoveva...

—¿Por qué?

—¡¿Por qué?! Pero ¡mire que es ingenuo! Corren rumores de que el tipo aspira a casarlo con su sobrina...

—Eso parece...

—¿Y entonces...? ¿Es que no se da cuenta?

—¿Darme cuenta de qué? ¡No entiendo nada!

—¡No doy crédito! ¿Es que no ve que la presencia de su prima en la hacienda puede perjudicar los planes de Antunes? Eva es inteligente, es hermosa, tiene una educación muy poco habitual por estos lares; es, por lo tanto, peligrosa. No sería nada extraño que usted se enamorara de ella, ¡y eso es lo que él no quiere!

—¡Eso sería una tontería! ¡Un auténtico desatino! Discúlpeme, Morton, pero rechazo su hipótesis.

—¡Pues no debería! Conozco a Antunes desde hace unos treinta años y ¡tengo serias razones para sospechar de él! Era un enemigo acérrimo de Gabriel Medeiros y ha extendido el rencor a su hija. Recientemente, hace cosa de un mes, o puede que algo menos, tuvo una pendencia con Azevedo por un esclavo que este último había manumitido con el dinero de Eva. Un hijo natural de Antunes, que murió a manos de los esclavos y del que heredó la finca que hoy administra, ¡tuvo la veleidad de pedir la mano de Eva! Con los ojos puestos en la dote, evidentemente; ¡ella no era más que una niña! La familia se opuso y él tuvo que pasar el mal trago.

»A mí me parece que todo esto debe de haber influido de alguna manera en la historia que me acaba de contar.

—Siempre había tenido a Antunes en muy alta estima...

—Pues, si yo fuera usted, intentaría saber quiénes son sus capangas; puede que entonces no sea difícil descubrir la verdad...

—En tal caso, lo más leal sería preguntarle a él directamente.

—¡Eso sería una imprudencia, mi querido amigo! En cualquier caso, usted haga lo que crea conveniente, pero le aseguro que con los tipos como él más vale astucia que lealtad.

La conversación se prolongó durante más de una hora.

Al salir de la casa de Morton, Octavio se llevó la correspondencia de la oficina de correos y se dirigió al Monjolo, la hacienda de Antunes.

Hacía calor; el camino sin sombra atravesaba vastos campos baldíos y descoloridos, cubiertos de matas blanquecinas de la hierba forrajera *Aristida*.

A Octavio, a quien el sol y el viaje habían dejado molido, se le estaban empezando a cerrar los ojos cuando el carruaje, dando un rodeo, descendió a trompicones hasta un maizal, que luego cruzó lentamente, desmenuzando bajo las ruedas, con un ruido sordo y áspero, el follaje seco que tapizaba el suelo. A un lado y al otro, pendían de las plantas, en actitud de cansancio, como espadas vencidas, las alargadas hojas del maíz; y, por encima, las mazorcas se erguían envueltas en sus farfollas ya amarillentas, con las espesas borlas rojizas de fino filamento rizado sueltas, como los penachos de un sombrero militar. Una vez dejaron atrás el campo de maíz, llegaron a un camino sombreado por momentos por algunos árboles de copa achatada y ancha. Después de unos cuatrocientos metros, delante de unos agaves que crecían inclinados en un terraplén, aparecía una casa rústica, con dos puertas en la parte delantera, paredes mal encaladas, techo bajo y un patio a un lado, cercado por toscos trozos de madera atados con lianas, con dos naranjos amargos, un banano en una esquina y un guayabo raquítico con las ramas estranguladas en la cerca. Era una venta, y dentro cantaban al son de una guitarra. Octavio creyó reconocer aquella voz y mandó parar al cochero. Entró.

El ventero, con las mangas arremangadas, anotaba con grandes letras una relación del café que los esclavos de los alrededores robaban a sus amos y que luego le vendían a él por una suma ridícula: era su negocio y lo que lo enriquecía a la sombra de media docena de botellas de cerveza nacional, que vendía a precio de coste a algún que otro viajero. Octavio le pidió aguardiente, agua y azúcar, y mientras el ventero, inclinado sobre el mostrador pringoso en el que había clavado dos monedas de cobre, le servía, él paseaba la mirada con curiosidad por el recinto.

En tres burdos estantes laterales se disponían muchas botellas de vidrio y de barro, alguna que otra de cerveza o coñac; también había cedazos de diversos tamaños, sombreros de paja gruesa, unos rollos de tabaco en cuerda y, en una caja, mucho jabón de ceniza, negro, en bolas, envuelto en hojas de maíz.

Al fondo, sentado en un barril, un mestizo alto, delgado, con una gran melena desgreñada que le caía hasta los hombros, una barba irregular y al ras, y ojos lánguidos. Llevaba la camisa abierta, mostrando un pecho velludo, un pañuelo mal atado al cuello, pantalones de algodón y un gran cuchillo al lado, en una funda de cuero sujeta al cinturón.

Junto a él, sentada en el primer peldaño de una pequeña escalera que bajaba hacia el interior, una joven *caipira*, a la que solo se le veía el busto, se alisaba el cabello negro y suelto con un peine de cuerno de búfalo. Ella le sonreía al guitarrista; él seguía cantando, bamboleándose sobre el barril:

Santo Antonio ata a negros
al borde de la maleza:

todos los santos «tan» quietos,
¡San Antonio está en problemas!

La madama de Campinas
me mandó llamar,
la madama de São Paulo
no me deja marchar.

Mi sombrero de paja;
me costó mil quinientos.
Si lo pongo en la cabeza,
no me falta casamiento.

—Cante la otra, la del pachulí... —le pidió la joven. Él accedió de inmediato y, cambiando de tono, comenzó de nuevo:

Zapatillas de andar por casa
forradas de marroquí;
reloj de oro,
cadena de trencellín;
pañuelo blanco en el bolsillo,
oliendo a pachulí.
Ay, ay, amor mío,
si yo pudiese andar así.

Octavio esperó a que la canción terminara; el hombre todavía rasgueó unos cuantos compases más antes del acorde final, que amortiguó inmediatamente después, apoyando la mano abierta contra las cuerdas.

—¡Échese otra, *nhô* Quim! —le rogó la muchacha, con ese acento pausado y lánguido de la gente del campo.

—Más tarde, *¡nhá* Tuca!

—¡Vaya, vaya! ¡Hoy *ta* muy tontivano!

—¡No, no lo *toy*! ¡Por la noche vamos a venir todos juntos *pa* echar un *cateretê*[23] al son de la guitarra, caramba!

—¡No se olvide del acordeón! —apuntó el ventero.

—Yo lo *presto*[24] a Cacuta y vengo a tocar...

—Necesitamos conseguir unas *velas*[25] —señaló la joven.

Dejando a un lado la guitarra, el *caipira* se levantó y enrolló un cigarrillo mientras Octavio pagaba la cuenta. Salieron al mismo tiempo. Bordearon el patio cercado de la venta, por el que algunas gallinas sueltas cacareaban, picoteando las piedrecitas y los hierbajos.

El mestizo parecía haber adivinado la intención del muchacho: lo seguía de cerca, esperando a que lo llamara.

Y así fue; Octavio se volvió hacia él y le dijo:

—Hágame un favor.

—Diga.

—Quiero saber si fue usted quien me disparó hace veinte días un tiro en el hombro.

—Puede ser...

—Quiero saberlo con seguridad.

—Explíquese mejor...

—Ya me he explicado. ¡Quiero saber quién me atacó!

—¡Ah! ¿Fue usted al que hirieron?

Octavio, armándose de paciencia, le reveló sus intenciones y le ofreció una buena suma de dinero.

---

[23] N. de la Trad.: Baile del folclore brasileño, en el que se forman dos filas, una de hombres y otra de mujeres, y las posiciones van cambiando al son de las palmas, los pies y las guitarras.

[24] N. de la A.: Los paulistas suelen usan «prestar» para decir «pedir prestado», por eso es habitual escuchar frases como «F. me "prestó" mi caballo» o «No tenía casa, pero "presté" la de mi amigo», etc.

[25] N. de la A.: Los *caipiras* llaman «velas» a las lámparas.

El otro, tras un breve momento de reflexión, murmuró:

—¡*Ta* bien! Él me engañó, ¡yo no lo encubro!

—¿Y ese «él» quién era?

—¡Pues el propio *nhô Furtuoso*!

—¿Y quién es *nhô* Fructuoso?

—¡Sopla! ¡¿Usted no lo conoce?!

—No.

—Es un capanga con arrestos y tiene fama por todo el *sertão*.

Entonces le contó que el tal Fructuoso vivía en las tierras de Antunes y que pernoctaba muchas veces en el Monjolo.

Octavio se dirigió esperanzado a la hacienda de su amigo. Después de media hora de camino, abrió el portón del Monjolo. Todo era ramplón: pastos llenos de retama, cafetales maltratados y la casa señorial pobre, baja, sucia, aislada en un terreno moteado y árido. A corta distancia, se situaba la represa, que brillaba al sol como una gran plancha de acero, y, en la cerca del huerto, mucha ropa tendida, secándose.

Octavio entró en una sala de la planta baja con dos ventanas sin moldura, en la que, por todo mobiliario, había una mesa de pino y cuatro sillas. En un rincón, maduraba un racimo de bananas; en el marco de la puerta, colgaba una jaula con un zorzal, y, bajo la mesa, apoyada contra la pared, reposaba una caja de hojalata con la tapa ya abollada. En una balda, una botella de miel de tabaco[26] para golpes y mordeduras; una cajita de madera con mercurio dulce de Lisboa para curar heridas infestadas por larvas; y una lata de ungüento para las heridas. Junto

---

[26] N. de la Trad.: En portugués, *mel do fumo*, sustancia viscosa y dulce que gotea del tabaco de cuerda y que se extrae durante el proceso de torsión.

al perchero, un látigo de rabo de armadillo y una chupalla, un sombrero de paja chileno. En otra esquina, tres trozos de madera de perobá para los mangos de los látigos.

Nada más.

—El *señó* ta en el campo —le anunció una mujer negra, joven y aseada. Octavio decidió esperar por él.

El ama de llaves lo miró de hito en hito cuando pasó por la veranda, sin saludarlo, camino de la cocina, con un plato en la mano; al volver, lo observó de nuevo, atreviéndose incluso a entrar en la sala donde estaba Octavio y a mostrarle, sin ningún pudor, los pies sin calcetines en unas chinelas trenzadas y el cuerpo sin corpiño en un vestido de tela indiana. Sin embargo, avergonzada y arrepentida, se apresuró a volver dentro y se puso a espiarlo por la rendija de la puerta lateral. Reinaba un silencio sepulcral. El sol se reflejaba abrasador en las paredes de la casa; los gallos cantaban de vez en cuando, a lo lejos; y el zorzal picoteaba media naranja que le habían dejado en el suelo de la jaula.

La criada negra regresó con una bandeja de café; Octavio lo bebió mecánicamente y luego, volviéndose hacia la joven, le preguntó:

—¿Sabría decirme si Fructuoso está hoy por aquí?

—¿*Furtuoso*? Se marchó de viaje...

—¿Cuándo partió?

—¿Eh?

—¿Que cuándo se fue?

—Hoy mismo... de mañanita.

La criada salió; los gallos seguían cantando a lo lejos; el zorzal, muy somnoliento, se subió a su percha; y Octavio, contrariado por la ausencia de Fructuoso, sintió que todavía lo vigilaban a través de la puerta semicerrada de la izquierda.

La áspera voz de Antunes, que se aproximaba hablando en voz alta con otra persona, rompió aquella monotonía.

—Así es. Fructuoso se ha ido a Casa Branca... ¡Por lo visto no volverá tan pronto!

—¿Y Navarrinho?

—¡Él también fue!

—¿A Casa Branca?

—Sí, señor.

—¡Caray! Parece que el asunto está cerrado, entonces.

—Así es.

Entraron.

Antunes lanzó una exclamación de alegría cuando vio a Octavio y se lo presentó a su amigo, un agricultor corpulento y moreno. Este, después de intercambiar media docena de palabras, volvió a referirse a la marcha a Casa Branca del capanga Fructuoso, mostrando su contrariedad, ya que afirmaba necesitar a aquel hombre.

Sirvieron café de nuevo. La conversación tomó rumbos diferentes. Octavio consiguió, diestramente, abordar el tema de la revolución que había tenido lugar en Santa Genoveva y hablar de sus causas y efectos sin perder de vista la fisonomía del dueño de la casa, cuyas facciones escudriñaba, en busca de cualquier atisbo de culpabilidad.

El ancho rostro de su amigo no dejaba entrever la más mínima emoción. Alicaído, regresó a Santa Genoveva. Al poco de entrar en la casa, se enteró por su padre de que Trigueirinhos había escrito invitándolo a él y a toda la familia a asistir a la inauguración de su nueva máquina Paulistana, la descascadora de café de la empresa Lidgerwood.

El comendador estaba pletórico y Octavio decidió en ese mismo instante que él también iría.

CAPÍTULO 24

Fijaron la salida para dos días más tarde con el fin de que la familia tuviera margen para organizar todos los preparativos del viaje.

A Noemia la alegró la idea del paseo y de ver a su hermana; no había vuelto a saber nada del proyectado matrimonio con el hijo de Siqueira Franco, por lo que supuso que todo había terminado definitivamente con la intervención de Octavio. Sin embargo, no era así. Esa misma tarde, su madre fue a decirle, a instancias de su marido, que los Franco, padre e hijo, iban a ir a Casa Branca, invitados por Trigueirinhos, a petición del comendador; Nicota daría una cena en honor a los prometidos y allí fijarían la fecha de la boda. Luego habló de encargar las ropas blancas, los vestidos, las joyas..., un bonito y rico ajuar, para que no hubiera retrasos ni disgustos. Así lo deseaba su padre.

Al oír estas palabras, la pobre muchacha se echó a llorar; su madre se quedó con ella un poco más, tal vez buscando una palabra de consuelo que no llegó a sus labios, ni siquiera como un débil susurro.

Durante la noche, Noemia se sintió febril y, a la mañana siguiente, se levantó abatida y pálida.

Su hermano trató de animarla prometiéndole que la ayudaría.

Después del almuerzo, Octavio se marchó; sabía que el doctor Castro partía hacia Pernambuco y quería agradecerle sus cuidados; también pensaba ir al Mangueiral, pues creía que debía confiarle a Paulo sus planes y, por lo tanto, anunciarle su viaje a Casa Branca.

Cuando llegó a la hacienda de su vecino era mediodía. Lo mandaron pasar a la veranda. El doctor Castro, rodeado por la señora de la casa y media docena de niños chillones, chupaba naranjas, amontonadas en una bandeja sobre una silla. Las pelaba con una navaja bien afilada; la fina monda amarilla de la fruta se desenrollaba en una larga cinta acaracolada y estrecha, que iba cayendo a sus pies. La naranja giraba en sus dedos como un pequeño globo del color de la leche, sin el más mínimo rasguño en la película blanca; la partía en dos mitades, a la manera paulista, y se la ofrecía a la señora de la casa o a los niños, que formaban un corro a su alrededor, muy pegados, con toda su atención puesta en la fruta.

Al ver entrar a Octavio Medeiros, sumaron al círculo una silla más y lo hicieron sentarse mientras lo felicitaban por su milagrosa recuperación.

La familia Carvalho era distinguida y amable; Octavio se sentía bien allí.

Al oír de su cliente el motivo de aquella visita, el doctor Castro le confirmó la noticia de que pronto partiría hacia Pernambuco, pero solo para regresar con toda la familia.

La hospitalaria provincia de São Paulo lo había cautivado y había decidido trasladar allí su residencia.

Y hablaron de viajes, de avances materiales del país, de cosas diversas, que, en definitiva, estaban interrelacionadas. Al cabo de una hora, Octavio se disponía a marcharse cuando entró el dueño de la casa, el señor Hipólito Carvalho, un agricultor genuinamente paulista que derrochaba amabilidad.

El hacendado había quedado impresionado por las desgracias que había sufrido un colono alemán de la zona. Su patrón lo trataba como a un esclavo, sin ahorrarle siquiera el cepo. Eso lo había indignado. Como no podía acogerlo en su finca, reflexionaba sobre cuál era la mejor manera de protegerlo. De repente, dirigiéndose a Octavio, exclamó:

—¡Usted podría ayudar a ese desdichado extranjero!

—Nada me gustaría más, pero ¿cómo?

—Buscándole un lugar en el Mangueiral. ¿Cree que su prima estará por la labor?

—Quizá... —respondió Octavio, indeciso.

—Le he hablado del Mangueiral —continuó el hacendado—, porque creo que ese rinconcito, que ya parece más una villa europea que una de nuestras haciendas, es preferible a todas las demás.

»Allí ese pobre infeliz recibiría una compensación por todo lo que ha sufrido. Además, es bastante probable que doña Eva, ahora que va a casarse, acepte de buena gana emprender una buena obra como esta; ¡hable con ella, amigo mío!

Octavio escuchó inmóvil las últimas palabras, sintiendo que lo invadía una profunda angustia. Entretanto, la esposa de Carvalho quiso asegurarse de que había entendido bien:

—¿Qué? ¡¿Eva Medeiros se va a casar?! ¡¿Con quién?!

—Con el señor Azevedo —respondió su marido—; al menos eso es lo que él mismo aseguró anoche en el club a un grupo de amigos.

—¡Vaya! ¡Quién lo hubiera dicho! —exclamó la señora de la casa; después, mirando fijamente a Octavio, prosiguió con una sonrisa—: ¡Mire cómo son las cosas! ¡Antes también se había rumoreado que era usted el que se iba a casar con ella!

—Nunca pensamos en eso —respondió Octavio, recuperando la compostura—; nos queremos como hermanos. Eva es muy buena, ¡pero nunca se ha planteado ni por asomo que yo pudiera convertirme en su marido!

—En cualquier caso, usted debe de tener información de primera mano. ¿Es cierto lo que dice Azevedo?

—No lo sé, señora mía; Eva se ha ido a pasar unos días en el Mangueiral y podría haber decidido cualquier cosa sin nuestro conocimiento.

Todos cruzaron miradas, algo sorprendidos.

—Corren por ahí rumores extraños —repuso Carvalho—; dicen, bueno, me dijo Antunes, que ella ha sido ingrata con su padre. ¿Es eso cierto?

—¡No, todo lo contrario! Eva es una muchacha muy sensata y sería incapaz de una mala acción.

—Parece un poco soberbia... —se aventuró a decir la señora de la casa—. Pero ¡esto es tan común por aquí, que ya no nos parece extraño!

—Es verdad que es un poco altiva —murmuró Octavio; y, deseando cambiar de tema, llevó de nuevo la conversación al caso del colono, prometiendo ir a hablar con su prima de inmediato.

Lo acompañaron hasta la puerta y, en pocos minutos, el joven desaparecía a caballo entre los oscuros cafetos.

«¡Azevedo se va a casar con Eva!», se repetía una y otra vez Octavio, con un sentimiento de dolorosa sorpresa. «Así que era cierto: ¡se aman! Pero ¡qué ciego he estado! ¡Y qué retorcidos! ¡Se aman! Ellos serán felices... ¿y qué será de mí?».

Se preguntó si debería seguir luchando por demostrar la honestidad e inocencia de su prima en el asunto de Santa Genoveva o si sería mejor alejarse de ella para siempre, dejando las cosas tal y como estaban. Así evitaría una convivencia que lo incomodaría profundamente.

No quería asistir a esa boda: se quedaría en Casa Branca. Ella... ¡que fuera feliz mientras él no la viera en su felicidad!

Después se convencía de que todo aquello era mentira.

Su adorada Eva nunca pertenecería a otro hombre; la encontraría triste, tranquila y sola; le hablaría de nuevo de su amor, hasta verla convencida de su sinceridad; lucharía por ella, la veneraría como antes, como siempre, ¡y un día vería sus sueños hechos realidad!

Llegando al Mangueiral vio en la entrada un coche de caballos desconocido. «Van a salir», pensó, pero en ese momento se acercó a una ventana Azevedo, que miraba radiantemente a través de los cristales de sus lentes.

Octavio sintió como si le hubieran golpeado con una piedra enorme en el pecho, pero, disimulando su contrariedad, hizo un gesto amistoso al juez de los huérfanos[27], que le correspondió con un «bienvenido sea», en el que imprimió toda la hospitalidad de un amigo que ve llegar a su casa a un allegado íntimo.

---

[27] N. de la Trad.: Cargo del Brasil colonial que velaba por los intereses de los menores de edad huérfanos de padre mientras se inventariaba el patrimonio del fallecido y se designaba a un tutor.

«¡Qué necio he sido!», pensó, antes de entrar. Contra todos sus pronósticos, Azevedo se encontraba a solas con una mujer mayor que se había mudado al Mangueiral, a petición de Paulo, para hacerle compañía a Eva. Fue Azevedo quien, con la actitud de quien dispone como si estuviera en su casa, se la presentó.

—Doña Miquelina, viuda del capitán Rodrigues, una dama de una educación de lo más exquisita y hoy, podría decirse, madre de Eva.

Octavio sonrió con desdén al oír a Azevedo pronunciar con tanta familiaridad el nombre de su prima. Doña Miquelina frunció el ceño, claramente contrariada, y, dirigiéndose a Octavio, dijo:

—Eva ha ido a visitar a unos niños enfermos en la colonia y Paulo no debería demorarse mucho más, ha ido a la plantación de café con un ingeniero amigo suyo.

—¡Ah! ¿Custodio? —preguntó Azevedo, desembarazadamente—; ¿ha venido? ¡Lástima de hombre! Es un pobre idiota, pero no tiene mal fondo, después de todo...

—No, no era él —respondió la gobernanta—; la persona que vino es muy distinguida y de nuestra total confianza: es el señor Morton.

—Ah, ¿el vejete del colegio?

—Ese mismo.

—Es un buen hombre —observó Octavio.

—Sí, no digo que no... en efecto, no hace daño a nadie —replicó Azevedo—, pero es cargante y antipático como todos los yanquis.

Octavio estaba a punto de responderle con acritud cuando entró Paulo.

El señor Morton se había ido directamente del cafetal a la ciudad, encantado con el trabajo llevado a cabo en el

Mangueiral. Paulo, sorprendido por la presencia de Octavio, saludó de prisa y corriendo a Azevedo, que se puso a canturrear para disimular su despecho.

Como todas las atenciones del anfitrión recaían sobre Octavio, Azevedo, volviéndose hacia Doña Miquelina, la invitó a acompañarlo a la colonia, donde, según le habían dicho, estaba Eva, ejerciendo su caritativa misión de visitar a los enfermos.

Doña Miquelina titubeó, indecisa, pero Paulo aplaudió la idea y aprovechó la oportuna ocasión para hablar a solas con Octavio. Este le expuso sus planes, justificando su partida y posible estancia en Casa Branca.

Entretanto, doña Miquelina y Azevedo caminaban por la larga vereda que atravesaba un bosque de bambú en dirección a la colonia; allí había sombra y frescura, las cigarras cantaban de forma estridente y prolongada, y unas mariposillas amarillas se perseguían unas a otras, volando en círculos.

Ya habían recorrido un buen trecho, silenciosos y pensativos, cuando vieron aparecer a Eva al final del camino, con un ramillete de flores en la mano y una sombrilla de lino escarlata que la protegía del sol, coloreándola con sus reflejos sanguíneos y vivaces.

—Vamos... ¡ánimo! —dijo Azevedo a media voz, sin percatarse de la sorpresa que esas palabras produjeron en doña Miquelina. Un poco más tarde, se reunieron los tres.

Eva informó a la gobernanta de que había encontrado convaleciente a la hija de Salomão y le pidió que preparara una cestita de dulces para hacérselos llegar a la pequeña; ella todavía tenía cosas que hacer: iba de camino a casa de Jerónimo, que había sufrido una cornada de un toro salvaje y le salía sangre por la boca.

—Acabo de saber que Paulo ha mandado llamar al médico; estoy impaciente por verlo llegar... ¡pobre Jerónimo! Así que, vaya, doña Miquelina, hágame el favor; prepare usted los dulces para la niña.

Eva le tendió la mano a Azevedo, en un gesto de despedida, pero este, haciendo una leve reverencia, le pidió permiso para acompañarla hasta la casa del herido.

—Como guste —contestó la joven de un modo distraído y distante.

Emprendieron la marcha, ahora bajo la sombra de las ramas, ahora bajo los rayos de sol que, colándose por entre las cañas de bambú, dibujaban arabescos y franjas doradas en el suelo.

El silencio no podía prolongarse durante mucho tiempo; en un arranque de ánimo, el juez acertó a decir:

—Llevo mucho tiempo alimentando un deseo desaforado de hablar con usted... —Eva volvió su rostro sereno hacia él; Azevedo continuó—: No pueden haberle pasado desapercibidos los sentimientos que me inspira... ¡Doña Eva, es usted realmente cruel al no mostrar por mí la menor simpatía y fingir ignorar el gran, el extraordinario afecto que le profeso! Pero ahora, ¡sea sincera, se lo suplico! ¡Y perdóneme la osadía de haberle confesado mi amor!

—¡Me pide que sea sincera, como si hubiera alguien en semejante posición que no lo fuera! ¡Señor Azevedo, podría haberme ahorrado el disgusto de tener que desilusionarlo si hubiera «querido» entender que mi «fingida ignorancia», como usted ha dicho, se debe a que no puedo corresponderle! También ha dicho que nunca le he mostrado la menor simpatía. Es usted injusto: creo haberle dado suficientes pruebas de mi confianza y amistad.

Se quedaron callados; Azevedo buscaba, cabizbajo, alguna frase con la que poner fin a la conversación. Dejaron atrás el bosque de bambú y atravesaron un campito iluminado por las florecillas de los azufaifos; el sol caía de lleno, con una irradiación ardiente y luminosísima; ya se veían próximas, alineadas en una fila, las casas de los colonos, con sus paredes claras y sus tejados rojos.

—Déjeme con la convicción, doña Eva, de que al menos no se ha enfadado conmigo; dígame que no le ha parecido insolente mi aspiración... —balbuceó Azevedo.

Eva se detuvo y le extendió lealmente la mano.

—Créame, aquí tiene una amiga sincera, dispuesta a defenderlo de cualquier injuria, dispuesta a tratarlo con cariño si un día le hace falta la atención de una enfermera. ¡Olvide todo lo que me ha dicho y todo lo que me ha oído decir, excepto esta última promesa: la de ser para usted como una hermana!

El juez apretó suavemente la mano que ella le tendía y, levantando su mirada de azul acero, dedicó un momento a contemplarla.

Nunca la huérfana de Gabriel Medeiros le había parecido tan hermosa: la sombrilla roja, bañada por la luz, la teñía de tonos cálidos, rojos, pintándole reflejos del amanecer en los negros cabellos, el rostro bronceado y el vestido claro, fruncido en la cintura y salpicado de capullitos de rosa...

En los ojos aterciopelados de Eva nadaba una dulce humedad, un sentimiento de compasión y de pena que los languidecía un poco y los hacía, tal vez, más bellos.

Azevedo murmuró media docena de palabras banales en un agradecimiento apagado e insulso y se alejó después de que la joven entrara en la casa del colono herido.

Durante todo el camino de vuelta, la veía una y otra vez en la mente, alta, esbelta, pisando la hierba y las florecillas rastreras del campo bajo el parasol que, como una gran amapola abierta, dejaba caer sobre ella, diluido y tenue, su brillante y vivo color carmesí.

Cuando Eva regresó, ni Azevedo ni Octavio estaban allí. Doña Miquelina cosía junto a la puerta del jardín y, por la ventana abierta del despacho, vio a Paulo de pie, al lado de la estantería, hojeando un libro.

CAPÍTULO 25

A las nueve de la mañana de un día de febrero, la familia del comendador Medeiros subió al tren en dirección a Casa Branca.

Al entrar en el vagón, se encontraron con la hermana de Antunes y con su hija, Sinhá, que, sentada en un rincón, cruzaba las manos enguantadas sobre un opulento bolso de cuero de Rusia con cierres metálicos relucientes.

En el compartimento viajaba también una familia de cuatro personas —la mujer, el marido, la hija y el ama—, que procedían de otras tierras y estaban polvorientos del viaje, y un sacerdote, que dormía a pierna suelta.

Con la entrada de los Medeiros, se produjo un revuelo de cestas y bultos que los viajeros, ya aposentados, habían esparcido por todo el lugar y se vieron obligados a amontonar de nuevo a su lado.

¡Qué fastidio! Habían viajado hasta allí a su aire, cruzando los dedos para que no subiera nadie más en las estaciones.

Chocaron algunas cajas de lata y se arrastraron bolsas de viaje apresuradamente. El ama entregó la pequeña a la señora y fue a recoger los pañales y las naranjas que la niña había ido desparramando. El cabeza de familia, tras una breve vacilación, se dignó a bajar las piernas largas y relajadas del asiento para apartar del camino sus maletas y cajas de cartón.

Una vez estuvo todo ordenado, volvió tranquilamente a su rincón, se quitó con un suspiro de alivio uno de sus botines y comenzó a masajearse el pie, por encima del calcetín de algodón blanco.

Entretanto, su mujer, contrariada, miraba desorbitadamente a los recién llegados con unos grandes ojos verdes y trataba de ocultarles el cigarrillo encendido que había ido a fumar justo delante de la papada bamboleante del cura adormilado.

Tanto el comendador Medeiros como la madre de Sinhá se alegraron de encontrarse allí y agradecieron mentalmente al buen dios de las casualidades el haberlos guiado para coincidir en ese trayecto.

Por desgracia, no se dirigían al mismo destino. La viuda iba a pasar unos ocho días en Campinas; le agradaba aquella ciudad medio escondida entre dos colinas y se mostraba deseosa de establecer allí su residencia en cuanto su hija se casara.

Al oírla hablar de esos planes, el comendador miraba de soslayo a su hijo, que leía serenamente un periódico de la capital junto a la ventanilla.

El tren continuó su marcha, silbando al aproximarse a las estaciones, venciendo rápidamente las distancias sin que Octavio dirigiera un gesto amable, una mirada o una palabra a la muchacha que tan evidentemente le ofrecían;

le repugnaba la complaciente pasividad de aquella hermosa y elegante criaturita, que así dejaba que se forjara su destino, sin intervenir ni siquiera con un pensamiento, una pregunta o un atisbo de espíritu, de dignidad o de acción.

¡La sobrina de Antunes le pareció más hermosa que nunca! ¡Era realmente la mujer más bella de todo el municipio! De entre la gasa blanca que le envolvía el sombrero y se anudaba en un gran lazo bajo la barbilla, emergía el cuello rollizo, níveo, y el rostro de líneas puras, armoniosas, esculturales.

Frente a ella, Noemia, con su perfil imperfecto y agraciado, llegaba a parecer fea; la pobre niña tenía los ojos enrojecidos por las lágrimas que la decisión de su padre le había obligado a derramar. A su lado, su madre, con una serenidad envidiable, escuchaba las palabras de la hermana de Antunes y le ofrecía unas pastas que había traído en una canastilla oscura, ceñida por dos correas de cuero de color habano.

La viuda masticaba los dulces voluptuosamente, dirigiendo de un lado a otro sus grandes ojos negros. Cambiaba de tema de conversación constantemente, pasando del anhelado matrimonio de su linda Sinhá a cuestiones agrícolas y patrimoniales. Afirmaba que su finca era una de las más productivas, que el señor Azevedo, que había cenado con ella el día anterior, había asegurado no conocer un lugar más valioso y vasto, y que la dote de su hija era, por consiguiente, una de las mejores de la provincia. Visiblemente contrariada por la indiferencia de Octavio, llamó su atención, preguntándole maliciosamente si era cierto lo que se rumoreaba de que estaba comprometido con Eva...

Todo eso lo había tenido que repetir varias veces y a gritos, pues el ruido del tren y el llanto de la pequeña, que pedía leche, impedían oír las cosas con claridad.

Percibiendo en la viuda una táctica sutil para enredarlo en un asunto, en ese caso peligroso, Octavio decidió ser franco, cortando de raíz cualquier esperanza que ella todavía pudiera abrigar de tenerlo como yerno. Plegó tranquilamente el periódico mientras el comendador refunfuñaba, molesto, y le respondió:

—No, no es cierto eso de que estoy comprometido con Eva; lo estaría si ella no me hubiera rechazado cuando le pedí la mano... ¡fue implacable! Lástima...

La viuda, muy decepcionada, miró al comendador Medeiros como si le pidiera explicaciones, pero el caficultor comenzó a graznar, en un fuerte ataque de tos, como si se le hubieran atragantado las palabras de su hijo.

Sinhá recompuso el lazo de su velo mientras Noemia le confirmaba la declaración de su hermano:

—Es cierto, Octavio pidió la mano de Eva, y ella no aceptó, pero aún tengo la esperanza de que cambie de idea. Le tengo tanto cariño...

Sinhá sonrió de forma forzada y comenzó a sacudir con la punta del pañuelo las migajas de las pastas que le habían caído sobre el vestido.

Minutos después, llegaron a Campinas. Las despedidas no se alargaron mucho; la hermana y la sobrina de Antunes se perdieron rápidamente entre la multitud que llenaba la estación.

La familia Medeiros tomó el tren de la compañía Mogiana, que cubría la línea entre Campinas y Casa Branca. El comendador estaba molesto y fumaba un cigarrillo tras otro. Su mujer lo observaba con mirada temerosa y, al oír a Noemia contarle casi en susurros el desengaño que se había llevado Sinhá, se limitó a exclamar lánguidamente:

—¡Pobrecilla!

La otra familia subió al mismo vagón.

El resto del viaje discurrió sin contratiempos. La niñita, tras beber leche y embadurnarse comiendo dulces, se quedó dormida; el ama también cabeceaba; la madre tenía los grandes ojos verdes perdidos en el infinito; y el padre seguía alisando el calcetín de algodón blanco.

La familia Medeiros tampoco conversaba. Quienes sí hablaban mucho eran dos pasajeros que habían subido en la estación de Campinas y que comentaban las últimas elecciones. Eran dos políticos, uno liberal y el otro republicano, que discutían acaloradamente en un tiroteo de frases con las que ambos intentaban aplastar a su adversario.

Como el partido republicano había entrado con buen pie en las urnas, el pasajero liberal ocultaba su despecho con un soberbio desprecio y una afectada condescendencia, que no hacía sino exasperar al otro.

El republicano exclamaba jubiloso:

—¡Tenemos la mayoría! ¡Viva la República!

El liberal sonreía con lástima, murmurando con una voz que la rabia hacía temblar:

—¡Ya verán como el año que viene se quedan tirados!

¡Aquel debate exasperaba todavía más al comendador, un conservador inveterado y aferrado a sus ideas! Estaba impaciente por intervenir y arrojar a sus adversarios políticos todas las pedradas que su oxidada elocuencia le permitiera, pero se contenía, mordiendo con rabia el cigarro y mandando al diablo la política y la franqueza casi grosera de su hijo ante la hermana de Antunes y la propia

Sinhá. «¡Estúpido!», decía para sí, «¡No, si al final va a querer casarse de verdad con la alocada de Eva!»

Cuando llegaron a Casa Branca lloviznaba. Las nubes se acumulaban en grandes masas oscuras y una suave brisa brumosa agitaba tenuemente el follaje de los árboles.

Trigueirinhos, avisado por telegrama, esperaba a la familia en la estación. Estaba con un grupo de jóvenes, escuchando lo que decían los demás con los labios finos y pálidos abiertos en una sonrisa inexpresiva y fría.

—¿Nicota no ha venido? —preguntó el comendador al estrecharle la mano a su yerno.

—Nos está esperando en la finca.

—Pero ¿está bien?

—Mmm... ha estado un poco rara últimamente.

—Eso es una novedad...

—Efectivamente.

Después de una respuesta tan categórica, no cabía duda; Nicota lo iba a hacer abuelo. Medeiros recibió la noticia sin alborozo, puede que hasta con cierto disgusto. ¡Todo el afecto de la familia parecía huir de él! Octavio lo disgustaba profundamente al desmoronar un proyecto que acariciaba con empeño desde hacía muchos años. Noemia también se rebelaba contra su voluntad, aunque fingiera resignación y humildad. Y su mujer le tenía un respeto muy próximo al miedo; había algo en su obediencia que le recordaba a un animal domesticado ante su domador.

¡El comendador culpaba de todos estos males al tiempo que le había tocado vivir!

¡Ah, los cabezas de familia de veinte años atrás...! ¡Ellos sí que eran felices! Podían dirigir la embarcación a su antojo hacia la derecha, hacia la izquierda, hacia delante o hacia atrás, ¡sin que surgiera una sola observación, un comentario, una queja o una súplica! Un padre casaba a sus hijas e hijos con quien quisiera, los acomodaba en su propia familia entre los primos más ricos; a los trece años, las niñas se iban a su nuevo hogar, creyéndose muy felices, complacientes y pasivas; más o menos lo mismo ocurría con los muchachos, aunque es cierto que ellos siempre gozaban de un poco más de libertad. ¡¿Amor?! Solo esa palabra ya le ponía la piel de gallina a los paulistas, como si fuera un sinónimo de degradación y de infamia.

Los años habían pasado y, rápidamente, en una evolución casi incomprensible, las mentes de los jóvenes se habían rebelado contra las leyes establecidas, ¡hasta el punto de querer actuar por su cuenta! Y hoy en día...

El comendador meditaba sobre las locuras del momento cuando Trigueirinhos lo empujó dentro de un carruaje grande y pesado en el que ya había acomodado a su familia.

* * *

La hacienda de Trigueirinhos estaba cerca y el camino era magnífico. Al pasar, el anfitrión detallaba a sus invitados los nombres de las fincas.

—La familia Franco llega hoy por la tarde... —exclamó de pronto Trigueirinhos, volviéndose hacia su suegro—. Puede que lleguen para la cena...

Noemia se estremeció y pegó el rostro a la ventanilla del coche de caballos para esconder las lágrimas que le arrasaban los ojos.

La lluvia caía tamizada y menuda; estaban atravesando un campo vastísimo sobre el que destacaban a lo lejos ocho o diez pequeñas tiendas de tela gruesa. Algunas eran blancas; otras, marrones; algunas estaban cubiertas de parches; formaban un conjunto, colocadas a corta distancia unas de otras.

Era un asentamiento de leprosos.

Aquella triste aldea itinerante imprimía una nota de desconsoladora amargura en la extensa llanura, tenuemente iluminada por un día gris.

A la pobre Noemia le parecía que en torno a aquellas tiendas no resplandecería nunca un rayo de sol, que la hierba de aquellas praderas estaría siempre así, encharcada, sin lozanía ni aroma, y que a aquel paisaje lo cubriría siempre la gran melancolía que en ese instante la inundaba.

Allí, en el interior de esas míseras tiendas, cuidadosamente cerradas a la humedad del tiempo, se retorcían en las más dolorosas contorsiones de agonía unos cuerpos inmundos, mutilados, deformados, cubiertos de llagas, podredumbre y pus. Padres e hijos vivían contemplándose, viendo cómo desaparecían sus facciones día a día, cómo quedaban carcomidas y horribles, cómo se les volvían los cabellos ásperos, hirsutos y ralos por los estragos que, instante a instante, iba causando, implacable e invencible, la tenaz lepra.

El coche de caballos seguía avanzando, pero el campo era extenso, descubierto, y Noemia no perdía de vista las tiendecitas. Las miraba absorta. A pesar de ser cariñosa y bondadosa, no pensaba entonces en la desgracia de esas personas, segregadas de la familia, del amor, de la sociedad y de la alegría. Pensaba única y egoístamente en su descontento y en el encuentro, inevitable, con el prometido que le imponían.

A través de las ventanillas del carruaje y de las gotas de una lluvia que arreciaba, vio, con la misma indiferencia, a uno de los moradores del asentamiento, que regresaba a toda prisa de la ciudad, adonde había ido a pedir limosna. Iba montado en un caballo flaco y viejo, que avanzaba a paso vacilante, a pesar de los repetidos verdascazos que el jinete le propinaba con una vara verde que sacudía enérgicamente.

¡El desafortunado leproso tenía un aspecto horroroso! Le faltaba la nariz, tenía los labios arrugados por las cicatrices, las manos envueltas en harapos y los pies igualmente enrollados en unas tiras largas de tela sucia; unos mechones cortos e hirsutos le asomaban por la nuca a través de la abertura de un pañuelo de tela indiana roja atado a la cabeza bajo un sombrero de fieltro estilo ruso.

Detrás, sobre la grupa, llevaba unas alforjas de tela gruesa con dos bolsas llenas de comestibles, allí dispuestos por las manos caritativas de la gente de la ciudad; colgada a la cinta de la bolsa por el asa, una taza de lata bailaba de un lado a otro, al ritmo de los movimientos descoyuntados del animal, mientras que dentro de las alforjas tintineaban una cuchara y un plato de metal.

Ningún leproso dejaba de llevar consigo, cuando bajaba a las poblaciones los sábados, sus *trens*, que es como llaman en la provincia a los objetos caseros y familiares.

Al pedir un trago de agua para mitigar la sed o una sopa para matar el hambre, esas repelentes criaturas presentan el plato y la taza que llevan consigo para que sus labios maltrechos no rocen los vasos ni los platos de la gente feliz, que goza de buena salud. Van siempre preparados en esas tristes peregrinaciones en las que, para inspirar piedad, exhiben sus cuerpos mutilados y sus rostros repulsivos. La conciencia del mal que los corroe, que muchas veces los aleja de sus propias familias, los vuelve sombríos, ariscos y hostiles. Son las galeras sin crimen, sin remordimiento, que arrastran en una expiación dolorosa y perpetua un error de la naturaleza, tan misericordiosa para unos como cruel para otros.

Esos infelices huyen de las ciudades, donde las municipalidades los persiguen y expulsan, y tienen auténtico pavor a los hospitales, al no encontrar en ellos unas condiciones que los reconforten y animen; por eso instalan sus frágiles viviendas de tela en la soledad de los campos. Allí pueden vivir, al menos durante algunos días, aislados, ignorados por todos; allí pueden, sin humillación, beber de la fuente el agua cristalina, pura, que fluye por entre el musgo aterciopelado de las piedras en una corriente que no se detiene al entrar en contacto con sus labios entumecidos ni les niega la frescura; allí no los observan con ojos compasivos o asqueados, las flores les perfuman los pies llenos de llagas y las estrellas brillan como una dulce bendición sobre las cabezas leprosas. Pero enseguida llega el sábado, el día consagrado a las limosnas, y entonces descienden en grupos a la ciudad, a donde no los recluten para los asilos, y afrontan todas las humillaciones, desde la limosna pedida en nombre del buen Dios, que les sigue negando la felicidad, hasta la calderilla que les tiran desde lejos, dentro de sus sombreros, por miedo al contacto.

El coche de caballos siguió avanzando lentamente, enterrando las ruedas en la tierra blanda. Dejaron atrás al pobre jinete, que se encogía bajo el cuello de su abrigo encerado. Más adelante, el carruaje se cruzó con un grupo de cuatro de esos desventurados, que también se encogían por la lluvia, apurando a los animales, casi tan gafos como los dueños, e instándoles con sus voces roncas y nasales a que no se salieran del camino, pero el campo era inmenso y las tiendas todavía quedaban muy lejos, medio escondidas entre el tono gris de aquel día brumoso. Las gotas de lluvia corrían como gruesas lágrimas por los cristales de las portezuelas y el vehículo seguía arrastrándose penosamente sobre la tierra blanda y húmeda.

Noemia, todavía con la mirada fija en el asentamiento distante y en el campo inundado, no dejaba de pensar en que... ¡ese mismo día le daría la mano al hombre al que la habían destinado y al que ella aborrecía!

CAPÍTULO 26

La hacienda de Trigueirinhos estaba bien situada, en lo alto de una colina, barrida por el aire puro y rodeada de grandes bosques oscuros, que le conferían un aroma fresco y agreste. El propietario la había bautizado con el sencillo y poco pretencioso diminutivo «Sertãozinho». Cuando el carruaje con la familia Medeiros se detuvo en la puerta de la casa señorial, un edificio amarillo con un balcón de madera pintado del mismo color y frisos escarlatas, Nicota se acercó a la escalera, mostrando sincera satisfacción con una de sus escasas sonrisas.

Entraron y recorrieron toda la casa; el porche, el salón de los caballeros, la veranda, los dormitorios y la enorme cocina de la planta baja, donde, además de la gran estufa, se encontraba en un rincón el fogón, formado por tres piedras en torno a un crepitante brasero rojo, donde se asentaba una enorme olla de cobre llena de dulce de guayaba todavía saltarín y aguado, que una criada negra gorda removía desde lejos, sosteniendo el largo mango de la cuchara por la punta.

Nicota estaba preparando una suntuosa cena. Además de los Franco, esperaban a otros invitados; ya tenía todo listo, había resultado ser una buena ama de casa. Mientras la familia descansaba de los rigores del viaje, ella, previsora y diligente, iba y venía, de la cocina a la despensa y viceversa; colocaba los dulces en las compoteras, mandaba ordeñar las vacas para servir leche fresca en una sopera panzuda durante el postre e insistía en que la mazamorra dulce quedara bien cocida y los *ovos queimados*[28], bien hechos. Estaba inmersa en esos preparativos cuando recibió el aviso de que los Franco no llegarían hasta el día siguiente.

Al saberlo, Noemia suspiró aliviada; se posponía el momento de la tortura.

A Nicota no parecieron importarle la tristeza ni las quejas de su hermana; trató de dar órdenes para el almuerzo del día siguiente, pidiendo a su marido que mandara matar un buey: era indispensable, pues quería dar un banquete a los esclavos para conmemorar la inauguración de la máquina, y enseguida decidió levantarse muy temprano para preparar varios dulces.

Entretanto, el comendador y Octavio bajaban con Trigueirinhos a la nueva nave de la máquina que iba a estrenarse.

El dueño del Sertãonzinho tenía planes y se los exponía a su suegro y a su cuñado.

A la espera de un buen precio en el mercado, todavía tenía la cosecha del año anterior en el beneficiadero; el café seguía con la cáscara, sin procesar. Decidió iniciar el trabajo

---

[28] N. de la Trad.: Postre de origen portugués elaborado a base de huevos, azúcar y leche, de apariencia similar, aunque más húmeda, a otra delicia culinaria lusa: la ambrosía.

de la máquina cuando llegaran los Franco, ¡como guinda del pastel!

Los tres se dirigieron hasta el final del patio, conversando, hasta llegar a una cancilla baja que daba acceso al pastizal, en la que se apoyaron. La lluvia había cesado; el sol rasgaba las nubes y doraba la hierba verde y fresca, perlada de gruesas gotas de agua. El ganado corría desenfrenadamente, azuzado por los gritos de dos negros que, a cierta distancia el uno del otro, hacían girar con fuerza y habilidad el lazo para atrapar al buey. El condenado animal había escapado dos veces con la cuerda enganchada a los cuernos y corría desbocado, corcoveando, arremetiendo, ahora hacia la derecha, ahora hacia la izquierda, rabioso y veloz, con los ojos encendidos, la respiración anhelante y el lomo sobresaliendo o curvándose, según los movimientos de la cabeza, que, o bien parecía lamer el suelo, o bien se erguía desesperada con desafiante orgullo.

Trigueirinhos le gritó a uno de los negros desde la cancilla:

—¡Ahora, Zezinho[29]! ¡Láncelo! ¡No espere más!

Pero Zezinho reculaba y esquivaba con rapidez las embestidas del animal.

Aquella escena de lucha duró unos instantes, hasta que el animal resbaló en el suelo húmedo y se dejó atrapar. Entonces se oyó el ruido seco de la cuerda cayendo y apretándose alrededor de los cuernos.

Zezinho, ágil, corrió a abrir el portón mientras su compañero, sudoroso por el esfuerzo, pero con un gesto de triunfo en el rostro, llegaba tirando por la cuerda del

[29] N. de la Trad.: Diminutivo de Zé, que a su vez es un hipocorístico de José.

pobre animal hasta el patio, donde lo ató a un poste y lo dejó descansar.

Entretanto, Zezinho corrió a buscar el hacha y el cuchillo grande y puntiagudo. El buey esperaba tranquilo, empapado en sudor.

—¡Qué lástima que tengan que matar a un animal tan bonito! —le dijo Octavio a su cuñado.

—Es que era medio bravo, y bastante más astuto que el diablo —le informó el dueño de la granja.

El negro que había echado el lazo al buey se situó frente a él y, después de calcular con los brazos levantados cómo asestarle un golpe certero, por fin dejó caer con fuerza el ojo del hacha entre los cuernos del animal. El golpe sonó fuerte y seco, y el animal, aturdido, se desplomó sobre un flanco.

Zezinho desató la cuerda de un salto y el otro esclavo se agachó, le levantó la cabeza al buey con una mano y con la otra le clavó el cuchillo bajo la papada; la sangre, muy roja y caliente, comenzó a manar al momento formando charcos por el suelo.

Mientras los dos esclavos abrían a la res en canal y le arrancaban los intestinos humeantes, el comendador Medeiros y sus dos compañeros se dirigieron a la presa, proyecto al que Trigueirinhos otorgaba suma importancia.

En el lago había muchas cercetas silvestres de colores abigarrados, lo que hizo que la conversación versara sobre cuestiones de caza; justo el día anterior, el dueño de la finca había traído una hermosa paca y algunas perdices del monte.

—¿Hay jaguares por aquí?

—Sí..., pero menos que en el *sertão*. En Jaú, en la finca de mi tío, aparecen a menudo y atacan a las reses.

—Ya he presenciado en dos ocasiones el ataque de un jaguar —relató el comendador—; una vez a caballos y otra a bueyes.

Y los recordaba. Había sido cuando todavía estaba soltero; entonces era una suerte de *capitão do mato*, un cazador de esclavos, para su padre; a veces se pasaba días y días en busca de huidos. Una tarde, desde lo alto de una colina, había presenciado un espectáculo extraño y completamente nuevo para él. Más abajo, en una vasta planicie donde la luz del sol poniente teñía todo de un rojo intenso, se movía convulsivamente un enorme amasijo redondo, con manchas blancas y negras. Alrededor de esa masa saltarina, arremetiendo y reculando en un continuo vaivén de cabriolas, un gran jaguar enseñaba los dientes, con los ojos brillantes de avidez y rabia.

De repente, todo se detuvo... El jaguar, a cierta distancia, se agachó, clavando las uñas en la tierra y preparándose para el ataque; el amasijo blanco y negro también se aquietó. Entonces se oyó un bufido aterrador, como si cincuenta bocas resoplaran al mismo tiempo, con la misma ansia y el mismo esfuerzo. Todo lo que había a su alrededor parecía representar un papel en lo que estaba sucediendo. El campo y los propios árboles negros y mudos parecían sufrir viendo aquel drama de la naturaleza desarrollarse allí, sobre los filamentos fibrosos de sus largas raíces. Entonces, en un instante en medio de esa angustiosa expectación, se percató. Aquel revoltijo movedizo estaba formado por muchos caballos, que, instintivamente dispuestos en círculo, con las cabezas unidas en el centro y formando con las grupas una circunferencia, se defendían a coces de los temibles ataques del jaguar. Este había huido despavorido, dejando en el vasto campo silencioso y teñido de rojo por el sol moribundo a aquellos furiosos contendientes.

El otro ataque le había causado una menor impresión; estaba con otros dos compañeros, cuya presencia lo había animado mucho; además, había sucedido a una hora distinta, por la mañana, entre los trinos de los pájaros y el olor fresco de la hierba húmeda. Entonces los atacados habían sido unos bueyes, que también habían formado un círculo, pero en posición invertida, es decir, con la cabeza vuelta hacia la periferia, y se habían defendido a cornadas.

La contienda había sido majestuosamente salvaje. Ambos bandos mostraban astucia y fuerza; las miradas que se intercambiaban irradiaban un odio agresivo.

El jaguar arremetía y reculaba, en un ir y venir, cada vez más ensañado y feroz, hasta que, de repente, enganchado por las astas de un buey, salió por los aires y fue a parar al suelo con el lomo hacia abajo, con un ruido sordo y fofo. Durante unos instantes, vieron cómo agitaba las patas en el aire, intentando levantarse, y luego uno de los amigos de Medeiros lo remató de un tiro. Los bueyes, espantados, se dispersaron, corriendo desabridamente sobre la hierba todavía húmeda por el relente de la noche. Y así había terminado todo.

Cuando los tres regresaron a la casa, se encontraron con algunas visitas: dos hacendados vecinos, el mayor Seabra y el señor Porto, que habían acudido a cruzar unas palabras con Trigueirinhos. Sin embargo, este no se movió de la veranda, donde su suegra pelaba membrillos, Noemia acariciaba a la hija del capataz y Nicota llenaba dos jarras de miel y melaza.

Las mujeres estaban cansadas del viaje, pero acompañaban a Nicota en los preparativos de la fiesta.

La conversación de los hombres rápidamente se centró en la gran cuestión del momento: ¡los abolicionistas!

Seabra informó a Trigueirinhos, con extremada indignación, de que había oído de labios del propio juez la franca declaración de que no consentiría la captura de negros huidos.

Escupían injurias contra el pobre hombre, vomitando toda la bilis que llevaban dentro.

Octavio se alejó de ellos, yéndose a fumar junto a una ventana.

Era la hora del crepúsculo, y el sol, que se ocultaba, iluminaba el paisaje todavía fresco por la lluvia. Del huerto de frutales llegaba el aroma lechoso y agreste de las higueras. Las rosas, deshojadas por el viento, dejaban caer sus pétalos lozanos que alfombraban alegremente el suelo.

En el patio, las reses, que volvían de los pastos en dirección al corral, se agrupaban en torno a la sangre ya fría del animal sacrificado horas antes y, enarbolando los grandes cuernos arqueados e irguiendo el morro, dolidas por la pérdida de su antiguo compañero, bramaban a coro, lúgubremente...

CAPÍTULO 27

Eran las seis de la mañana cuando Octavio se despertó y oyó a dos *caipiras* hablando bajo la ventana de su habitación:

—Romão ya dijo que el más fuerte de *tos* nosotros es Braz...

—¡Quia! ¡Ni en sueños! ¡El más fuerte de *tos* nosotros soy yo!

—Zé Riba mandó llamar a un capanga de fuera, ¡a un tal *Furtuoso*!

—¡Oh! ¡Se va a armar!

—Pobres...

—Pobres ¿quiénes?

—La gente que esté allá...

—¿Fue el *señó* Trigueiros quien lo mandó llamar a *usté*?

—No, no fue él, no. Yo vine aquí *pa* traer un recado del *señó* Juca: *pa* que él vaya allí *pa* acordar una cosa. La puñeta es que se hace tarde y yo tengo que irme ya.

—¿A *usté* también lo invitaron a la fiesta?

—Sí.

—¿Y quién lo invitó?

—El *señó* Carro de Lima, pero yo no voy, no.

—¡Hala...! Pero eso es como tirar los cuartos.

—Sí..., pero no voy a ir. Cuando veo sangre no sé qué me pasa que me vuelvo hasta vil.

Al oír el nombre de Fructuoso ligado a aquellas misteriosas palabras, Octavio se levantó y abrió la ventana, pero los dos hombres ya se habían alejado; uno de ellos conversaba con Trigueirinhos, que prestaba atención a sus palabras con semblante grave, y el otro desaparecía por la puerta del patio con un manojo de palmitos al hombro.

Al reflexionar sobre lo que acababa de oír, Octavio creyó percibir la intención oculta de un crimen en aquellas palabras. Sin embargo, esa sospecha se desvaneció rápidamente. «¡Qué demonios!», se dijo, «si realmente se tratara de eso, los capangas no lo habrían hablado tan a la ligera, tan alto y tan cerca de una ventana. Ahora lo que urge es encontrar a Fructuoso, apretarlo bien y sacarle toda la verdad».

Octavio decidió salir en su busca ese mismo día. Cuando entró en la veranda, se topó con su hermana, que estaba haciendo requesón cremoso[30], sentada entre dos recipientes, uno con leche cuajada y el otro con leche fresca.

Octavio se puso a leer los periódicos, pensando al mismo tiempo en el encuentro con Fructuoso.

¿Qué oscura verdad le revelaría ese hombre infame que se vendía para el crimen como una prostituta para el amor?

Poco a poco se fue reuniendo toda la familia.

Se entabló una conversación; Trigueirinhos entró preocupado, con los labios blanquecinos y las mejillas pálidas. Mientras tanto, Nicota, colorada y serena, exprimía

---

[30] N. de la Trad.: El *requeijão* de São Paulo es una suerte de queso crema.

con ligereza y fuerza la cuajada envuelta en una servilleta de tela y luego, ya bien escurrida, la echaba a la leche fresca de una olla.

«Es la más feliz de la familia», pensaba Octavio, viéndola tan distraída y tranquila en su menester doméstico.

En esas estaban cuando oyeron acercarse un coche de caballos; los Franco ya habían llegado. Noemia se estremeció e instintivamente se aproximó a su madre como para pedirle misericordia y apoyo.

Momentos más tarde, el coronel Siqueira Franco y su hijo entraban en la sala.

El coronel era un hombre mayor, robusto, alto, corpulento, con una barba abundante que le cubría el pecho, andares pesados y grandes manos velludas. Su hijo también era alto y fuerte, pero tenía un aspecto agradable, una mirada serena y la sonrisa amable y feliz de un niño dibujada en unos gruesos labios de hombre.

El comendador le presentó a Noemia, diciéndole:

—¡Esta es su prometida!

Él se sonrojó; ella, sin levantar la mirada, le tendió la mano, helada y temblorosa.

Se produjo un instante de silencio, que el coronel Siqueira Franco se apresuró a romper, hablando a un volumen alto, con cierta confianza y alegría.

—Tienes una prometida muy bonita —exclamó, dirigiéndose a su hijo—; ahora debes tratarla bien, ¿me has oído? Bonita... y ¡cómoda! ¡Porque es tan delicada que tiene que ser forzosamente muy liviana! ¡Cabe en una esquina del bolsillo de Julio!

Poco después, una criada entró a anunciar que el almuerzo estaba listo.

Llenando su plato de *quirera*[31] y lomo de cerdo, el coronel retomó la palabra:

—Doña Nicota, discúlpeme el atrevimiento, pero cuando pasé por la cascada de Pirassununga, ayer por la tarde, estaban cazando[32] peces, así que decidí traer un dorado para la cena... —Entonces se dirigió a Trigueirinhos—: Su finca es muy bonita... Ya había pasado una noche por esta zona, en la casa de... de un señor moreno de nariz chata...

—¿En la casa de Prates?

—¡Eso! No recordaba su nombre. Estaba casado con una joven de Limeira... ¡Ah, qué mujer...! —Los demás se rieron; él continuó—: ¡Se me están enfriando los pies! Creo que es porque la veranda es de ladrillo. Trigueirinhos, ustedes no encienden la lumbre, ¿verdad?

Le respondieron que sí, que, de vez en cuando, en invierno, se calentaban con un fuego que encendían en el comedor, entre las hamacas, pero que ahora, en febrero, ¡ni se les pasaba por la cabeza![33]

El coronel no paraba de hablar, ahora de sus propiedades en distintos puntos de la provincia, ahora del matrimonio de su hijo... Durante el postre, comentó haber oído a dos pasajeros en el tren proferir grandes injurias contra las autoridades de Casa Branca y hablar de que también en esa ciudad habría una revolución de esclavos.

—¡Diantres! ¿Será cierto semejante rumor? —preguntaba, masticando con la dentadura postiza el dulce de calabaza servido en rodajas.

---

[31] N. de la A.: Maíz triturado.

[32] N. de la A.: Utilizan el verbo «cazar» en lugar de «pescar».

[33] N. de la Trad.: El invierno en el hemisferio sur comienza en junio y termina en septiembre.

—No —replicó Trigueirinhos—. ¡Eso son habladurías de cuentistas!

—Hombre... ¿usted cree?

—Sí, hágame caso.

—De acuerdo.

Durante todo el día reinó la alegría entre los esclavos del Sertãozinho.

Octavio no pudo ausentarse de la cita familiar, por lo que decidió consagrar su tiempo a Noemia, por quien hasta entonces nada había podido hacer.

Con eso en mente, se llevó al prometido de su hermana al salón de caballeros, que en ese momento estaba vacío. Julio se sentó en una esquina del sofá. Octavio arrastró una silla hasta allí y tomó asiento frente a él.

—Vamos a abordar un asunto muy delicado. Quiero comenzar pidiéndole permiso para hacerle una pregunta...

—Por supuesto...

—¿Se ha fijado bien en los ojos de su prometida?

Julio Franco miró atónito a su futuro cuñado y después contestó, cándidamente, sin acertar a entender el motivo de semejante pregunta.

—No...

—Si se hubiera fijado, seguramente me ahorraría el mal trago de tener que decirle estas palabras: Noemia tiene los ojos enrojecidos e hinchados de tanto llorar. El matrimonio la amedrenta: todavía es muy joven y tiene un carácter algo voluble; teme no hacer feliz al hombre que le imponen como marido. Es natural; el matrimonio sin amor le parece una barbaridad, algo así como un cadalso moral en el que tiene que sacrificar toda su vida.

»Como no lo había visto nunca, para ella usted todavía es un extraño. Con algún tiempo de convivencia bastaría, estoy seguro, para que Noemia aceptara con inmenso júbilo la decisión. Si mi padre se lo hubiera consultado a ella, nada de lo que está pasando hubiera ocurrido. Él habría respondido a la honorable deferencia de su padre con unas líneas que aclararan los motivos de la negativa de forma perfectamente comprensible. Creo que las antiguas relaciones entre los dos, ambos hombres sensatos y experimentados, continuarían igual que antes. Cualquier otro desenlace sería pueril, ¿no le parece?

Julio Franco se limitó a asentir con la cabeza. Había algo indeciso y errático en su mirada, como si buscara un punto en el que fijarla.

—Tal vez mis observaciones le parezcan tardías —concluyó Octavio—, pero, al no conocerlo personalmente, no me atreví a escribirle; lo que sí hice fue trabajar en esta misma línea en familia, aunque sin lograr que mi padre cambiara de parecer. Ahora ya no me queda nada más por decirle; si se han entendido o no mis palabras, no lo sé; usted dirá.

—Perfectamente —respondió Julio, poniéndose de pie—. Parto mañana temprano a São Carlos y desde allí le escribiré al comendador. —Tendió lealmente la mano a Octavio, que se la estrechó con la alegría de quien tiene la mano de un hombre bueno entre las suyas.

Fuera ya se oía una gran algazara. Los niños vitoreaban, y acababa de llegar la familia de Trigueirinhos para asistir a la inauguración de la máquina; era una infinidad de personas: padres, hermanos, tíos, primos.... Nicota y Noemia salieron al encuentro de las señoras, que bajaron la mirada, azoradas; nunca habían salido del campo y retorcían en silencio sus pañuelos, mirando al suelo. No entablaron ninguna conversación ni formularon ninguna idea, ningún deseo. Noemia iba y venía, sin parar quieta, de unas a otras. ¡Todos sus intentos por entretenerlas fueron en vano! Les mostró álbumes de fotografías y de grabados; fue a buscar flores, frutas y labores de costura, desperdiciando comentarios y saliva inútilmente; por fin, no teniendo nada más alegre que decir o que mostrar, se sentó, quejándose en medio de un bostezo de que los mosquitos la estaban devorando, y le mostró a una de las visitas su manita nívea, salpicada de puntitos rojos. Se le estaban cerrando los ojos de sueño, pero entonces la señora a la que indolentemente le había mostrado la mano, rompió su silencio y la sorprendió, diciendo con timidez que seguramente se trataba de asperezas.

Se había roto el encantamiento; de ahí en adelante, afloraba alguna que otra frase similar en aquel marasmo, hasta que todos bajaron a la casa de la máquina.

Allí estaban felizmente reunidos los blancos y los esclavos. Las paredes estaban adornadas con numerosas ramas de cafetos y, al ruido de la máquina, se unía ahora el murmullo de las voces.

Un estudiante de São Paulo, pariente de Trigueirinhos, pronunció un discurso; al escucharlo, Octavio se acordó de Azevedo, quien, de haber estado allí, no habría perdido la oportunidad de hacer gala de su retórica; desafortunadamente, estaba lejos, al lado de Eva, hablándole, tal vez, con la dulce intimidad de los prometidos.

Tras la ceremonia de inauguración, volvieron a la casa señorial, donde Nicota, ayudada por su madre, mandó servir una opípara cena.

Por la noche, en el patio, estalló el baile. Un negro fornido y cojo hacía resonar el tambor con grandes y sonoros golpes, un viejo agitaba el *caracaxá*[34], poniendo

[34] N. de la Trad.: Instrumento de percusión brasileño a medio camino entre el sonajero y las maracas.

alegremente los ojos en blanco, y, en medio del barullo de la batucada, un gran círculo de hombres y mujeres negras cantaba con un ritmo monótono en el que la melodía parecía nublarse y esconderse de vez en cuando para resurgir después más dulce, más sentida, pero igualmente huidiza. Las palabras se repetían, una y otra vez, sin ningún sentido, como mero pretexto para las modulaciones musicales. Los criados formaban hileras y las criadas salían a bailar, con los brazos colgando, bamboleando las caderas.

Algunos esclavos ya entrados en años e inválidos presenciaban el espectáculo desde un lado, comentando entre ellos las deslumbrantes *congadas*, una complicada danza en la que se representaba a un rey, con un manto de tela fina tan largo que arrastraba, y un cortejo de doce ministros, con camisas rosas y azules, y doce niños, los *conguinhos*, con enaguas y corpiños; todos con cascos de cartón, adornados con cintas y plumas viejas, o gorros de tela de forro satinada.

—¡¿Y el general?! —recordaba uno.

—¡Ay, el general...! —suspiraba otro.

El general entraba en el baile uniformado, lleno de galones, con un abrigo realmente extravagante.

De la *congada* pasaron a recordar la enérgica y famosa danza de los *caiapós*. ¡Uy, esa! En ella, los negros llevaban madejas de crin de caballo en la cabeza y muchas plumas y adornos vistosos sobre las camisas de punto raídas.

Los más viejos, cuitados, rememoraban estas cosas mientras las jóvenes, a pasitos pequeñitos, iban y venían, ahora hacia atrás, ahora hacia delante, con movimientos lentos y redondeados, y repetían una y otra vez, con un tono cargado de melancolía:

Petinga-a-á, petinga-a-á,
¡Petinga-a-á, meu bem!

Octavio se paseaba por el balcón de la fachada, unas veces observando los bailes de los esclavos y otras asomándose a la ventana de la sala de juego y viendo cómo se desarrollaba la partida.

En una de esas ocasiones, presenció una fuerte discusión; se trataba de algo grave: acusaban a un juez de la zona con términos muy injuriosos.

—¡El muy canalla! —exclamó un hacendado de los alrededores que amasaba una gran fortuna y estupidez—. ¡No solo no prende a los negros fugados, sino que encima los acoge! ¡*Ta* tan tranquilo que tiene el valor de dejarlos andar de día por la calle!

—¡En verdad, nos está desafiando! —dijo otro.

—Si así lo quiere, que así sea... —sentenció un anciano enjuto de mirada aviesa.

—Bueno, ya se ha pedido su dimisión del cargo.

—¡Eso debería haberse hecho hace mucho tiempo!

—¡Pues esa dimisión ha sido muy discutida! —insinuaba maliciosamente, con acento extranjero, el mismo anciano de mirada torcida.

—Acoge a los esclavos para tener quien lo sirva —dijo el señor Azeredo, echando un triunfo.

—¡Sí, señor! ¡Así se hace! —respondió su compañero de partida, recogiendo el triunfo con otro de más valor.

—Ahora mismo tiene allí dos; uno de Moscoso. —Y con el mentón señaló a un tipo gordo, sin barba, que liaba un cigarrillo con sus cortísimos brazos apoyados sobre la rotunda barriga.

—¡Pues con el mío no se queda! —refunfuñó Moscoso, sacudiendo la papada...

—¡Ah! ¡Eso es lo que dice usted! Pero si a él se le antoja... —lo azuzaba el mayor Trigueiros, dándole unas palmadas en el hombro—. Entonces, ¿qué va a hacer?

—¡¿Que qué voy a hacer?! ¡Lo dicho, dicho! ¿O qué habíamos acordado?

—En verdad —respondió el mayor con una sonrisa—, dicen que tiene usted algunos planes...

—¡¿Yo?! ¡Quia! ¡«Eso es cosa de los Pereira»³⁵! —Y miró de soslayo, con malicia, al señor Azeredo.

—Bueno... bueno... ¡Sería más prudente cambiar de tema! —intervino el susodicho.

—¡Dejen en paz al juez! —dijo irónicamente el viejo extranjero, con las mejillas enrojecidas por el entusiasmo y la cerveza.

—Pero ¡si el maldito está pidiendo la horca! —exclamó un hombre más exaltado.

—¡Qué época de abusos!

—¡No! ¡A nosotros no nos toma el pelo! ¡Hay que darle una lección!

—Con la dimisión —concluyó el anciano.

—Y con...

Moscoso habría terminado la frase si los demás no hubieran silenciado sus palabras hablando alto y tosiendo con fuerza. «Claramente», pensó Octavio, «esta gente no está en sus cabales». Y se alejó de la ventana para ir a tumbarse en la hamaca que había en una esquina del balcón, donde se encendió un puro, con la mirada perdida en el cielo estrellado y las canciones de los negros, llenas de gracia y melancolía, de fondo.

³⁵ N. de la A.: Dicho popular para indicar que uno no tiene nada que ver con algo.

CAPÍTULO 28

Julio Franco salió del Sertãozinho a las cinco de la mañana, dejando al coronel encargado de excusarlo ante la familia Medeiros y el anfitrión Trigueirinhos. Había pasado parte de la noche discutiendo con su padre, quien, al oírle decir «Ya no quiero casarme; he decidido seguir soltero», se había llevado las manos a la cabeza.

—¡Qué demonios! ¿Por qué? —le había preguntado

—¡Porque veo perfectamente que no soy del agrado de Noemia Medeiros!

—¡A ver! Pero ¿qué tontería es esa? ¡Una mujer no sabe lo que le conviene! ¡El padre así lo quiere y punto!

—Yo no pienso así.

—¡Ya basta de bobadas!

—Es una cuestión muy seria...

—¡¿Que es una cuestión muy seria?! ¡Tengo a un idiota por hijo!

La discusión fue larga. Julio consiguió calmar a su padre después de muchas horas.

—¿Con qué cara voy a presentarme yo ante esta gente? —no dejaba de repetir el coronel.

Sin embargo, su hijo no se dio por vencido y el anciano tuvo que resignarse al miserable papel que le estaba destinado.

A la hora del almuerzo, llamó al comendador aparte y, muy titubeante y nervioso, le contó todo.

El comendador no respondió; pálido e indignado, le dio la espalda y fue a encerrarse en su dormitorio. Octavio colmó de atenciones al coronel y lo acompañó a mediodía a la estación de tren.

Durante el camino de vuelta al Sertãozinho, Octavio se detuvo en una tienda que vendía artículos de ferretería, de mercería, de vajilla, etc., en donde a esa hora se reunía media docena de personas en una suerte de cenáculo en el que debatían sobre política y tomaban café. El joven Medeiros preguntó si el señor José Ribas estaba presente y si, en caso contrario, podrían indicarle dónde encontrarlo.

El dueño de la tienda, un tipo corpulento, moreno y risueño, se acercó a la puerta para explicarle que José Ribas no se encontraba en la ciudad, pero que, si quería, él podría hacerle llegar el recado, ya que en ese momento estaba empaquetando un pedido que le había encargado de hachas, azadas, machetes y pistolas garruchas.

—Pase... Pase... Escriba lo que quiera —insistió el tendero.

Octavio, aceptando la invitación, tomó asiento en el escritorio.

A poca distancia, un empleado en mangas de camisa iba enumerando en voz alta cada objeto que ponía en una caja.

—Una pistola garrucha... tres hachas... cinco azadas... y dos revólveres...

En el mostrador, otro dependiente, muy aseado, los anotaba y repetía a su vez: «Una pistola garrucha... tres hachas...».

—¿Para qué demonios querrá Ribas todo esto? —preguntó desde una esquina un tipo delgado, con sombrero de paja, que estaba allí de tertulia.

—No lo sé... Lo único que puedo decirle es que he hecho mucho negocio últimamente.

—¿Será verdad, entonces?

—¿El qué?

—La revolución de los negros...

—Eso parece... En cualquier caso, es bueno estar preparado.

—Pues sí. José Ribas hace muy bien; si los negros pillan a los señores desprevenidos...

—... ¡Que Dios nos acuda!

En ese momento, un *caipira* irrumpió en la tienda y, dirigiéndose al dueño, anunció el motivo que lo había llevado hasta allí:

—He venido a *prestar* un machete...

—Yo no *presto*, vendo.

El *caipira* se quedó pensativo unos instantes y después concluyó:

—Pues entonces puede apuntárselo a Zé Riba...

—Muy bien... ¿Cuál es su nombre?

—¿Mi nombre?

—Sí.

—¡Ah! Me llamo Fructuoso da Cunha.

Mientras atendían a Fructuoso, Octavio agradeció al tendero su amabilidad y salió a esperar al *caipira*, que una afortunada casualidad le había servido en bandeja.

El capanga Fructuoso era delgado y bajo; tenía los ojos pequeños y penetrantes, los labios finos y las fosas nasales dilatadas.

Era un hombre arrojado, el primero en lanzarse al peligro; desconocía el temor y se deleitaba con el olor de la sangre, buscando la oportunidad de derramarla para mojarse las manos en ella, voluptuosamente. Ágil y astuto, escapaba siempre de las garras de la policía, y mientras los soldados lo buscaban en las tabernas, los caminos y los pueblos, él se reía tumbado boca abajo en algún jardincito trasero ignoto donde había improvisado un reñidero, viendo y azuzando a los gallos de pelea que se arrancaban las plumas y la piel, desangrándose y cegándose mutuamente.

—¡Maldita sea, blanquinegro! ¡Ataca! —gritaba, apostando con otros *caipiras* que se apiñaban, acuclillados, contando el dinero atado en los extremos de los pañuelos y chillando de rabia o de placer.

Por boca de este hombre, Octavio esperaba conocer la verdad, la confesión sincera de un error, la revelación de un nombre execrable y la salvación de Eva. Pero Fructuoso guardaba lealtad a sus patrones y su mente, siempre abierta al mal y a la perversidad con la avidez del tigre hambriento, rechazaba todo lo que fuera bueno o contribuyera a hacer el bien. Sus pensamientos volaban por la maldad como un murciélago por las tinieblas: sin obstáculos, placenteramente.

Al verlo salir de la tienda, Octavio lo llamó. Fructuoso se aproximó, dijo haberlo reconocido y siguió andando a su lado, sin mostrar la más mínima turbación. Cuando llegaron a un punto apartado de la calle, se detuvieron.

Estaban entre los muros de dos patios traseros. El sol abrasador caía a plomo sobre las piedras irregulares de la acera. Por encima de una de las tapias, se asomaban hacia la calle, como con curiosidad, los intrincados tallos de una enredadera sin flores; por encima de la otra, ni un vestigio de vegetación; lo único que se veía eran muchos fragmentos de vidrio, clavados y amenazantes, que relucían al sol.

—Vamos —comenzó Octavio—; ya sé que fue usted quien intentó matarme y, no se preocupe, que no estoy enfadado; lo que quiero saber es el nombre de la persona que lo contrató para ese fin. ¿Quién fue?

Fructuoso sonrió y luego, pasándose lentamente la mano por la cara, le dijo:

—No sé... ¿*pa* qué sirve decirlo?

—Eso es cosa mía. Dígame, ¿cuánto quiere por su secreto?

—Nada. No acepto dinero cuando no trabajo.

—Bueno, pues ahora trabajará para mí.

El *caipira* miró a su interlocutor de arriba abajo y volvió a sonreír.

—Mmm... ¡¿Cómo?! ¿*Pa usté, señó*?

—¡Sí, para mí! Verá... —Y Octavio habló extensamente, intentando por todos los medios, desde los más suaves hasta los más violentos, obligar al capanga a decir la verdad.

Sin embargo, Fructuoso se mantenía en sus trece y nada conseguía sacarlo de ahí, hasta que, por fin, al oír que Octavio mencionaba a Antunes como sospechoso, soltó una franca carcajada.

—¡*Ta* equivocado! El señor Antunes no tiene cabeza *pa* estas cosas... ¡Solo digo que quien lo organizó y nos pagó fue una mujer, no un hombre!

—¡Eso es mentira! —exclamó Octavio, indignado, al darse cuenta de a qué mujer se refería el *caipira*.

—Eso es verdad —replicó el otro, parsimoniosamente—, si quiere, le puedo enseñar una prueba...

—¡A verla! —respondió Octavio, extendiendo la mano.

—¡No *ta* aquí! Mañana por la tarde, me espera aquí, en este mismo lugar, que vengo a entregársela.

—¡No! Prefiero ir a buscarla hoy mismo a casa de José Ribas.

—¿Cómo es que *usté* sabe que hago noche por allí?

—Lo sé y punto.

—*Ta* bien, pero hoy no voy *pa* la finca...

—Mañana, entonces...

—¿A qué hora?

—A las siete de la mañana.

—¡Caray! ... ¡Hecho! Le espero...

Y se separaron.

Octavio emprendió la marcha, perplejo, pensando en las palabras del capanga, repasando su fisonomía cambiante e impenetrable, el parpadeo nervioso de los ojitos malignos y los repetitivos movimientos de la boca inquieta, como la de los conejos. Decidió que iría esa misma tarde a la hacienda de Ribas.

Fructuoso podría haberlo engañado... Los tipos como él no son de fiar... Deseaba apoderarse esa misma tarde del supuesto documento que le había ofrecido el *caipira*; en su opinión, era un elemento clave en aquella conspiración, hasta entonces tan intrincada y oscura.

Octavio llegó a la finca de José Ribas antes de que el sol se ocultara en el horizonte, y allí la mujer del capataz lo informó, seca y categóricamente, de que no había ningún blanco en la casa; ¡todos pasarían la noche en la ciudad!

—¿Pero... Fructuoso...?

—¡A ver! ¡Que hoy no viene nadie por aquí! Lo mejor va a ser que vuelva *usté* mañana, *señó*... —Y le dio la espalda.

—¡Maleducada! —rezongó Octavio, mientras bajaba los escasos peldaños de la escalera de la entrada.

Eran las ocho de la noche cuando tomó el camino hacia el Sertãozinho.

CAPÍTULO 29

¿**P**uedo pasar? —preguntó Trigueirinhos con la voz alterada. Había llamado a la puerta del dormitorio de Octavio, donde todavía había luz.

—¡Por supuesto! —respondió el joven, atónito, mientras iba al encuentro de su cuñado.

Era más de la una de la madrugada; por la ventana abierta, entraba el aire húmedo de la noche, una noche fosca, sin estrellas. Sobre la mesa, junto a la vela y el tintero abierto, descansaba una carta ya firmada para el señor Morton con la tinta todavía fresca.

Trigueirinhos, muy pálido, entró tambaleándose y se derrumbó en una silla.

—¿Qué le ocurre? —preguntó Octavio, asustado.

Trigueirinhos intentó responder, pero las palabras se le atropellaron produciendo un sonido mal articulado e incomprensible.

—¿Se encuentra mal? —insistió Octavio, inclinándose hacia él con preocupación.

—Mmm... No —le respondió, con una expresión y una sonrisa casi dolorosa.

Pasaron unos minutos sumidos en el mayor de los silencios. La luz de las velas titilaba, un ave nocturna pasó a ras de la ventana y Trigueirinhos, temblando, se acercó a su cuñado.

—Voy a contárselo todo... —masculló de manera casi incomprensible—, pero tiene que guardarme el secreto. He llamado a su puerta porque tengo miedo...

—¿Miedo? ¡¿Miedo de qué?!

Trigueirinhos miró a su alrededor y, pasándose la mano morena, pequeña y seca por los cabellos, murmuró:

—Escúcheme...

Las palabras volvieron a atragantársele, como si alguien le estuviera apretando el cuello.

Octavio trató de calmarlo, asegurándole que allí podía estar tranquilo.

Su cuñado reflexionó y luego prosiguió con un hilo de voz casi imperceptible:

—Muchos hacendados del municipio estaban indignados con el juez debido a los esclavos que protegía y acogía en su propiedad.

—Eso he oído...

—Pues es verdad... Y como él nunca respondió ni a los ruegos ni a las amenazas, decidieron...

Aquí Trigueirinhos tragó saliva y dejó caer la cabeza con un movimiento sombrío, enajenado.

—¿Qué decidieron? —inquirió Octavio, con curiosidad.

—¡Matarlo! —contestó Trigueirinhos, con la voz estrangulada y el cabello alborotado.

Octavio se enderezó mientras dejaba caer la mano pesadamente sobre el hombro de su cuñado y le decía, con la voz áspera y vibrante:

—Pero usted no ha formado parte de esta confabulación, ¿verdad? ¡Hable!

—Yo... —musitó Trigueirinhos, casi de rodillas.

Octavio, completamente consternado, guardó silencio; entretanto, su cuñado murmuró con la profunda humildad de quien se confiesa:

—Habíamos fijado reunirnos hoy e ir a la casa del juez para quitarle los esclavos que tiene allí y..., pero no tuve valor. Llegué un poco antes de las once y ya vi a mucha gente reunida en el pastizal de Simões Rodrigues, donde habíamos acordado dejar los caballos... entonces no sé qué me poseyó..., pero tiré de las riendas y volví a casa rápidamente... Durante todo el camino de vuelta me parecía sentir a toda esa gente venir detrás de mí, arrastrando al juez... Entré en el corredor como un borracho, vi que había luz en su cuarto y llamé a su puerta.

Trigueirinhos, muy pálido y nervioso, ya daba libre curso a las palabras, que se precipitaban y lo comprometían a él y a los demás, cuyos nombres revelaba en una suerte de cascada impetuosa.

Tratando de dar marcha atrás, no hacía sino adentrarse más y más cada vez, gesticulando como un náufrago que lucha contra una ola.

Estaba blanco como el papel; movía crispado las manos, finas y delgadas, que dejaban traslucir los cordones oscuros de la ramificación de las venas, fruncía las cejas, las alzaba y bajaba, arrugando la frente retraída. Parecía un loco en plena crisis. De vez en cuando, se detenía, creyendo oír un disparo, y adoptaba una actitud de escucha.

Octavio, en vista de toda aquella exaltación, ya no daba crédito a nada de lo que decía su cuñado, al que consideraba enajenado y al que recomendó reposo.

Para no asustar a Nicota, le dijo que se quedara allí mismo, en su cama, y lo ayudó a desvestirse. Trigueirinhos mostraba la docilidad de un niño y se dejaba mover sin resistirse ni colaborar. Al quitarle el abrigo, Octavio vio que en el cinturón llevaba un revólver y un machete por estrenar, además del cuchillo que normalmente tenía en la sisa del chaleco.

—Pero ¡¿qué lleva ahí?! ¡Realmente estaba preparado para el ataque...!

Y de repente, acordándose de lo que había oído en la tienda, se percató de que no tenía ante sus ojos a un loco trastornado por una alucinación, sino a un hombre culpable, atormentado por el remordimiento; entonces, sin mostrar un ápice de compasión, indignado y trémulo de rabia, lanzó sobre su cuñado una tormenta de reproches.

Trigueirinhos tenía los ojos desorbitados; el terror que lo embargaba no le permitía verbalizar una respuesta.

—¡Debemos advertir al hombre y salvarlo! —dijo Octavio.

—¿Cómo? —balbuceó su cuñado, con un brillo de esperanza en la mirada.

—No sé cómo..., pero ¡ya se me ocurrirá por el camino!

El caballo en el que había llegado Trigueirinhos seguía ensillado, con las riendas amarradas a una aldaba de la puerta. Octavio desató los nudos que su cuñado había hecho con manos nerviosas, se montó en el animal y partió al galope.

CAPÍTULO 30

Trigueirinhos se quedó a solas. Sentía como si le subiera por la columna vertebral una serpiente de hielo y se encogía haciéndose un ovillo. Tenía los ojos abiertos de par en par y clavados en la puerta abierta al negro vacío del corredor. Quería cerrar aquella puerta, que daba paso a las tinieblas, ¡y no podía moverse!

Deseaba iluminar bien la habitación, escuchar voces amigas, oír el ruido de la casa, que lo tranquilizara, y ver la claridad del sol. ¡Aquel silencio y aquella oscuridad le helaban la sangre! Con la mirada, rastreaba ansiosamente, ahora la ventana, ahora la puerta, esperando y temiendo ver surgir, en una o en la otra, siniestra y aterradora, la cabeza del muerto. Como estaba en el centro del cuarto, temió que alguien, a traición, se situara tras él, y retrocedió, despavorido, hasta dar con la espalda en la pared encalada y fría. Pero, a un lado y al otro, los oscuros agujeros de la ventana y de la puerta lo aterrorizaban, así que sacó su revólver y lo amartilló, dispuesto a defenderse de los fantasmas que su exaltada imaginación le hacía ver.

Hubo un breve instante de alivio. Dentro de la casa, se oyó llorar a un bebé. Mientras duró el débil sonido de aquella voz infantil, impotente pero humana al fin y al cabo, un gran consuelo revistió su alma. Desgraciadamente, enseguida tranquilizaron a la dulce criatura y todo volvió a sumirse en una profunda quietud. La brisa nocturna era cada vez más húmeda y traía de los campos el aroma fresco de la hierba y los sonidos dispersos e indescifrables de los animales y de la vegetación.

Por la mente desquiciada de Trigueirinhos pasaban una y otra vez, de forma vertiginosa, todas las escenas que había presenciado desde el día en que un grupo de amigos lo había invitado a participar en «la gran venganza».

Había sido allí mismo, en el Sertãozinho. El señor Azeredo y otros cinco amigos despotricaban contra el juez, jurando que lo silenciarían de una vez por todas. Y discutían en voz baja sobre política y sobre el carácter de aquel hombre, pidiendo la opinión y ayuda de Trigueirinhos, que contestaba con evasivas, sin saber qué partido tomar.

La acción propuesta le había parecido repugnante; había llegado incluso a verbalizar un pero. Sin embargo, los demás se habían abalanzado sobre él de manera enérgica, rebosantes de indignación, retorciendo la ley, aplastando la moral, acabando con la bondad que hubiera en sus corazones, abriendo únicamente la válvula del odio negro, infeccioso, corrosivo, inmundo, que había brotado a borbotones en un raudo torrente que arrasaba a su paso con las escasas florecillas de los sentimientos piadosos.

—Todos los agricultores están en su contra; ¡usted verá si quiere ser el único blandengue! —había exclamado Azeredo.

—¡Vamos! —había insistido otro—. ¡Un hombre es un hombre!

Trigueirinhos se había resistido, mascullando, pero, no sabiendo cómo discutir con Azeredo y temiendo sobre todo que lo tacharan de ser un vil cobarde, había acabado consintiendo en todo, aunque muy a disgusto. A partir de ese momento, se había visto envuelto en una maraña de confabulaciones. Lo habían implicado hasta las cejas, lo habían comprometido. El caso era ser más numerosos, repartir la responsabilidad del acto entre un círculo cada vez mayor. Con este propósito habían celebrado reuniones, fraguado intrigas y difundido por toda la ciudad rumores aterradores, designando astutamente una fecha concreta para una revuelta de esclavos, alejando cualquier sospecha de que eran ellos, los blancos, los ricos, los señores, los propietarios, quienes recorrían las calles revólver en mano, irrumpiendo en las casas y destrozando la felicidad de una familia honesta y pobre. Los temerosos burgueses se acurrucaban entre las sábanas, dejando que los negros afuera gritaran a sus anchas.

Trigueirinhos seguía todos los planes, boquiabierto, asustado, tratando de escapar a veces de esas confabulaciones, pero obedeciendo siempre al final.

El día señalado para el asalto había llegado. Trigueirinhos lo pasó en ayunas; disgustado, con un sabor amargo en la boca y estremecimientos de un frío nervioso y húmedo por todo el cuerpo. A medida que se acercaba la noche sentía que se recrudecía su malestar; quiso contárselo todo a su cuñado y a su suegro, incluso los buscó para ello, pero el valor lo abandonó y, abatido por el temor a una grave y justa reprobación, transigió con su conciencia. Decidió que no se presentaría y en esas estaba cuando uno de los capangas de Azeredo llegó a avisarlo de nuevo de parte de su patrón, con la encarecida recomendación de no faltar.

«¡Compórtese como un hombre!», le decía el amigo en su letanía; «¡acompáñenos en el peligro como nos ha acompañado en los buenos tiempos!».

Trigueirinhos pensó que era su deber acompañar a los demás. A las once de la noche se montó en el caballo y partió.

El cielo sin estrellas parecía más profundo y vasto; los árboles, apenas agitados por el leve viento del verano, mecían perezosamente sus frondas oscuras; la naturaleza, bella y serena, le suscitaba pensamientos tranquilos, ideas de una calma y una dulzura sumamente delicadas. Era medianoche cuando Trigueirinhos llegó al pastizal de Simões Rodrigues. Lo asaltaron de nuevo sentimientos encontrados, esta vez con más fuerza: veía al condenado cubierto de sangre, oía a la opinión pública después, flagelando su nombre salpicado de barro, y venían, como en un cortejo, la detención, el interrogatorio... ¡el desprecio de la familia y la imposibilidad de seguir viviendo allí!

En el pastizal ya se habían reunido unas doscientas personas; se oía un murmullo sordo de voces y el chasquido, de vez en cuando, de un arma que se cargaba. Entonces, sin saber muy bien por qué, Trigueirinhos, como un autómata, hizo girar a su montura y galopó hacia su casa. Le parecía que lo perseguían, que lo abucheaban, llamándolo repetidamente: «¡Pusilánime! ¡Cobarde!». Intentaba parar, reunirse con sus compañeros, pero se topaba con la visión del muerto y el color de la sangre lo enajenaba. Sentía la necesidad de buscar refugio en la compañía de otra persona. Despertaría a su mujer, le pediría que lo defendiera, le rogaría una protección que ella nunca hubiera creído tener que prestarle. Entró a toda prisa en la casa, se tropezó subiendo las escaleras y se cayó; se levantó, despavorido, muerto de miedo y sintiendo tras él a Azeredo diciéndole burlonamente: «¡Débil! ¡Cobarde! ¡Traidor!». Entonces vio luz en el cuarto de Octavio, se apoyó en la puerta casi desmayado y llamó con los nudillos.

CAPÍTULO 31

Cuando Octavio llegó a la ciudad, estaba amaneciendo. Por las ventanas entreabiertas se asomaban cabezas curiosas. Aquí y allá, los más osados se aventuraban a cruzar la calle o incluso a acercarse hasta el lugar donde se había producido un espeluznante derramamiento de sangre.

Unos minutos más tarde, Octavio se detenía frente a la casa del juez.

En la acera, delante de la casa, algunas personas comentaban el tristísimo suceso mirando las ventanas sin cristales, las paredes agujereadas por las balas y las piedras de los asaltantes. La puerta forzada, tirada hacia dentro, mostraba el corredor oscuro por el que dos horas antes se había precipitado, sedienta y bárbara, la multitud de asesinos. Entre los curiosos que se habían acercado hasta allí, se hallaba el dueño de la tienda, que, al ver a Octavio desmontar del caballo, se apresuró a cruzar la calle para hablar con él.

—¡Qué desgracia, amigo mío, y qué vergüenza! ¿Qué van a decir por ahí adelante cuando se enteren de esto! Y pensar que fui yo, ¡yo!, quien le proporcionó a toda esta gente las armas del crimen...

—Entonces, todo ha terminado, ¿no es cierto?

—¡Sí!

Octavio se estremeció y el ferretero continuó:

—Esto fue lo que ocurrió: me desperté a las cuatro de la mañana con el ruido de los tiros y todo el griterío. Llamé al muchacho y le dije que averiguara qué sucedía... El muchacho lo vio todo... Volvió para contármelo y yo vine y me encontré con unos amigos que ya estaban aquí y me dijeron lo mismo... ¡Qué desgracia! ¿Qué van a decir de nosotros por ahí adelante? ¿Quiere pasar? Vamos... yo ya he estado. Entre, ¡venga conmigo!

—Pero... ¿podemos pasar así como así? ¿Y la autoridad?

—Pero ¡si es la propia «autoridad» la que está muerta!

—Pues es verdad. Entremos.

Recorrieron juntos toda la casa, pasando por entre muebles destrozados, revueltos y tirados, manchas de sangre y cristales rotos.

Tendido en el patio trasero, bajo una de las ventanas, estaba el cadáver del juez, yerto, mutilado, espantoso.

Había grupos de curiosos charlando allí, frente al asesinado; otros, de condición inferior, espiaban desde el muro.

—¡Mire cuántos golpes ha recibido este pobre infeliz! ¡Y algunos se los asestaron sus propios familiares! —lamentó el ferretero, que, ante el gesto incrédulo de Octavio, continuó—: ¿Qué? ¿Le sorprende? En la turba había muchos agricultores de la familia... —enumeró a algunos de ellos—. Mire, ese es el muchacho que lo presenció todo... ¡Oiga, señor Juca! ¡Venga aquí, haga el favor!

El señor Juca se acercó. Era un muchacho todavía bastante joven, inteligente y de mirada despierta; hijo de un hacendado de Mogi das Cruzes, andaba mirando fincas por la zona.

Un instante después, Octavio escuchaba un relato sucinto de los hechos. A sus pies, hediondo, cubierto de manchas y de sangre coagulada, estaba el cuerpo del juez, en una franja de sombra proyectada por el tejado. El grupo de comentaristas fue haciéndose cada vez más numeroso: ya no era solo uno el que contaba la historia, eran dos, cuatro, cinco, diez. Y todos repetían lo mismo.

A las cuatro de la mañana, habían subido, organizadas y armadas, de unas ciento y pico a doscientas personas procedentes de los terrenos de Simões Rodrigues. Y de esta manera, sumando algunos amigos más por el camino, habían llegado a la casa del juez; la habían rodeado y muchos habían entrado por la fuerza, por la parte de atrás, disparando y derribando puertas al grito de «¡Devuélvenos a nuestros esclavos! ¡Que salgan los abolicionistas!».

Al verse amenazado, el juez había intentado escapar y le había pedido a su esposa que se salvara y se llevara a los niños... La pobre mujer se había tirado por una ventana; su marido había seguido su ejemplo, pero, desgraciadamente, sus asesinos ya lo esperaban abajo, en el patio trasero. ¡Entonces había dado comienzo, con toda ferocidad, el negro acto criminal! Le dieron una paliza, lo mutilaron y lo estrangularon sin atender a las súplicas de la desdichada esposa, que se arrastraba de rodillas implorando clemencia.

A su voz quebrada de dolor, trastornada por el pavor y las lágrimas, se unía la de una hijita inocente, sollozante y dulce, pero los sicarios les respondieron de forma injuriosa, redoblando los golpes, con una furia sanguinaria.

Solo cuando lo vieron todo reducido a destrozos, ruinas, sangre, vergüenza y dolor irreparable se fueron, felices, satisfechos de su obra.

Ya despuntaba serenamente el alba. Octavio había escuchado todo esto conmovido, con los ojos fijos en el muerto.

—Lo realmente extraordinario —decía uno— es que la policía no se personara.

—¡Sí, claro...! —exclamó otro con ironía—. ¡Si el primer suplente del comisario, en cuanto oyó los primeros tiros, fue a la prisión a prohibirle a la guardia que saliera...!

—¡Oh!

—¡¿Cómo?!

—Le dijo al sargento comandante del destacamento que el grupo era demasiado grande, que la prisión tenía demasiados presos y que todo aquello lo decía porque él, el suplente, había sido nombrado comisario.

—¡Ah, caramba!

—¡¿Qué me dice, hombre?!

—La verdad.

Los allí presentes prorrumpieron en exclamaciones de indignación y varios lugareños comentaron la trayectoria del suplente.

La claridad de los primeros rayos de sol se aproximaba, lamiendo ya los pies del cadáver. Octavio le extendió mecánicamente la mano al tendero y estaba a punto de marcharse cuando oyó que alguien decía lo siguiente:

—Aquel golpe en la cabeza se lo dio el capanga de José Ribas... un tal Fructuoso...

—Es cierto —confirmó otra voz—. Qué fuerza tiene, ¿eh?

—No contento con matarlo, también le robó, que lo vi saltar por la ventana...

—Yo también lo vi... con unos papeles...

—¡Qué vergüenza! —murmuró el tendero, sacudiendo melancólicamente la cabeza—. ¿Qué van a decir de nosotros por ahí adelante?

Aquella preocupación acabó de impacientar a Octavio. Oír de nuevo el nombre de Fructuoso lo había conmocionado. Lanzando una última mirada compasiva al muerto, se marchó.

Salió profundamente sobrecogido; todo allí le parecía innoble, abyecto: las personas y las cosas. Aquella tierra le repugnaba; miraba las casas como si todas fueran guaridas de asesinos y en cualquier rincón del paisaje, por sereno y conmovedor que fuera, le parecía percibir negros vestigios de conspiración e intriga. Se montó en el caballo y partió al galope por el camino hacia el Sertãozinho, pero enseguida se vio obligado a detenerse al ver llegar al criado de su cuñado, que le dijo que había venido a buscar a un médico.

—¡El *señó ta* como muerto! ¡No tiene ni fuerza...!

—¿Está mi padre en casa?

—Sí, *señó.*

—¿Y el coronel Ribeiro?

—También, *señó.*

—Bien.

En lugar de regresar, Octavio tomó el camino hacia la finca de José Ribas. Su presencia en el Sertãozinho podía agravar el estado de su cuñado; además, urgía arrancar de ese condenado Fructuoso la prueba prometida. Le repugnaba tener que pedirle a aquel hombre una palabra sobre la que descansaría toda su felicidad futura. ¿Y qué confianza podría él depositar en esa palabra? ¡Dejar que aquellos labios mentirosos e impuros pronunciaran el querido nombre de Eva ya era un sacrilegio! Pero era preciso. Y si resultaba que Fructuoso la señalaba como autora de aquella vileza, ¿le daría crédito? ¿Le taparía la boca y lo llamaría infame? ¡Recurriría a la violencia y, por más que oyera repetir «¡Fue Eva! ¡Eva!», él lo negaría siempre: «¡No, no y no!»! En todo eso pensaba mientras galopaba hacia la hacienda de José Ribas.

En la vida de todas las personas, incluso en la de las más sensatas, hay momentos de locura en los que se cae inevitablemente en las más absurdas contradicciones. La razón nos dice: «¡Es inútil! ¡No lo hagas!». Pero entonces asoma en lo más íntimo de nuestro ser una duda misteriosa, un «¿quién sabe?» que nos impulsa a actuar, ¡incluso en contra de nuestra voluntad!

Eso mismo es lo que le sucedía a Octavio. Al llegar a la casa de José Ribas, vio en una ventana a la mujer con la que había hablado el día anterior, el ama de llaves de la finca.

—¿Podré ver hoy a Fructuoso? —le preguntó el joven.

—¡Uy! ¡Lo dudo! Tiene *usté* muy mala suerte.

—¿Por qué?

—¡Porque lo busca en vano!

—¡¿Ya se ha ido?!

—¡Ay, *m'hijo*! A primera hora de la mañana.

—¿Y cuándo volverá?

—¡Ese no vuelve; ese solo quiere andar de aquí *p'allá*!

—Pero ¿ha dicho que no volvería? ¿Lo sabe con certeza?

—No, no lo dijo, pero lo vimos; recogió sus cosas de cualquier manera, habló con el *señó* Zé y se marchó.

Octavio, perplejo, maldijo su ingenuidad. Fructuoso lo había engañado dos veces: afirmando tener en su poder una prueba que no poseía y emplazándolo a ir en su busca en un momento en el que ya tenía previsto estar lejos de allí. ¿A dónde habría ido el *caipira*?

¿Y para qué buscarlo? Volvería a engañarlo dos, diez, veinte veces y a reírse de él otras tantas. Ya había aprendido la lección. ¡Pobre Eva! ¡Por qué mundo de vilezas arrastraban su nombre!

Cuando Octavio entró en casa, le preguntó a su hermana por el enfermo.

—Está muy alterado; el médico dice que es una crisis nerviosa; ven conmigo a verlo...

Trigueirinhos se rascaba las piernas irritadas por la comezón que le provocaban las cataplasmas de polvo de mostaza, hacía muecas con la boca y se retorcía entero. Cuando vio al cuñado, empezó a farfullar:

—¡Yo no soy cómplice! ¡No he matado a nadie! ¡Lo juro! ¡Lo juro! ¡Soy incapaz de semejante infamia!

El médico, en la cabecera de la cama, trataba de calmarlo. Se oía el frufrú de las faldas de las señoras que iban y venían de puntillas por el corredor.

Por la tarde, Trigueirinhos se sumió en un sueño reparador.

Días más tarde, el médico les recomendó que se lo llevaran de allí, que lo trasladaran a otro lugar, al menos temporalmente.

La familia Medeiros decidió, entonces, regresar a Santa Genoveva con Nicota y el enfermo. Él no oponía resistencia, como si estuviera ido, dejaba que lo movieran sin protestar.

El terror se había extendido por toda la ciudad. Solo se hablaba del crimen; se veía sangre en todas las manos y mentiras en todos los rostros. Las familias huían temerosas y horrorizadas; el lugar quedaba desierto.

Mientras sus padres y hermanas se dirigían directamente a la estación, Octavio fue a despedirse del tendero que siempre lo había tratado con tanta amabilidad. Lo encontró rodeado de media docena de tipos, que tomaban su café y le hacían preguntas.

—En cualquier caso, le dieron una lección —dijo uno.

—¿No cree que hacía falta algo así para dar ejemplo? —preguntó otro, volviéndose hacia el dueño.

Y este afirmó enérgicamente:

—¡Claro que sí! A partir de ahora, esos pescadores de aguas turbulentas tendrán que ir con más cautela...

Octavio salió de allí asqueado; el tendero se dio cuenta, fue tras él y lo alcanzó en la primera esquina. Allí, tras mirar precavidamente a un lado y al otro, dijo, en voz baja y susurrada:

—Tiene que entenderlo... Si voy en contra de la opinión de esta gente, ¡tendré que cerrar el negocio! ¡Los agricultores son los que nos sostienen!

Octavio le contestó con evasivas y continuó su camino, repitiendo mentalmente la frase que tantas veces le había oído decir a aquel mismo hombre, en tono indignado y enfático: «¡Vergüenza! ¿Qué van a decir de nosotros por ahí adelante?».

CAPÍTULO 32

Cuando la familia Medeiros llegó a Santa Genoveva, el capataz estaba lívido y azorado.

—¡*Tamos* sin gente!

El comendador no entendió lo que quería decir y le hizo repetir la frase.

—¿Qué dice, hombre?

—No ha sido culpa mía... —murmuró el capataz, avergonzado—. ¡Los malditos negros son realmente endiablados!

—¡Explíquese! —gritó el comendador, encolerizado.

El empleado le contó, sumisamente, que los esclavos, aprovechando la ausencia de los dueños de la casa, habían huido en masa.

—¿Adónde?

El capataz no supo responder y bajó la mirada, encogiéndose de hombros casi imperceptiblemente.

Esto era lo que había ocurrido:

Dos días antes, amparados por la oscuridad de la noche, todos los esclavos de Santa Genoveva habían partido hacia la sierra del Cubatão, el misterioso refugio de tantos infelices. El camino era largo y arduo, y las primeras horas de la precipitada marcha eran contadas con las aceleradísimas palpitaciones del corazón.

El batallón harapiento y taciturno, como si estuviera compuesto por los hijos de Caín, avanzaba en silencio, cortando la oscuridad de la noche con pasos largos y desiguales. Se oía el resuello cansado y anhelante de un centenar de criaturas que respiraban de forma agitada. ¡Ni una palabra, ni una queja, ni un gemido! Haciendo crujir la hierba seca bajo sus pies callosos, los negros marchaban con la mirada encendida, la boca entreabierta con una marcada expresión de dolor y odio, ¡como si en lugar de caminar hacia la libertad fueran hacia el patíbulo!

Las madres envolvían a sus hijos pequeños en los chales rotos, dejando expuestos a la fría brisa nocturna los hombros desnudos, cosidos a latigazos, y llevaban el pecho en la boca de las criaturas, para que no lloraran. Estas oscuras heroínas empleaban todas sus fuerzas sin quejarse, caminando sin descanso, a pesar del pesado fardo, a pesar de la oscuridad, a pesar del miedo, con los oídos atentos, los labios secos, los sollozos retenidos en la garganta. Los padres llevaban de la mano a sus hijitos mayores, que durante las primeras horas siguieron la marcha y sufrieron algún desmayo después... Los ancianos que no habían querido dejar que sus compañeros se fueran sin ellos arrastraban los pies, abrían las manos temblorosas, dejaban rodar por el suelo el bastón en el que se apoyaban y caían de rodillas, con los ojos llenos de lágrimas y los labios llenos de plegarias.

Buscando los desvíos más sombríos, sin atender al hambre ni al cansancio, así atravesaba aquella gente los caminos pedregosos o los que estaban alfombrados de hierba, sangrando la carne ya tan magullada por el trabajo y martirizando el alma con pavorosas alucinaciones. ¡Cuántos habían quedado atrás una vez recorrido más de la mitad del camino! Muchos ancianos y niños se habían perdido o yacían muertos en la espesura y allí serían pasto de los animales salvajes y de los cuervos.

El sol se alzaba y se ponía sin que la alegría viniera a batir sus alas blancas sobre aquellas frentes negras. ¡Siempre el miedo a la persecución, el temor al mañana, a regresar a la casa del amo, al castigo, a la vergüenza y a la muerte!

Al llegar al río Tieté, ancho y profundo, creyendo oír el ruido de los soldados, dos madres arrojaron a sus hijos al agua, en un acto incomprensible, y, con los brazos en alto, corrieron vertiginosamente por la orilla hasta caer de bruces, golpeándose y lacerándose el pecho y la cara con los brezos. A la sombra de aquellos árboles hermosos yacían los cadáveres de los vencidos, y sobre las tiernas hojitas de las plantas rastreras quedaba la sangre de los que todavía jadeaban, sufrían y continuaban.

Mientras tanto, en Santa Genoveva, el capataz aguantaba el formidable chaparrón de insultos que le lanzaba el patrón. El comendador Medeiros, exasperado, exclamó al fin:

—¡Todo esto es obra de ese Antônio Bento[36]! ¡Rediós! Lo que le hicieron a ese maldito juez es lo que deberían hacerles a todos esos canallas que nos descarrían a los esclavos. —Y tras una pausa, añadió—. Entonces, ¡¿no ha quedado nadie?!

—Solo Joaquina... y Joana, que *ta pa* morir...

—¡¿Solo los despojos de esas viejas negras?!

[36] N. de la A.: El nombre glorioso de Antônio Bento (1843-1898), el denodado, el gran abolicionista de São Paulo, fue blanco de todos las injurias por las que ahora tiene la recompensa de la gratitud popular.

—Menos mal que se llevó *usté* a Saturnino; si no, se hubiera quedado también sin él... —aventuró a decir el empleado con cierto temor.

Un poco más tarde, ya más animado, el capataz trató de consolar al comendador contándole que Gusmão también había perdido a todos sus esclavos; los de aquel caficultor habían ido a Campo Limpo y, una vez allí, el jefe de la estación, de acuerdo con el jefe del tren, los había hecho subir apresuradamente a los vagones de segunda clase...

—¡Gentuza! Hatajo de canallas —vociferaba, con el rostro encendido, el comendador.

CAPÍTULO 33

Octavio fue a ver a la ama. La tía Joaquina, la jabonera, estaba sentada ante la puerta de la *senzala*, con los delgados codos apoyados sobre las piernas y el rostro enterrado entre las manos. Al oír que unos pasos se aproximaban, levantó la mirada; tenía los ojos enrojecidos y húmedos.

—¿Qué ocurre, Joaquina? ¿Estaba llorando?

—Sí, *señó*... —respondió la anciana con un suspiro.

—Mamá está peor; ya lo sé.

—¡Ay, señorito! La tía Joana *ta* cada vez peor... y yo *toy* llorando porque Jacinto también se fue con los demás... y ahora, ¿qué voy a hacer cuando la tía Joana me pregunte por él?

—Todo se arreglará, no se preocupe. —Y Octavio, conmovido por la bondad de la pobre Joaquina, entró en la *senzala* del ama.

Al fondo de un cuarto amplio y oscuro, cuyas paredes y suelo rezumaban humedad, yacía la pobre mamá tumbada en una estera sobre las tablas del catre, entre trapos viejos de paño y grueso algodón. En el aire flotaba un olor a suciedad y a moho. Las moscas zumbaban, volitaban sobre la moribunda, que ya no las sentía. El pelo crespo, completamente blanco, le enmarcaba como una aureola su estrecha frente arrugada; el rostro negro era ahora de un marrón amarillento; los labios marchitos se le metían hacia dentro de la boca, resaltando el mentón puntiagudo; la nariz afilada había adoptado la forma de la de los blancos; la piel había adquirido una transparencia cérea; y los ojos, abiertos e inmóviles, se estaban cubriendo poco a poco de una niebla blanquecina que empañaba su brillo.

—¡Mire! ¡La tía Joana *ta* tan pequeña que hasta cabe en un cesto! ¡Como si fuese una niñita! —Y Joaquina se echó a llorar mientras apartaba del cuerpo de su compañera los restos de una colcha gris.

Realmente, el cuerpo de la mujer se había consumido hasta tal punto que su volumen había mermado considerablemente. Los brazos yacían finísimos sobre la estera y las manos parecían arañas secas y arrugadas.

A través de la abertura de la blusa de tela de indiana se le entreveían los pechos, arrugados, blandos, colgantes como dos saquitos vacíos, los mismos pechos que, antaño, tantas veces había puesto, fértiles y prominentes, en la boquita sedienta del pequeño Octavio.

—Mamá... —murmuró, inclinándose para acariciarla—. Mamá, soy yo, Octavio, estoy aquí... —Y le tomó la mano cariñosamente.

La anciana no podía moverse, pero relajó los labios contraídos. Había oído la voz de su hijo.

—Mamá... Mamá... —repetía el muchacho.

Y la neblina en los ojos de la mujer iba desapareciendo, disolviéndose como una nube bajo los rayos del sol.

No podía hablar, pero su mirada aparecía ahora clara, expresiva, dulce, feliz; era una mirada agradecida, una mirada añorante y cariñosa, que lo inundaba de ternura y de amor.

—Mamá... mi pobre mamá... —repetía Octavio, conmovido y trémulo.

Y con la mirada ella le respondía: «¡Gracias por tu piedad! ¡Estaba esperando por ti para morir!».

Fue como si el alma, la vida, le hubiera salido por los ojos. Joana expiró.

Su hijo blanco, que siempre la había colmado de orgullo, le endulzó el fallecimiento. La ausencia de Jacinto, su propio hijo, nacido de sus entrañas, fue compensada con creces. ¡Ni una mirada rápida a su alrededor para buscarlo! ¡Se había olvidado de él como si hubiera adivinado su abandono! ¡Octavio era su dios, Octavio era su amor!

Desde pequeño siempre había sido Jacinto el preterido, el pospuesto; ¡el hijo negro que se revolcara desnudo, hambriento y sucio, con tal de que el hijo blanco gozara de la abundancia de la buena leche, de la suavidad de la batista y del olor a limpio!

Eso era habitual entre las esclavas. Pasaban del campo, encallecidas por la azada, a la alcoba de la parturienta, recibiendo en sus manos magulladas por el castigo y el trabajo el cuerpecito mimado, sedoso y rosado del niño que debían amamantar. A partir de ese instante, su atención, sus cuidados y su afecto convergían en el niño blanco; el negro que se muriera... sería un infeliz menos. ¡Y así sucedía la mayoría de las veces!

Por extraordinario e improbable que parezca, lo cierto es que era así. La dulzura del amor materno, un amor más sacrificado cuanto más intenso, no resonaba en sus almas... o sí, pero amortiguado por la voz del orgullo. Es de suponer, sin embargo, que la razón principal de esta anomalía era la miseria de su condición.

Era incluso bueno que los niños murieran siendo muy pequeños, desconociendo todavía las amarguras a las que estaban destinados.

La pobre Joana había sido una de esas. Había tenido muchos hijos y había criado a varios niños blancos; de cuando en cuando, la prestaban a una u otra familia, como si fuera una cosa o un animal inferior; no se rebelaba... ¡había nacido cautiva! ¡Y daba su sangre a los hijos ajenos mientras los suyos se morían de hambre!

Octavio había sido el último y el único de todos ellos que, hasta los diez años, la besaba, colgándose de su cuello. Los demás la miraban por encima del hombro, con la arrogancia de los blancos, y solo en contadas ocasiones la buscaban. Además, como se había quedado en casa, Jacinto no había sufrido el destino de sus hermanos; las compañeras se turnaban para darle de vez en cuando un poco de sopa o para cambiarle la ropita, consolándolo mientras le ponían otra seca.

¡Qué lejos quedaba aquella época! Ahí yacía ahora consumida, fría, momificada entre paños rasgados, sobre una estera húmeda, la lozana mamá de antaño, la activa y enérgica Joana.

Joaquina encendió un cirio, guardado con antelación para ese momento, y lo colocó a los pies del cadáver. La llama de la vela, que ninguna brisa agitaba, brillaba amarilla y fija sobre el fondo oscuro de la pared y vertía un estrecho haz de luz pálido sobre la colcha gris hecha jirones.

—¡No imaginaba que la tía Joana fuese a morir hoy! —confesó entre lágrimas la compañera de la muerta

mientras con dificultad le cruzaba las manos sobre el pecho—. ¡Pobrecita mía...!

Por el cuarto oscuro y húmedo se extendía tristemente
el olor frío de la muerte...

Octavio, con los ojos llenos de lágrimas, miraba en silencio a su pobre mamá mientras le espantaba las moscas.

CAPÍTULO 34

Durante un mes, la vida transcurrió monótonamente en Santa Genoveva. Trigueirinhos, convaleciente, se recuperaba despacio, mostrándose todavía nervioso y débil. El comendador indagaba el paradero de los esclavos, visitaba a Antunes cada vez con más frecuencia y vociferaba contra la ineptitud de las autoridades.

Las mujeres cosían, estaban más atareadas con los menesteres domésticos, enseñando a las criadas italianas inmigradas, recién llegadas de su país, con las que no se entendían en absoluto. Noemia se desternillaba de risa con los malentendidos entre su madre y las sirvientas y, con la despreocupación propia de sus quince años, iba dejando que se borrara sin esfuerzo la dulce impresión del primer amor.

Octavio buscaba en el trabajo una distracción que no encontraba; esbozaba mapas, hacía planos, medía terrenos, calculaba sumas; saltaba de un proyecto a otro, hallándolos todos inútiles y convenciéndose de que perdía el tiempo, con el entendimiento ofuscado por el amor que sentía por Eva.

Volvió a la hacienda de Antunes y preguntó por Fructuoso; no supieron darle ninguna noticia de él. Trató de averiguar algo más en la venta del camino; el tabernero estaba solo, dormitando sobre el mostrador. Le dijo que no conocía a Fructuoso. Fue allí una vez, otra y otra más, hasta que encontró al *caipira* que en ese mismo lugar lo había informado acerca del capanga de Antunes.

El hombre estaba de pie, apoyado en el marco de una puerta, liando un cigarrillo entre los dedos. Hablaba con alguien que se encontraba dentro, la misma mujer de la otra vez, que se acercaba arrastrando sus faldas demasiado almidonadas:

—¡Eh! ¡*Nhá* Tuca! ¡Solo *ta* reposando! —dijo con una modulación cantarina, dejando caer la cabeza y guiñando los ojos.

—¡Uy, mira, mira! ¡Tal cual un macaco! —respondió ella, imitándole el gesto.

Octavio interrumpió bruscamente la conversación. Llamó al *caipira*, le dio algo de dinero y le preguntó por Fructuoso.

—El capanga de Antunes anda escapado de la Policía —respondió el hombre—, y nadie le ha puesto los ojos encima. —Después de una pausa, concluyó—: *Usté* no pierda la esperanza, que este cualquier día aparece...

Sin embargo, no aparecía, y Octavio, para evadirse de lo mucho que añoraba a Eva, daba largos paseos a caballo por las fincas y los bosques de los alrededores. En una ocasión, llegó muy cerca del Mangueiral; incluso pensó en visitar a su prima, pero se arredró. La última vez que había estado allí, ella no había aparecido. Aquello no había sido casualidad, estaba convencido. Disgustado, dio media vuelta y volvió galopando a la ciudad.

De cuando en cuando, se acordaba de la caza; se pasaba todo el día en el monte y volvía a casa por la noche, cansado y malhumorado. ¡Estaba cerca de Eva y no la veía nunca! Temía que la noticia de su matrimonio con Azevedo monopolizara la conversación en cualquier momento, así que evitaba la compañía de amigos. La situación le parecía cada vez más embarazosa, y no lograba, sin pruebas, convencer a su padre de la inocencia de la muchacha.

Escribió a Paulo diciéndole que todos sus esfuerzos caían en saco roto. Esperó su respuesta, pero, al no recibir ninguna, indignado, le contó lo sucedido a Morton. El anciano forzó una sonrisa y murmuró:

—Paulo es muy cortés, o bien no ha recibido su carta, o bien se encuentra mal de salud...

¡¿Mal de salud?! ¡Octavio casi prefería que el silencio de su amigo se debiera a la descortesía! Ya se imaginaba los mil cuidados que Eva le dispensaría; podía verla sentada junto a su cama, dándole los remedios y la sopa, arropándolo en la penumbra del dormitorio, siempre reconfortante, cariñosa, atenta al reloj, inclinándose solícita sobre la hermosa cabeza del enfermo para velar su sueño...

Deseando apartar esa idea de la mente, le preguntó a Morton si había oído hablar del matrimonio de Azevedo, y no tuvo el valor de decir con quién.

—Sí. Dicen por ahí que se va a casar... No sé nada al respecto.

Octavio se fue conmocionado. A menudo buscaba al viejo Morton porque siempre le oía hablar de Eva; ahora, en cambio, él mismo parecía evitar referirse a ella.

«¡Vamos!», pensó Octavio, poniendo su caballo al

paso, «Morton lo sabe todo, y me oculta la verdad para ahorrarme el disgusto...».

Ya no lo atormentaba la idea de que Eva fuera la cuidadosa enfermera de Paulo. La veía ahora, sonriente en su salita del Mangueiral, con las mejillas sonrosadas, los ojos luminosos y el anillo de compromiso en el dedo, trabajando en su ajuar al lado de Azevedo.

Así, variando de escena, cada una más mortificante, fulgurante y vívida que la anterior, tomó un atajo escabroso, lleno de piedras resbaladizas y de troncos de árboles. Sobre la cabeza, las ramas se entrecruzaban formando un dosel compacto, a veces tan bajo que, para poder pasar, casi tenía que tumbarse encima del animal.

Las dificultades del camino consiguieron distraerlo un poco. Al llegar a Santa Genoveva, encontró a Nicola haciendo el equipaje. Trigueirinhos había sido llamado a declarar en el proceso por el asesinato del juez y ya no parecía tan conmocionado; Azeredo le había escrito una larga carta en la que afirmaba que saldrían victoriosos de la lucha.

Octavio entró en su dormitorio, se acostó, cansado, y estaba a punto de quedarse dormido cuando Saturnino le entregó dos cartas. Abrió la primera, cuya letra le resultó familiar. ¡Era una invitación a la boda del señor Azevedo con la hermosa Sinhá! Octavio releyó boquiabierto los nombres de los novios. ¡Se le dibujó una sonrisa de alegría en los labios y experimentó un momento de alivio y de júbilo!

Finalmente abrió la segunda carta, escrita con caracteres francos y enérgicos.

Querido Octavio:
   He llegado hoy de un viaje; he ahí la razón por la que aún no haya contestado a su carta...

Octavio le dio la vuelta a la hoja, buscando con curiosidad la firma en el reverso. Al leer el nombre de Paulo, se levantó, buscó la claridad de la ventana y retomó la lectura de la misiva con mucha atención.

CAPÍTULO 35

L a boda de Sinhá iba a celebrarse en Campinas, en la nueva iglesia mayor, la Matriz Nova[37].

La hermana de Antunes había fijado en esa ciudad su residencia. Además de la invitación oficial, escribió personalmente al comendador para pedirle que no faltara, pero el viejo hacendado, preocupado por la pérdida de sus esclavos, encargó a Octavio asistir en su representación y acompañar a Noemia.

Los dos hermanos partieron hacia Campinas el mismo día de la ceremonia, por la mañana. Noemia estaba radiante; hacía mucho tiempo que no asistía a un baile y su juventud reclamaba alegrías y fiestas.

La hermana de Antunes los esperaba en la estación y los llevó a su chalé en Guanabara.

De camino, en el coche de caballos cerrado que los conducía, les contó que Sinhá amaba apasionadamente a su prometido, que él, Azevedo, le hacía la corte desde

---

[37] N. de la Trad.: La *Matriz Nova* [nueva iglesia mayor] se inauguró en 1883 y se convirtió en la actual catedral metropolitana de Campinas en 1908.

hacía mucho tiempo y que había hecho verdaderas locuras por ella, dándole evidentísimas muestras de amor...

Noemia abría mucho los ojos, atónita ante lo que les estaba contando la anfitriona.

Octavio se esforzaba por contener la sonrisa, comprendiendo el sentimiento oculto que dictaba aquellas palabras. Conforme aumentaban los elogios a Azevedo, sentía el impulso de preguntarle si él no había indagado nada acerca de la dote... No obstante, se abstuvo de expresar la menor muestra de ironía, respondiendo a la efusividad maternal de la viuda deshaciéndose en halagos a los novios.

Así atravesaron toda la ciudad, bajando la colina de la estación hacia las calles de más actividad comercial y continuando desde allí hasta el barrio moderno, donde se alojarían durante dos días.

Tras la ceremonia en la iglesia, a las ocho de la tarde, los novios y sus invitados se dirigirían al Club Semanal, en las inmediaciones, donde la madre de Sinhá ofrecía un baile.

Era la costumbre de la zona.

Y así se hizo.

A las ocho de la noche, la puerta principal del gran templo se abrió de par en par. Dentro, la intensa luz del gas arrojaba su brillo sobre las paredes blancas, de las que sobresalían, imponentes y gráciles, los oscuros altares, tallados en madera, delicados y artísticos. Entre los reclinatorios de cuero verde oscuro, muchos curiosos esperaban al cortejo nupcial.

A la hora señalada, la novia entró en la iglesia, deslumbrante de albura y belleza. Desde el coro derramaron sobre su cabeza velada una lluvia de flores. Ella continuó avanzando del brazo del padrino y atravesó lentamente el crucero, arrastrando la larga cola de su vestido blanco.

Se detuvo al pie del altar mayor y Azevedo, muy pálido, se situó a su lado; el sacerdote pronunció las primeras palabras del ritual y el órgano, allá en lo alto, comenzó a sonar con una suave melodía. La luz proyectaba reflejos dorados y fugaces en la capa pluvial del sacerdote, penetrando por entre los festones de rosas de madera de los altares. Desde arriba, en las tribunas, algunas familias contemplaban indiferentes el espectáculo; la madre de la novia sonreía orgullosa, con su ancho rostro moreno radiante de dulcísima alegría.

Octavio observaba con curiosidad el templo cuando vio a su prima, que rezaba de rodillas en un reclinatorio. Detrás de ella, Paulo asistía, de pie, a la solemnidad de la ceremonia.

Era la primera vez que la veía así, con la profunda humildad de las religiosas; también era la primera vez que la veía así, escotada, mostrando la piel aterciopelada y lechosa del hermoso cuello rollizo y de los bonitos brazos. La luz incidía sobre el encaje y la seda de color marfil de su vestido, donde no brillaba ni la más pequeña joya; los cabellos negros, sujetos en un recogido alto, sin flor ni cinta ni plumas ni diadema, le daban, en su sencillez, un aspecto majestuoso y elegante. Eva rezaba con gran recogimiento.

El sacerdote ya les estaba dando la bendición a los novios y, tomándolos de la mano, los ayudó a levantarse y los felicitó. El sonido del órgano se apagó lentamente y el cortejo nupcial salió de la iglesia pisando las hojas esparcidas, que crujían en el suelo.

Octavio, tirando suavemente del brazo de su hermana, le mostró a Eva, quien, ya de pie, saludaba a la recién casada.

Noemia dejó escapar un gritito de placer y, apartando apresuradamente a las personas que tenía delante, fue corriendo a abrazar a su prima.

—¡Qué bien! ¡Qué bien! ¡Qué contenta estoy! —exclamó—. ¡Te he echado tanto de menos! ¿Sabes? Tengo mucho que contarte... ¡mucho! ¿No es verdad, Octavio? —dijo, volviéndose hacia su hermano, que le tendió tímidamente la mano a su prima.

Eva sonrió y, atrayendo hacia sí a Noemia, la besó con ternura.

—Entonces, ¿me echas de menos? —le preguntó.

—¡Mucho! ¡No te haces una idea! ¡Santa Genoveva parece un cementerio! ¡Ah, es verdad! ¡Murió la mamá de Octavio!

—¡Pobre Joana!

—Pobrecita, sí... ¡me dio mucha pena! Ahora tenemos criadas italianas... ¡Qué divertido! Ni nosotros las entendemos ni ellas nos entienden a nosotros. Nos comunicamos por gestos. ¡Excuso decirte que los más expresivos son los míos!

—No lo dudo. Y ahora una pregunta: ¿por qué aún no has venido a visitarme?

—Ganas no me han faltado, pero... ¡Qué buen día pasé allí aquella vez! ¡Así sí que vale la pena tener una finca! No he vuelto a dar un paseo a caballo...

—¿Y has estado estudiando?

—No...

—¿Qué haces, entonces?

—Si quieres que te sea sincera... ¡ni siquiera yo lo sé!

En su afán por verter en el corazón de su prima los sentimientos del suyo, Noemia le iba relatando todo lo que había ocurrido en la finca después de su separación, desde las cosas más importantes hasta las más baladíes.

Mientras tanto, los novios recibían los últimos abrazos y todos salían de la iglesia.

—¿Por qué no vienes en mi carruaje? —le preguntó Noemia a su prima.

—Porque estoy con la familia Siqueira... ¡Ay, es verdad! Me han presentado a Julio; me ha hablado mucho de ti...

—¿Te ha parecido simpático?

—Es un joven distinguido. Y ahora adiós, Noemia; ven a verme, si es que el tío Medeiros te lo consiente...

—¿Cuándo vas a volver al Mangueiral?

—Mañana.

—¿No vas a quedarte al baile?

—No. Doña Olímpia Siqueira está enferma y regreso ya junto a ella.

—¡Adiós, Eva! —dijo Noemia con cierto disgusto y los ojos húmedos. Eva la abrazó y luego le tendió la mano a Octavio, que estaba hablando con Paulo a poca distancia. Él se sonrojó, avergonzado; ella sonrió.

Una hora más tarde, la iglesia estaba cerrada y a oscuras; en la plaza frente al templo reinaba silencio; y, un poco más lejos, en la esquina de una calle solitaria, estallaba atronadoramente la primera *quadrilha*[38] del baile en el salón del Club Semanal.

---

[38] N. de la Trad.: Baile popular en honor a San Antonio, el casamentero, que tiene su origen en la *cuadrille* francesa y en el que las parejas ejecutan pasos ensayados en grupo, alternando diferentes formaciones siguiendo las indicaciones del animador.

CAPÍTULO 36

¡La cerveza está bien buena! ¿Quiere otra? —le dijo a Octavio Medeiros un hombre ya mayor, gordo y calvo, en la estrecha cantina del club.

—No, gracias.

—¡Oh, no parece usted educado en Alemania! —respondió y, dirigiéndose a un amigo, un hombre delgado, pálido, con una larga barba negra y ojos vivaces, que distribuía refrescos amablemente a unos y otros, exclamó—. ¡Joãozinho! Yo aceptaré un poco más de...

—¡Barón, pero si es la décima vez que me dice lo mismo!

—Pero como no es ni la quinta vez que usted me sirve... ¡vaya echando! —Y el barón se rio, guiñando los ojos. Una vez hubo apurado el vaso, el viejo se marchó, no sin antes invitar a Octavio a ir a fumar con él al salón de caballeros—. Y ya de paso echamos un párrafo... adoro una buena conversación.

En el salón de baile, las parejas estaban bailando un vals en ese momento y, como el salón de fumadores era contiguo y el pabellón de la música, común a ambos, ni el barón ni Octavio conseguían entenderse bien.

Los sonidos de los instrumentos ahogaban sus voces. Aun así, el mayor no paraba de hablar y el joven lo miraba con mucha atención, pero con la mente completamente ausente; a veces sonreía y movía la cabeza afirmativamente si le parecía oír una pregunta, lanzando una palabra al azar: «sí...», «cierto...», «quizá...», «tiene razón...». Con gran esfuerzo, de cuando en cuando retomaba el hilo de la narración, pero, a su pesar, la mente se le iba rápidamente a otra parte.

Era Eva quien ocupaba sus pensamientos. Eva, a la que volvía a ver ahora arrodillada, con los codos desnudos apoyados en el tafilete del reclinatorio, vestida de arriba abajo de colores claros, con una sencillez ideal. La había encontrado altiva, con una frialdad singular. ¡Hubiera querido verla turbada, trémula, nerviosa, y haber percibido en una mirada aterciopelada la larga caricia del amor, que, por muy oculto y silencioso que sea, siempre brilla en los ojos en momentos de alegría o de angustia, calentando, iluminando, floreando, añadiendo risas y cantos a todo!

¡Pero no! Eva seguía igual que siempre, impasible. A él le reservaba la dulce expresión de una simpatía sin extremos, la manifestación de la amistad más sencilla, más suave, más natural. Ese sentimiento lo impacientaba; le parecía fruto de la conmiseración; para él era como un atisbo de la piedad femenina, un reflejo vago y sutil de la compasión que le inspiraba su pesar.

Mientras tanto, el barón continuaba con su perorata:

—Porque así era Campinas, mi querido señor, hace veinte años. Por la noche, no se veía ni una sola ventana iluminada; las calles eran tenebrosas, llenas de baches y de peligros. Cuando había función, al palco había que llevarse de casa las sillas, tantas como personas acudieran; un botijo de agua, con un vaso; el indefectible cuscús, que se comía en el intermedio, en el pasillo; ¡y el farol para el camino de vuelta! Y entonces todo me parecía mucho más divertido que hoy en día. ¡Lo que es la juventud! Figúrese que, para trasladar tanta cosa, tenían que acudir los criados, que se quedaban de pie, al fondo del palco... El olor que desprendía esa gente no era a rosas, precisamente... En el escenario, a la luz ahumada del queroseno, se representaban de forma muy melodramática obras como *El ciego y el jorobado*, *Las mujeres de mármol*[39]. Pero, no sé... los hombres y las mujeres lloraban, tanto en la platea como en los palcos y en las galerías. Hoy en día, eso ya no se ve tanto; tenemos los sentimientos embotados y, por muy conmovedora que sea la pieza, la mayoría de los espectadores tiene los ojos secos. Eso es lo que digo y sostengo: ¡El progreso nos está arruinando el corazón! ¿Y el carnaval de entonces? ¡Ah! ¡Yo el carnaval lo disfrutaba al máximo! ¿Qué quiere? A mí toda aquella farsa me parecía encantadora y pintoresca. Nosotros, los enmascarados, salíamos en grupo; cada uno llevaba una cesta de flores de tela y plumas, pero cosa buena, bien rematadas, que nos costaban ríos de dinero,

---

[39] N. de la Trad.: Probablemente la primera obra sea una adaptación de *L'aveugle*, drama en cinco actos de los dramaturgos franceses Auguste Anicet-Bourgeois (1806-1871) y Adolphe Philippe d'Ennery (1811-1899), estrenado en París en 1857. En el segundo caso, se trata de *Les Filles de marbre*, drama en cinco actos de los franceses Théodore Barrière (1823-1877) y Lambert-Thiboust (1827-1867), estrenado en la capital francesa en 1853.

e íbamos de ventana en ventana hablando con las muchachas e intercambiando las finas rosas de tela que llevábamos por otras que ellas nos daban y que, todo sea dicho, siempre eran peores.

» ¡¿Y el *entrudo*[40]?! ¡Ah, eso sí que eran buenos tiempos! ¡Se dejaban tinas en las calles, Octavio! ¡Tinas llenas de agua fría! Las señoras iban hacia una esquina, agarraban a quien se les antojara y... ¡fuego! Bueno, fuego no, ¡agua! Había mojadura asegurada, la quisieran o no. Del tiroteo de *laranjinhas* de cera, ni hablamos. Basta con decir que había familias cuyo trabajo durante todo el año era ese: ¡hacer *limões de cheiro*![41]

»Solíamos entrar en las casas, por la mañana, durante el día, por la noche... ¡a cualquier hora! ¡Nos pintábamos! ¡Y aquello sí que eran risas..., aquello sí que era juventud...! Una vez terminada la fiesta del *entrudo*, comenzaba la de Semana Santa. Otra buena farra. La gente se moría de calor en las aglomeraciones dentro de la iglesia, pero no faltaba nadie a la fiesta. Y había lujo: los vestidos eran de seda fina, las mantillas de delicado encaje y allí lucían tan brillantes que deslumbraban. En aquella época, las mujeres, fuera Semana Santa o no, solo iban a la iglesia de negro. La primera familia que se presentó vestida de color para asistir a misa fue censurada por todo el mundo, pero, al final, todos aquellos que criticaban a estas

---

[40] N. de la Trad.: Antigua diversión carnavalesca de origen portugués que consistía en lanzarse agua, huevos, fruta, harina, etc. hasta ensuciarse por completo. En Brasil, las clases altas lo prohibieron a mediados del siglo XIX, sin demasiado éxito, por considerarlo demasiado salvaje.

[41] N. de la Trad.: Las *laranjinhas de cera* [naranjitas de cera] y los *limões de cheiro* [limones olorosos] eran cítricos rellenos de agua perfumada (*água de cheiro*) que se vendían para lanzar durante el *entrudo*.

personas acabaron por imitarlas y, ahora, en las iglesias, sea cual sea la ceremonia, hay una mezcla de colores que despoja al templo de toda su solemnidad. Créame, me invade la nostalgia de esos tiempos con las cada vez más escasas beatillas que ahora solo encuentro los domingos por la mañana en la ciudad. Pocas son ya las señoras que hoy en día se recatan bajo el encaje de la mantilla o detrás de las celosías de los ajimeces. Si hace veinte años una familia salía sin la compañía de su criada predilecta o si las muchachas se mostraban ante la gente que pasaba, así como hoy, tan abiertamente, por una ventana... ¡Por Dios...! Espiaban a través de los agujeritos de las celosías, entreabrían una ventanita minúscula... Y cualquier hombre se casaba sin miedo, pues tenía la certeza de que su esposa era una mujer modesta y trabajadora. ¿Es o no es así?

Octavio esbozó una sonrisa vaga y movió la cabeza de arriba abajo, en una afirmación indecisa. Estaba inmerso en uno de sus momentos de abstracción, pero su interlocutor interpretó el gesto de forma diferente y replicó:

—¡Todavía duda! Pues no hay punto de comparación entre las muchachas de hoy en día, que saben francés, alemán e inglés, que tocan en conciertos y lucen sus trajes, y las de antaño, que vivían pegadas a las faldas de su madre y no se atrevían a hablar con extraños, sobre todo si eran hombres. ¡Ahora sí! Ahora ya se muestran, ya tienen su club y parlotean y se ríen a carcajadas y apuestan en las carreras y, después de bailar una *quadrilha*, se pasan media hora dándole a la sinhueso con la pareja de baile. ¿Ofrecerá esta generación las garantías de la otra?

Y como Octavio no respondió, prosiguió con más vehemencia:

—¡Pues claro que no! Es una generación echada a perder y gafada. Puede que, por lo que está oyendo, me considere enemigo del progreso. No lo soy. De lo que soy enemigo es de la imitación. Hoy en día Campinas no tiene carácter propio.

»El ferrocarril nos ha traído más extranjeros, talleres, gas; ha desarrollado la industria y enriquecido el comercio... De acuerdo. Pero también ha venido a quitarnos muchas de nuestras ilusiones y, por lo tanto, de nuestra felicidad. Nos hemos vuelto exigentes e insaciables. Las compañías de teatro provincianas, que antaño nos arrancaban lágrimas de entusiasmo y emoción, hoy ni siquiera se atreven a pisar nuestro escenario. ¿Qué demonios iban a venir a hacer aquí después de celebridades de la talla de Rossi, Tessero, Pezzana, Gemma, Brazão, los hermanos Rosa y otros tantos de ese calibre?[42] Si vinieran, los abuchearían o el público no acudiría a verlos, encogiéndose de hombros con desprecio. Y, ahora, como los grandes artistas solo vienen muy de vez en cuando, nos pasamos largas temporadas sin esparcimiento ni regocijo para el espíritu. Hoy hacemos lo que hacen todas las ciudades civilizadas. En los bailes ya no se disfruta del alegre *caranguejo*[43], todo

[42] N. de la Trad.: Probablemente se refiera a los actores italianos Ernesto Rossi (1827-1896), Adelaide Tessero (1842-1892), Giacinta Pezzana (1841-1919) y Gemma Cuniberti (1872-1940), y a los portugueses Eduardo Brazão (1851-1925) y los hermanos João Rosa (1843-1910) y Augusto Rosa (1852-1918).

[43] N. de la Trad.: Originaria de las Azores y muy popular en el Brasil del siglo XIX, esta danza similar al minué se baila en círculo. Las parejas se van intercambiando al ritmo de palmas y golpes con los pies hasta que se vuelven a encontrar.

son únicamente valses, *quadrilhas* y polcas; rara es la finca que todavía cuenta con el simpático y pintoresco *mumba-va*[44], que tanto nos hacía reír antiguamente. Nuestro teatro es como el de todos los demás, la misma disposición, la misma monotonía, la misma cantina, las mismas golosinas y bebidas; ¡todo lo que era original, extravagante y absurdo ha muerto o ha huido como alma que lleva el diablo ante el silbido del ferrocarril! Actualmente, ni siquiera el miedo a las pústulas es lo que era. No se teme a la transfiguración ni a la muerte, ¡así de desvirtuado está todo! ¡Pues hace veinte años que hubiera una epidemia implicaba huir y ser abandonado! En las puertas de las casas ondeaban pequeñas banderitas blancas, si en el interior el enfermo solo tenía una simple varicela[45], o negras, si el enfermo estaba picado de viruela. ¡Decididamente, las cosas eran bien diferentes! He de confesar que lo que más añoro, por encima de todo, son las ilusiones. ¡Oh! En aquella época teníamos la tierna convicción de tener dinero. ¡Nos creíamos ricos!

—¡Señor barón! —dijo, acercándose a ellos, una niña de trece años de piel clara y cabellos rubios que tiraba del brazo de un muchachito, casi de su misma edad—. ¡Mande a Joãozinho bailar con Vica! Ella no tiene pareja y yo no tengo a nadie en frente para la danza.

El barón sonrió, convenció a Joãozinho, su nieto, de que debía bailar y, volviéndose hacia Octavio, dijo, señalando a la graciosa pareja que se alejaba:

[44] N. de la A.: Tipo que vive en las haciendas a cambio de conversar y hacer reír al patrón.

[45] N. de la Trad.: Hasta finales del siglo XIX se creía que la varicela era la misma enfermedad que la viruela, pero más leve, una «viruela benigna».

—¡Ahí lo tiene! ¿Y sabe qué más, señor Medeiros?: ¡Me marcho!

Y el hombre se levantó y se fue.

—Todos los viejos son iguales; ¡para ellos todo tiempo pasado fue mejor! —dijo burlonamente un joven, que fumaba apoyado en el quicio de una puerta y había oído parte del discurso del noble.

Poco después, Octavio entraba en el salón. Noemia bailaba con Julio Siqueira Franco, sonriente y sonrojada, con sus rizos rubios coronándole la frente y el vestido azul realzando su delicada figura. Azevedo estaba al lado de la novia; ella serena, él muy pálido.

Al sentir un golpecito de abanico en un hombro, Octavio se dio la vuelta. Era doña Clarinha. Su cuello emergía grácil y níveo del terciopelo granate del vestido.

—Qué envidia, ¿eh? —le dijo ella, apuntando hacia Azevedo—. ¿Cuándo asistiré a su boda?

Él salió del paso con una respuesta banal y ambos se pusieron a bailar el vals.

CAPÍTULO 37

El primer día de mayo, el comendador Medeiros se despertó sobresaltado con la noticia, contada por un amigo común, de que Antunes había desaparecido.

—¡¿Qué me dice?! —exclamó él, perplejo—. Entonces, ¿un hombre es algo que se esfuma así como así, sin saber cómo ni por qué?

—¿Lo habrán asesinado?

—Mmm... Es poco probable, Antunes no tiene enemigos, que yo sepa...

—¿Se habrá suicidado?

—¡Quia! Es cierto que los negocios no le iban bien..., pero no hasta ese extremo...

—Hombre, a él le gustaba echarse su partidita y volvía a casa a las tantas; quizás en los caminos...

—No lo creo.

—Ya, es cierto que él era muy desafortunado en el juego; nunca volvía con dinero a casa.

—¡¿Lo habrán escondido?!

—¿Con qué fin?

—Eso, ¿para qué?

—¡Bah! Ustedes están mal informados. A estas horas, el compadre estará regalándose en casa de su hermana, en Campinas.

—No, no está allí; ya le hemos preguntado. No sabe nada de su hermano desde la boda de su hija.

—¡Oh! ¡Caray! Es un asunto serio, entonces.

El comendador fue con su amigo a la finca de Antunes. Encontraron al ama de llaves llorosa. El patrón se había marchado sin decir a dónde hacía unos veinte días y la propiedad ya no estaba en su poder, sino en manos de otro tipo, que decía ser el administrador de un banco...

—Antunes nunca supo llevar bien la finca —dijo ella con un suspiro y, tras una breve pausa, añadió, justo cuando los visitantes estaban a punto de irse—: ¡Ah, es verdad! Antunes me dio una carta *pa* que se la diera al comendador, pero yo no tenía cómo enviarla, y la guardé conmigo *pa* cuando *usté* viniese...

Y echó una eternidad hurgando en el cesto de la costura en busca de la misiva para acabar encontrándola en la cama, dentro de la funda de la almohada.

Medeiros rasgó el sobre, pero al leer en la parte superior la palabra «PRIVADA» en gruesos caracteres, refrenó la impaciencia y la guardó en el bolsillo, disculpándose con el compañero.

Los dos hombres salieron y recorrieron juntos el camino hasta el portón de Santa Genoveva; ahí, el compañero continuó hacia la ciudad y el comendador entró. Un cuarto de hora después, con la puerta del dormitorio cerrada por dentro, Medeiros abría con curiosidad la carta de Antunes y leía las líneas mientras lo embargaban por momentos la indignación y el asombro:

Mi buen amigo Medeiros: Emprendo la huida y le pido a Dios y a usted que me perdonen. Como no volverá a verme y como las cosas ya han tomado el rumbo que debían tomar, deje que me confiese con usted: voy a cambiar de vida y no quiero cargar con ningún remordimiento. ¡Compadre, amigo, son cosas tristes las que tengo que contarle! Lo primero de lo que me arrepiento y por lo que pido perdón sucedió hace muchos años. ¿Se acuerda, amigo mío, de la muerte del periodista, el abuelo de su sobrina?

En este punto, el comendador Medeiros notó que se le nublaba la vista y que un sudor frío le perlaba la frente; hizo una breve pausa y luego prosiguió con la lectura:

¡Pues fui yo quien lo mató, compadre, fui yo! Seguramente recuerda que nos alojamos en el mismo hotel de São Paulo, pues bien, su criado, Antoninho, había sido mi esclavo y me respetaba mucho: ¡orden que yo le daba, orden que él cumplía! Entonces le ordené que me trajera todas las cartas que usted escribiera; era para ver si usted me comprometía con su hermano Gabriel con respecto a la hipoteca de la finca y al trueque de la casa de su padre con la mía... También quería ver si trataba de convencerlo para que se casara con mi hermana. Así fue como leí la nota en la que usted amenazaba de muerte al periodista, ¡pero en ese momento no planeé lo que sucedió después!

La culpa fue del maldito juego, que siempre ha sido mi perdición. La misma noche en la que leí su

nota, fui al club y dio la casualidad de que estu-
ve jugando con el abuelo de Eva; él ganó y yo lo
perdí todo. Estaba desesperado, recordé su nota,
lo esperé en la esquina y maté a aquel hombre,
pero cuando iba a sacar mi dinero de los bolsillos
de su abrigo, no sé qué se apoderó de mí: empecé
a temblar y volví al hotel como ido. Encontré en
mi habitación a su criado, me puse hecho un ba-
silisco, pero siempre temí que lo informara de mi
indiscreción, así que, para tenerlo bajo mi control
todo el tiempo, le pedí a usted el puesto de capataz
en la finca. Ahí estuve y, cuando tuve que dejarlo,
¡su criado murió! ¡Que Dios me perdone! Después
de eso pasaron muchos años, y yo siempre fui bien
recibido por toda su familia, excepto por Gabriel,
que parecía desconfiar de mí. ¡Yo mismo no me
atrevía a encararlo! Ya me creía a salvo de co-
meter otro crimen, pero, infelizmente, no fue así.
Ahora, hace unos meses, volví a las andadas. He
aquí lo que ocurrió: ansiaba que mi sobrina Sinhá
se casara con su hijo Octavio, no solo porque le
tengo mucha simpatía, sino también porque, como
tutor de la muchacha, habría dispuesto de su dote
para hacer transacciones con amigos; siendo usted
mi principal acreedor, estaba claro que sería más
indulgente y que su deuda quedaría saldada con
los hijos, es decir, una parte importante de la dote
de Sinhá ya estaba en la familia y yo no sufriría
nada por ello. Suponía que a Octavio le agradaba
la muchacha, pero desconfiaba de Eva, que, sien-
do hermosa y bien educada, podía acabar robán-
dole el corazón a Octavio si no la quitaba de en

medio. Estuve espiando cómo se desarrollaban los acontecimientos y, cuando vi que mis predicciones se cumplían, armé la revuelta con mis capangas en Santa Genoveva y luego hice que todo señalara a la huérfana de Gabriel como responsable. Todo salió bien, y pude ver con alegría y orgullo cómo usted echaba de casa a la que yo tanto temía que viviera al lado de Octavio. Lo que no preví fue la lesión de su hijo, que me afectó mucho; afortunadamente, él está bien y yo ya no tengo que preocuparme por eso. De lo que me arrepiento es de no haberlo tramado todo antes, ¡ya era demasiado tarde y no sirvió de nada! La boda de Azevedo con mi sobrina me puso en un apuro, hubo exigencia de dinero, etc.; rompí lazos con mi hermana; mi finca, que llevaba años hipotecada, me la quitaron ayer... Ahora me veo sin recursos, y, para no vivir humillado donde ya he aparentado tanto, huyo a otro país para que no me encuentren mis acreedores. Escribo esta carta como si me estuviera confesando. Y el único alivio que puedo tener al final de mis días es saber que usted me perdona. ¡Rompa esta carta y olvídese del pobre infeliz que la escribió!

¡Perdón, una vez más, perdón!

Su amigo,
ANTUNES

El comendador, lívido y trémulo, volvió a leer de principio a fin, una, dos, cuatro veces, aquel papel maldito, que parecía quemarle en las manos. ¡El hombre en el que tanta confianza había depositado, al que siempre recurría en momentos de dolor o de duda, estaba lleno de veneno, tenía una mente retorcida y un corazón falso! ¡Lo había buscado cuando necesitaba consuelo, y resulta que era él, solo él, única y exclusivamente él, la causa de su desgracia! Las lágrimas le corrían por las mejillas, cargadas de indignación y de cólera. Sentía rabia y dolor al mismo tiempo: ¡una ilusión de tantos años no se derrumba sin que el golpe provoque un profundo pesar! Es como si se tratara de un árbol frondoso, verdeante, aromático, a cuya sombra uno se hubiera acostumbrado y que, arrancado de repente, lo dejara todo árido, seco y melancólico.

Esa misma tarde, el comendador le mostró a su hijo la carta de Antunes y le confesó que se arrepentía de lo que le había hecho a su sobrina. Octavio, radiante de alegría, le propuso ir todos juntos al Mangueiral.

—¿Para qué? ¡Ya soy viejo y no debo rebajarme a pedirle perdón a una niña! Con que ella sepa que ya no la odio es más que suficiente.

Octavio quiso insistir, pero su padre le dio la espalda.

CAPÍTULO 38

La fría brisa de mayo agitaba la superficie del gran lago del Mangueiral y deshojaba las innumerables camelias del parque contiguo a la casa señorial.

El bellísimo sol de invierno, dorado y cálido, teñía de colores prismáticos la refulgente arena de las calles y la hierba de los parterres. Las mariposas volaban y el aroma de la reseda lo impregnaba todo con su dulzura.

Junto a la ventana de la salita de música, en una silla de respaldo alto y esbelto, Eva se entretenía tejiendo unas prendas de abrigo para los niños de la colonia. Sobre la lana gris de su vestido de cuadros, caían desordenadamente las madejas encarnada, negra y blanca, mientras sus manos ágiles y pálidas movían con rapidez las largas agujas de marfil. Estaba sola en la habitación cuando entró Paulo; ella no levantó la cabeza, sino que continuó concentrada en su obra de caridad, con la barbilla pegada al cuello alto del vestido, adornado con un estrecho volante blanco; fue él quien, apoyado en el alféizar de la ventana, dijo con voz ligeramente temblorosa:

—Acabo de leer una carta de tu primo; ¡está pletórico! Su padre reconoce por fin que ha sido injusto contigo y está dispuesto a abrazarte. Para la enorme felicidad de esta reconciliación, es justo que se haga algún sacrificio, siempre que lo exijan unas circunstancias como las actuales. Pues bien, mi querida Eva, imagino que no te opondrás a ceder ante esta necesidad, puesto que eres la más joven y estás por encima de estas nimias pequeñeces...

—No sé si lo he entendido bien; ¿el tío Medeiros ha manifestado su deseo de verme?

—Sí... está arrepentido de lo que te hizo y es natural que, para aliviar su conciencia, el hombre quiera saberse perdonado...

—Entonces, ¿cuál es el sacrificio que me piden?

—Ir allí...

—¡¿A Santa Genoveva?!

—Sí, ¿qué problema hay?

—¡Todos! ¡Nunca más volveré a poner un pie en esa casa!

—¡Eso es un capricho que puede comprometer tu felicidad! ¡Trata mejor a tu corazón! Es hora de pensar en el futuro...

—¡Vaya, sí que estás hoy enigmático!

—¿Lo dices en serio?

—Ciertamente. Sabes de sobra que nunca se me ha dado bien descifrar acertijos...

—Déjate de ironías y escúchame: Octavio Medeiros te ama; no te estoy revelando nada que no sepas ya; lo oí de tus propios labios la noche en que te marchaste de casa de tu tío; ¿me equivoco?

—No...

—Pues bien, en aquella ocasión, él te pidió de forma caballerosa la mano, y tú, para satisfacer tu amor propio, solamente por eso, le respondiste que no. Ahora, sin embargo, la situación es diferente; el obstáculo que se interponía a la formalización de esa unión ya no existe, así que ya no hay razón para ocultar los sentimientos ni para asumir actitudes de orgullo mal entendido. La verdad aparece en toda su pureza; no te dolerá, pues, mostrarle al pobre Octavio, que tantísimas pruebas de amor te ha dado, cuántas le reserva también tu corazón. ¡Vamos, mi querida Eva! No dudes en confesarlo; ¡los momentos de felicidad son tan escasos en la vida! —Paulo pronunció estas últimas palabras con una tristeza y una amargura mal disimuladas.

Durante un momento, el único sonido que reinó en la habitación fue el roce seco de las dos largas agujas de marfil.

—¿Y bien? —insistió Paulo, inclinándose ligeramente hacia adelante—. Octavio me pide consejo y una brizna de esperanza; ¡tanto una cosa como la otra deben ser dictadas por ti!

—¿Crees que Octavio me hará feliz? —preguntó Eva con un hilo de voz, como si algún dolor la estrangulara.

—Sí que lo creo, sí: es un joven muy digno, inteligente, bondadoso y, sobre todo, profundamente enamorado... ¡No será fácil encontrar a otro en las mismas condiciones! Hoy en día, los jóvenes solo tienen una cosa en mente: ¡la dote! ¡Los Azevedos constituyen, por así decirlo, toda la caterva de pretendientes provincianos! ¡Es una vergüenza! Si no, fíjate, a las pruebas me remito: las hijas de Bettencourt, bien instruidas y bonitas, como son pobres, están solteras... Ocurre lo mismo con las de

Lemos... y con tantas otras. Con unas decenas de miles de reales estarían todas casadas, porque bien sabes que hay jóvenes de fuera que vienen aquí por «los buenos partidos».

—¿Con eso quieres decir que no debo dudar a la hora de dar mi mano a Octavio?

Paulo no respondió. Se pasó los dedos por el cabello y, dándose la vuelta hasta quedar mirando hacia fuera, de espaldas a Eva, inspiró con fuerza, como si quisiera recuperar el ánimo. Después, retomando su habitual tono plácido, respondió:

—Sí; no debes dudar, visto que lo amas.

—¡¿Quién te ha dicho eso?!

—Tu turbación, Eva. ¡Ah! Te he estado observando desde hace tiempo. La noche que te vi llegar de Santa Genoveva, pálida, trastornada, indispuesta, pude observarte mejor que nunca y adquirir la certeza del afecto que sientes por él. ¡Dios mío! ¡No hay nada más natural y que menos sorpresa me haya causado! Permíteme decirte incluso que eso es justo lo que esperaba...

Eva había dejado de tejer. Las agujas y la lana se le habían resbalado de las manos; escuchaba a Paulo, con la cabeza gacha y la mirada baja, en un misterioso y profundo recogimiento.

—Octavio fue más franco conmigo —prosiguió el joven—; me confirmó lo que tú me habías contado acerca de la propuesta de matrimonio y declaró, sencilla y lealmente, que te adoraba, rogándome una protección que, no sé muy bien por qué, creía que yo podía dispensarle. En estas cosas siempre he evitado intervenir, como bien sabes; sin embargo, tratándose de dos personas a las que tanto aprecio y por las que tan vivamente me intereso, el caso es diferente. Hace mucho que deseaba anticipar este momento para obligarte a ser feliz.

Eva sonrió con ironía y Paulo continuó:

—Tu orgullo ha podido con mucho, pero no con todo; has tenido el valor de salir de la casa de tu tío con dignidad y por ti misma; pues bien, ten ahora el coraje de enfrentarte a las dificultades del momento y ve a ofrecerle tu frente para el beso de la reconciliación; por muy embotados que tenga ese hombre los sentimientos, te prometo que llorará y que te llamará «hija mía». ¡Vamos! ¡Un sacrificio, Eva! ¡Te lo ruego, en nombre de Octavio y de tu propio corazón!

—¿De mi corazón...? —balbuceó ella a media voz.

—Sí, de tu corazón, al que te empeñas en tratar tan mal.

—¡Por el amor de Dios...! —Eva iba a decir algo más, pero se contuvo y agachó la cabeza para ocultar las dos lágrimas que rodaban pesadamente por sus pálidas mejillas.

Paulo, apoyado en el alféizar de la ventana, miraba el jardín, donde los pétalos de las camelias caían como mariposas muertas y alfombraban el suelo. Sin apartar de ellas la mirada, preguntó:

—¿Qué me respondes?

—¡¿Qué puedo decir?! Pensaba que eras más amigo mío...

Esta vez, Eva levantó la mirada y Paulo, enternecido y sorprendido, vio las lágrimas, la expresión de dolorosa amargura y el profundo e indescriptible dolor que flotaban en aquellas pupilas oscuras y aterciopeladas, hasta entonces impenetrables, y cristalinamente transparentes en ese momento.

Él se estremeció al sentir el vértigo de quien se asoma a un abismo; fue Eva quien rompió el silencio con voz temblorosa:

—Me he acostumbrado a obedecerte y a seguir ciegamente todos tus consejos. ¿Quieres que me case con Octavio? Pues que se haga tu voluntad; seré su esposa, ya que la sociedad exige que tenga un marido y me censura por vivir a mi aire con un hermano... ¡Ah! ¡Ya sé lo que me vas a decir! Que yo no soy, *de facto*, tu hermana. ¡¿Que no soy tu hermana?! ¡Si necesitan recordármelo los desconocidos! ¿Te acuerdas, Paulo, del día en que llegaste? Yo estaba allá, bajo aquel mango; mi madre vino a mi encuentro trayéndote de la mano y me dijo: «¡Eva! ¡Aquí tienes un hermano! Abrázalo y ámalo». Nos abrazamos y desde entonces...

Eva se detuvo, pero ya había hablado con sus bellísimos ojos. ¿Hablado? No, había gritado bien alto todo lo que albergaba en su corazón. Paulo se inclinó hacia ella, prendido de aquella mirada, ajeno a todo lo demás, en silencio, recibiendo en su alma aquel soplo de aire balsámico, inesperado, reconfortante. Y así permanecieron ambos, con los labios mudos, pero intercambiando con la mirada un mundo de promesas y de una pasión que se revelaba enorme, arraigada, sincera y madura, gracias a la reflexión y a la convivencia, y que había ido creciendo en ellos con el paso del tiempo, desde la infancia, ¡puede que sin que ellos mismos se dieran cuenta!

Arrebatado de júbilo, Paulo tomó el rostro de Eva entre las manos y la besó en los párpados repetidas veces.

Y así, sin pronunciar una palabra, se declararon apasionadamente su amor.

CAPÍTULO 39

Cuando la mano patricia de la princesa Isabel decretó en Río de Janeiro la abolición de la esclavitud[46], ¡se daban en la provincia escenas de la más grotesca e irresistible comicidad!

Octavio, a quien todo le parecía ahora risueño y hermoso, alentado por la dulce esperanza de desposar a su prima, daba largos paseos que le brindaban la oportunidad de comprobar hasta qué punto el egoísmo de los viejos agricultores lo consumía y estropeaba todo. Pasó dos días con la mente tranquila, aunque todavía no estaba completamente seguro del perdón y la aquiescencia de Eva. Seguía en vilo, pero una vez vencida la reticencia de su padre, todo lo demás le parecía fácil y ameno.

[46] N. de la Trad.: La princesa imperial Isabel I de Brasil abolió la esclavitud el 13 de mayo de 1888, lo que le valió el sobrenombre de «la Redentora» y el odio de los terratenientes esclavistas, que un año más tarde dieron su apoyo a los golpistas militares para derrocar el imperio, instaurar una dictadura republicana y forzar el exilio de la familia real brasileña.

Y mientras esperaba la respuesta de Paulo y el consentimiento de su prima, él, animado y sereno, observaba con curiosidad la actitud de los antiguos amigos de la familia.

Cuando la noticia de la redención de los esclavos resonó, como el eco clamoroso del clarín, el comendador Medeiros fue el primero en señalarle a su hijo un hecho singular.

Él, que hasta entonces había apoyado al gobierno, aplaudiendo, por convicción y por sistema, todas las acciones de los conservadores, partido en el que había militado desde la juventud; él, que siempre había sido fiel a sus ideas, aferrándose a ellas como una ostra a la roca, y que era en las elecciones uno de los influyentes y poderosos; él, el viejo Medeiros, tradicional en la política del país, como uno de los más fieros y acérrimos defensores del trono; él, en la tarde del glorioso 13 de mayo, bufaba de indignación, dispersando a los cuatro vientos todas sus antiguas opiniones y proclamando, como única salvación para esta tierra, la república.

Aun descontento y herido en sus intereses particulares, era sincero; no cambiaba de ideología política adrede, por fastidiar; lo hacía porque a eso lo impelía la decepción.

Octavio asistió, atónito, a aquella transformación. Al día siguiente, observó una escena más extraordinaria todavía en casa de Gusmão, un caficultor considerado por todos implacable y duro.

La hacienda de Gusmão quedaba a medio camino del Mangueiral y Octavio se acercaba a casa de su prima, buscando siempre algún que otro pretexto para ver si la encontraba en el camino o si se sentía con ánimo de llamar a su puerta, pero ninguna de las dos cosas llegaba a suceder nunca. Eva se encerraba en su encantadora vivienda y Octavio perdía el tiempo. Aquel día había tomado el camino de la hacienda de Gusmão como podía haber tomado cualquier otro que discurriera en aquella dirección. Se encontró al rencoroso caficultor hablando ante los esclavos, anunciándoles que les había concedido la libertad. ¡Y se pavoneaba de su generosa acción, tratando de convencer a los siervos de que partía de él tamaño favor!

Octavio no pudo evitar reírse. Después del indefectible café y de cruzar unas palabras, retomó la marcha por el camino del Mangueiral, que las retamas coloreaban con grandes manchas amarillas. Iba pensativo; había escrito a Paulo contándole todo, le había hablado de su amor y de las esperanzas que abrigaba. Ya tenía que haber recibido respuesta... ¿Por qué no ir él mismo a conseguirla? Estaba cerca; en diez minutos podría adquirir la certeza de un futuro feliz; ¿por qué dudaba? Sin embargo, a cada paso seguía aflorando en su mente una duda, un miedo instintivo, vago y pueril, a ser mal recibido y a sufrir una desilusión. Y enseguida se quitaba esa posibilidad de la mente; había creído adivinar en Eva un sentimiento oculto de pasión contenida y por eso mismo más intensa. Y la recordaba en las hermosas horas de su convivencia, desde el día de su llegada, cuando la había visto pedir clemencia para el esclavo negro, hasta el día de su partida, cuando la había visto marcharse con la cabeza alta y la mirada centelleante y altiva. Pensando en ella, el viaje se le hizo largo: había dejado que el caballo avanzara a su aire, plácidamente, hasta que se encontró, ya tarde, a la luz de las primeras estrellas, en el patio de Santa Genoveva. En la gran veranda sombría, chirriaban, como siempre, las hamacas y se oían bostezos. Noemia ya no jugaba con los perros; había abandonado esa afición; ahora tenía la de entrenar palomas mensajeras, pero ya empezaba a desanimarse con la idiotez de los pobres animalitos y andaba en busca de una nueva distracción. El recuerdo de Paulo se había desvanecido. Con su temperamento y sus quince años, las fuertes impresiones iban y venían sin atormentarla demasiado.

—¿Ha llegado alguna carta para mí? —le preguntó Octavio a Saturnino, nada más llegar.

—¡No, señor, no ha llegado nada, que a mí me conste! —respondió el mulato con sus ademanes pretenciosos.

CAPÍTULO 40

«Decididamente es mejor esperar en casa la respuesta...», pensó Octavio. Y no salió en todo el día siguiente; las horas pasaban con lentitud y él se perdía en conjeturas. ¿Qué habría sucedido? ¿Qué haría Eva? De vez en cuando, el joven se asomaba a la ventana y observaba el camino que veía a lo lejos serpenteando entre los verdes pastos, aislado y castigado por el sol; abría un libro, trataba de escribir, de estudiar, de distraerse, pero le venía obstinadamente la misma idea a la cabeza y se levantaba de nuevo, para contemplar, ya sin esperanza, el largo camino, más allá.

Por fin, a las cinco de la tarde, Saturnino entró en su dormitorio con una carta del Mangueiral.

Octavio la abrió con gran nerviosismo. Frente a él, el criado, que, a pesar de ser liberado por la gran ley, no había querido abandonar la casa a la que lo vinculaba tanto afecto, lo contemplaba con curiosidad y tristeza; su figura alta y esbelta destacaba sobre el fondo claro de la ventana abierta. Tal era la emoción de Octavio que no reparó en la actitud del mulato; se sumió en la lectura y, conforme avanzaba, empalidecía.

Paulo le escribía cohibido; contaba lo acontecido con forzada serenidad; casi pedía perdón a Octavio por ser él el preferido de Eva, revelando una sutileza de sentimientos casi enfermiza; ¡había un punto de dolor y de castigo en su modo de decir que era feliz! ¡Como si su buena fortuna le causara remordimientos! De vez en cuando, sin embargo, surgía luminosa y dichosa alguna que otra expresión que no había logrado contener, pero ahogaba rápida y caritativamente todas las manifestaciones de alegría con un lenguaje frío y melancólico. La carta era larga, torturada, sufrida; era una carta escrita con dolor, el extraordinario dolor de tener que decirle a un desafortunado: «¡Soy feliz! ¡Lo que a ti te lastima y te postra es lo que a mí me deleita y me colma de júbilo!». Por mucho que la disfrazara, Paulo no conseguía ocultarle a Octavio su dicha. Aquel estilo delicado, conmovedor y pungente, recordaba a un rosal en flor, vigoroso y fresco, al que, para no ser visto, hubieran tratado de cubrir con setos espinosos y secos; las flores, en efecto, permanecían escondidas, pero su embriagadora fragancia atravesaba la piadosa cubierta y anunciaba a todos su existencia oculta.

Cuando Octavio terminó de leer las últimas líneas, levantó la mirada. Saturnino seguía inmóvil, como una estatua. Entonces el joven Medeiros descargó su cólera contra él, ordenándole que se fuera. El mulato obedeció, sin oponer resistencia. Octavio se quedó solo.

Estrujó la carta y la tiró al suelo.

—¡Hipócrita! ¡Hipócrita! —repetía furioso, pisoteando el papel con rabia.

Se encerró en la habitación, se sentó junto a la mesa y apoyó en ella los codos, escondiendo el rostro entre las manos. Por su mente pasaba su prima, multiplicándose, como una procesión singular; era Eva, una y otra vez: ahora radiante, ahora altiva, ahora concentrada, ahora expansiva; la veía de espaldas, a la puerta del gallinero, echándole maíz a las aves, sencilla, con su vestido de percal casero, como el día de su llegada; la veía con un traje escotado de seda blanca, bajo la cruda luz del gas, arrodillada en el reclinatorio de la iglesia mayor de Campinas; la veía entretejiendo los tallos del jazmín con el celo de un ama de casa delicada y sencilla; la veía galopando junto a Paulo con el velo y la falda de amazona ondeantes; la veía inclinada sobre su lecho, haciéndole las curas de la herida del hombro, dulce y maternalmente; la veía repeliendo la afrenta de su padre; la veía una y otra vez, ahora alegre, ahora triste, ahora desdeñosa y ahora cariñosa, sucediéndose y repitiéndose, burlándose, llorando, pero siempre bella y siempre amada.

La visión continuaba: ahora le hablaba junto al molino y lo llevaba piadosamente a ver a la pobre mamá paralítica, y en el fondo de su corazón resonaban con tristeza las palabras de la anciana: «¡Cómo me gustaría que usté se casase con ella!» Después, la guiaba por el bosque, le daba flores, la escuchaba embelesado, se sentaba a su lado bajo la higuera silvestre, inmersos en una conversación al son del agua que discurría susurrando a sus pies...

Todo había terminado; la dulce Eva de antaño tendría que desvanecerse de su pensamiento, como si fuera la visión de un mero sueño.

Llegó la noche, oscura y calma. Octavio bajó al patio; evitaba la convivencia familiar, pero, incluso allí, en la soledad y la oscuridad, lo perseguía todavía un recuerdo de Eva; se acordaba, bajo la ventana del cuarto de la alemana, de la tenue luz de la lámpara de vidrio esmerilado, a cuya luz había recitado su prima, con entonación grave y seria, un poema de Goethe. Entonces había albergado dudas; habían despuntado los celos de otro, ¡de Azevedo! ¡Qué lejos quedaba todo eso! ¡Y cómo añoraba aquel estado dubitativo e indeciso del alma!

El viento frío de mayo siseaba entre los bambúes de la represa y agitaba las dos casuarinas del pastizal con un sonido triste como el del mar.

Octavio paseaba de un lado a otro, envuelto en la negrura de la noche y en la de su pesar.

¿Qué podía hacer? ¿Cómo podía sobreponerse a aquella decepción? ¡Poco le importaba! Sentía una amarga voluptuosidad al sufrir por ella, así, de esa manera.

—Al menos he tenido la fortuna de amar —concluyó con tristeza.

CAPÍTULO 41

L a boda de Eva se celebró en su propia hacienda.
Fueron pocos los invitados: el señor Morton, una
hija casada de doña Miquelina y la familia Medeiros.
El comendador no faltó; era la segunda vez que entraba en
aquella casa y, al recordar emocionado la primera, cuando
había ido a darle el último adiós a su hermano, el desven-
turado Gabriel, sentía que tenía el corazón en un puño,
inundado de arrepentimiento y añoranza.

Abrazó a su sobrina con ternura como si pusiera en
aquel abrazo todo el cariño que tan injustamente le había
negado siempre. No hizo ninguna referencia al pasado y
esquivaba la mirada de Paulo como un acusado rehúye la
investigación del juez.

Octavio se mostraba sereno; saludó a los novios como
un perdedor resignado, conservando sus maneras elegantes y su conversación llana y amable. Estaba pálido,
pero aparentemente alegre, una alegría motivada por la
sobreexcitación nerviosa. Deseoso de alejarse de la presencia de los novios, llevó a su padre afuera, obligándolo

a contemplar las maravillas del Mangueiral, fruto de una dirección inteligente.

Todo allí era risueño y prometedor; había en todo un toque de modernidad y pulcritud: una blancura lavada en las casas, abundancia de frutas en el vergel y de flores en el jardín, comodidad en la vivienda y un esmerado cuidado en el cultivo de los cafetos.

—No hay profesión más hermosa que la del agricultor —le dijo Octavio a su padre—, cuando uno consigue convertir el rincón en el que vive en un paraíso como este. Trabajar la tierra brutalmente, sin extraer de ella más que el lucro material, es de un egoísmo despreciable. ¡Cómo me arrepiento de haber huido del medio en el que nací! Con la educación de Paulo, quizá yo también hubiera convertido Santa Genoveva en algo como esto...

El comendador miró con extrañeza a su hijo y, con un suspiro que todavía destilaba la nostalgia por sus antiguos esclavos, murmuró:

—¿Qué remedio me queda ahora sino transformar todo aquello...?

Mientras tanto, Noemia mariposeaba alrededor de Eva, dándole el consuelo de mostrarse ya olvidada de su primer amor.

El comendador y sus hijas regresaron por la tarde a Santa Genoveva; atravesaron los cafetales y los pastizales, donde la maleza había comenzado a aparecer. En el vasto patio, ladraban los perros, que se batían en carreras desenfrenadas, y, al otro lado de la cancilla que daba a la represa, los cerdos hozaban en los carozos y en la paja esparcida en abundancia por el suelo. Dentro, en la veranda, la madre se balanceaba en la hamaca, garbillando arroz, y una criada italiana ponía la mesa para la cena.

CAPÍTULO 42

Pasados unos días, Octavio llamaba a la ventana del señor Morton. El anciano leía, como de costumbre, un libro de ciencia en voz alta.

—¡¿Y eso?! ¿Se va de viaje? —exclamó, al ver al joven con guardapolvo y bolsa en bandolera.

—¡Exactamente! Me voy a vivir a la tierra de las camelias y del frío.

—¿Se dirige a São Paulo?

—Sí, señor, y he venido a despedirme y a agradecerle...

—¿A agradecerme el qué? Ah, yo no sabía nada de nada, y en cuanto lo sospeché... —y prosiguió, cambiando de tono—: ¿Conque se va a São Paulo? Pero ¿para siempre? Me ha parecido oírle decir que se iba a vivir allí.

—Voy a matricularme en la Facultad de Derecho...

—¡Qué ocurrencia! Pero si ya es ingeniero... Bueno, ¡son glorias!

—No, son manías: como buen joven provinciano que soy, sigo inevitablemente la carrera de mis compatriotas... Sabe de sobra que me faltaría algo si no estuviera titulado yo también en Derecho. Pero ya se me hace tarde... ¡Adiós, señor Morton!

—¡Adiós, Octavio! ¡Buen viaje!

FIN

Otros títulos publicados en la colección
Clásicos de Libros de Seda:

Pilar Prim, de Narcís Oller

———⁂———

Belinda, de Maria Edgeworth

———⁂———

La casa de Liljecrona, de Selma Lagerlöf

———⁂———

Los vecinos de lady Chester, de Emily Eden

———⁂———

La intrusa, de Júlia Lopes de Almeida

———⁂———

El trabajo de una noche oscura, de Elizabeth Gaskell

ÍNDICE

Capítulo 1 7
Capítulo 2 15
Capítulo 3 27
Capítulo 4 43
Capítulo 5 53
Capítulo 6 61
Capítulo 7 69
Capítulo 8 79
Capítulo 9 85
Capítulo 10 95
Capítulo 11 99
Capítulo 12 109
Capítulo 13 119
Capítulo 14 127
Capítulo 15 135
Capítulo 16 149
Capítulo 17 161
Capítulo 18 171
Capítulo 19 179
Capítulo 20 189
Capítulo 21 199
Capítulo 22 205
Capítulo 23 217
Capítulo 24 227
Capítulo 25 237
Capítulo 26 249
Capítulo 27 257
Capítulo 28 267

Capítulo 29 275
Capítulo 30 279
Capítulo 31 285
Capítulo 32 293
Capítulo 33 297
Capítulo 34 303
Capítulo 35 309
Capítulo 36 315
Capítulo 37 323
Capítulo 38 329
Capítulo 39 335
Capítulo 40 339
Capítulo 41 343
Capítulo 42 345

Descarga la guía de lectura gratuita de este libro en:

https://librosdeseda.com/